Nibelungen-Tod

Antje Fries

Nibelungen-Tod

Kommissarin Mettenheimer ermittelt
auf offener Bühne

LEINPFAD
VERLAG

Die Handlung und alle Personen sind völlig frei erfunden; Ähnlichkeiten wären rein zufällig.

Umschlag:
kosa-design, Ingelheim, nach einem Foto von Rudolf Uhrig, Osthofen, mit freundlicher Genehmigung der Nibelungen-Festspiele, Worms, und von Götz Schubert
Layout: Leinpfad Verlag, Ingelheim
Druck: TZ Verlag & Print GmbH, Roßdorf

Leinpfad Verlag, Leinpfad 5, 55218 Ingelheim,
Tel. 06132/8369, Fax: 896951
E-Mail: info@leinpfadverlag.de
www.leinpfad-verlag.de

ISBN 978-3-937782-97-3

Inhalt

Personenverzeichnis	7
Prolog: August 2009	9
Teil 1: Frühsommer 2009	11
Teil 2: Hochsommer 2009	87
Epilog: November 2010	251
Nachwort	253

Personenverzeichnis:

KOK Anne Mettenheimer: kennt einen Helden und spielt eine Doppelrolle

KHK Norbert Olmer: Leiter des Wormser K1 mit neuem Schwung im Herzen

KK Rolf Iben: tüftelt, recherchiert und heiratet

KK Dieter Wiesen: schweigsam wie immer

KOK Matthes Horrweiler: Kriminaltechniker mit wachsender Familie

Martin Sommer: Leiter der Wormser Kriminalinspektion

Max Lauer: Leiter der Soko „Herz“ mit nicht alltäglichem Jogging-Erlebnis

Dr. Wolfram Kippenberg: Rechtsmediziner mit Nikotin- und Beziehungsproblemen

Paul, Emma, Lukas: ihre von Anne meist schlafend angetroffene Familie

Käthe und Hermann Mettenheimer: Annes Eltern

Dr. Julia Weißbach: Annes Freundin, immer an informeller Mitarbeit im K1 interessiert

Barbara: rotes Tuch für Anne, batiktragende Brokerin

Gertrud Olmer: darf endlich einmal zu den Nibelungen-Festspielen, wenn auch nur kurz

Henning Selzer: kreuzt Annes Wege für Julias Geschmack zu oft

Siegfried alias Bernhard Stahl: Wormser Held, soll sterben

Hagen alias Jean-Pascal Lentz: Wormser Held, stirbt

Walter Schwenk: Intendant der Nibelungen-Festspiele in Worms

Pjotr Piontek: kurzzeitiger Nutznießer eines tragischen Todesfalles

Lucy Brickhampton: rote Muse zweier Mimen

Richard Herzer: Firmenchef mit großen Problemen

Luisa Cortini: Fachfrau für Winziges und beinahe neue Freundin

Gianfranco Bentone: auf den ersten Blick verliebter Anwalt

Prolog: August 2009

„Kämpf nicht, Siegfried, lass uns ins Bett gehen!"

„Ja, am Abend, wenn ich fertig bin mit meiner Arbeit."

Kriemhild greift nach Siegfrieds Arm: „Ich hab geträumt!"

„Ja, aber hier im Leben, da hast du die Königin beleidigt und den König noch dazu. Ich machs jetzt wieder gut!"

„Mit dem Hemd kannst du nicht zur Arbeit! Ich träumte vom Falken, ich hab dich nicht verraten, zieh das Hemd aus!"

„Ach, Kriemhild, was redest du! Lass mein Hemd, ich muss los. Falken müssen auch mal fliegen!"

Siegfried drückt seine Frau erst weg, dann nimmt er sie doch noch einmal in den Arm.

„Bis zum Abend!"

Gleich darauf stürzt er sich ins Kampfgetümmel, schlägt mal nach rechts, dann auch nach links, Hauptsache, bei jedem Schlag geht ein Sachse in die Knie.

„Siegfried, das ist eine Falle!", schreit Giselher. „Pass auf, die haben dich ... !"

„Geht dazwischen!", brüllt Hagen mit seinem gewaltigen Bass.

„Was sagt er?", will Siegfried wissen und schwingt sein Schwert gegen einen der vermeintlichen Sachsen. Der schreit in Todesangst: „Siegfried, ich bins!" und reißt sein Visier hoch.

„Du, Sindold? Aber ..." Siegfried ist verwirrt. Hagen nähert sich aus dem Hintergrund, und auch Kriemhild steht nun da.

„Siegfried, nein ... Weg! Weg!", ruft sie, aber Siegfried versteht nicht und Hagen hebt im Rücken Siegfrieds das Schwert.

Dann fällt die Waffe polternd zu Boden, Hagen in voller Rüstung wenige Augenblicke später.

Schon wieder ist Siegfried verwirrt, hätte doch eigentlich er selbst soeben zu Boden gehen müssen. Ungläubig schaut er auf den gefällten Hagen.

„Sag mir, dass ich träume", stammelt er noch textsicher, bevor Kriemhild zu schreien beginnt.

Siegfried beugt sich zu Hagen hinunter, fühlt dessen Puls und brüllt: „Einen Arzt, schnell!“

Doch der Internist im hellen Leinenanzug, der mit seiner Gattin in der vierten Reihe die Wormser Nibelungen-Festspiele genießen wollte, kann nur noch den Tod des Recken feststellen.

Teil 1: Frühsommer 2009

„Na, Norbert, wieder an Bord? Du hast uns gefehlt!"

Kriminaloberkommissarin Anne Mettenheimer sprang von ihrem Stuhl auf und umarmte ihren Chef, der soeben nach mehreren Wochen Krankenhaus- und Reha-Aufenthalt wieder zum Dienst antrat. Lachend machte Norbert Olmer sich frei, rückte seine rot-orange karierte Krawatte auf dem gelben Kurzarmhemd zurecht und ließ sich zufrieden lächelnd auf seinen Bürostuhl in der Polizeidirektion Worms fallen.

„Das glaube ich dir nur zu gerne, dass das K1 ohne mich nicht klargekommen ist!", sagte er und schob den Aktenstapel von der Mitte seines Arbeitsplatzes an den Rand, um seine Kollegin gegenüber besser zu sehen. „Was ist passiert, während ich weg war?", fragte er und versuchte eine Strähne seines Seehundsschnäuzers zu zwirbeln.

„Och, eigentlich nichts Weltbewegendes", meinte Anne Mettenheimer. „Alle Kapitaldelikte haben wir unter Kontrolle oder gleich aufgeklärt."

„Dann kann ich ja wieder gehen."

„Nur das nicht, Norbert!", rief Anne Mettenheimer in gespielter Verzweiflung und fuhr sich durch die wild in alle Richtungen stehenden blonden Haare. „Ich weiß schon gar nicht mehr, mit wem ich noch reden soll. Du hast mir wirklich gefehlt, weißt du!"

„Ach komm!"

„Na, überleg' doch mal: Rolf, der jammert andauernd über alles Mögliche, oder aber er vergräbt sich tagelang im Computer. Dieter ist kein Mann der großen Worte. Wenn du aus dem drei Sätze pro Tag rauskriegst, ist er schon gesprächig. Matthes ist mal wieder hochschwanger und nervt nicht nur seine Frau, sondern auch uns hier ganz gewaltig mit Berichten vom Ultraschall und aus dem Elternkurs. Ja, und wer bleibt mir denn dann noch?"

Hauptkommissar Olmer nickte ernst. „Das seh ich ein, das ist ein Notstand!"

„Wie fühlst du dich jetzt so? Merkst du das Ding?"

Olmer schüttelte den Kopf. „Nein, da fühlt man bloß einen kleinen Hubbel unter der Haut, das ist alles."

„Und du hast keine Angst, dass die Batterie plötzlich den Geist aufgeben könnte?"

„Anne! Herzschrittmacher laufen bis zu zehn Jahren problemlos, und dieses Ding, das sie mir eingepflanzt haben, braucht mehr Energie, bringt es aber trotzdem auf drei bis fünf Jahre. Ich habe gerade mal sechs Wochen hinter mir, also besteht keine Gefahr."

„Was ist denn da jetzt der Unterschied zum normalen Herzschrittmacher?"

„Ganz einfach: Meiner ist moderner und nennt sich Defibrilator. Er kann im Notfall Stromstöße abgeben und Kammerflimmern beenden, sodass das Herz wieder in den ganz normalen Rhythmus kommt."

„So'n richtiger Defi?", staunte Anne. „Ich kenn die Dinger immer nur so aus dem Fernsehen, wenn der Arzt seine zwei Plastikteile da in der Hand hat und brüllt: Weg vom Tisch!"

Norbert Olmer lachte: „Siehst du, und so was habe ich jetzt winzig klein und automatisch in mir drin."

„Abgenommen hast du auch in der Reha! Steht dir gut!"

„Ich habe mich schon gefragt, wann du das endlich bemerkst. Stell dir vor, ich bin auf einmal zwölf Kilo leichter als vor meinem letzten Infarkt."

„Nicht schlecht, Norbert! Machst du weiter?"

„Ich würde schon, weil ich merke, dass mir das guttut. Aber du kennst ja die Kochkünste meiner Frau."

„Hast du keine Kochrezepte aus der Kur mitbekommen?"

„Nein, und die würden auch wenig nützen. Sie kocht, wie sie kocht. Leider hervorragend!"

„Okay, Chef, dann pass mal auf: Mittags können wir zwei ja gemeinsam darauf achten, dass wir weniger Fastfood als sonst essen. Es kann doch nicht so schwer sein, in der Mittagspause ein Salätchen statt einer Tüte Pommes zu kriegen!"

„Ach, das ist aber nett von dir, dass du auf mich achten willst", meinte Olmer.

„Na ja, so'n bisschen Eigennutz ist auch dabei: Seit ich die Kinder habe, treibe ich kaum noch Sport und habe ganz schön was auf den Rippen behalten seitdem."

Nun musste Norbert Olmer doch herzhaft lachen: „Du und was auf den Rippen! Das ist ein guter Witz!"

„Gar nicht! Ich pass in meine ganzen guten Jeans von vor der Schwangerschaft nicht mehr rein!"

„Das ist vielleicht auch besser so", grinste Olmer, „denn die gehören sowieso mal ausrangiert, die fadenscheinigen, ausgeblichenen Dinger!"

Er kannte seine Kollegin gar nicht anders als in alten Jeans, Turnschuhen und rustikalen Männerhemden. Und obwohl sie mit ihrem dünnen Meter achtzig, der legeren Kleidung und der nachlässig gepflegten Frisur äußerlich einen gewaltigen Kontrast zu ihm bildete, hatte Norbert Olmer sich doch unbändig gefreut, endlich wieder mit Anne Mettenheimer auf Tour zu gehen. Und nun lag gar nichts Dringendes an!

Zwei Tage später konnte Norbert Olmer wieder außer Haus ermitteln.

„Wir haben einen Toten. Soll ich dich abholen oder kommst du direkt hin?" Anne Mettenheimer hatte ihren Chef zu Hause angerufen, denn der hatte sich fest vorgenommen, nicht gleich wieder mit allzu vielen Überstunden anzufangen und deshalb morgens nicht zu früh zum Dienst zu erscheinen.

„Ich komm alleine rüber, fahr du schon mal vor", bat er und legte auf.

Anne Mettenheimer war froh, dass der weiße Passat im Hof der Wormser Polizeidirektion stand, denn einerseits liebte sie den kackbraunen Opel, der die Alternative gewesen wäre, sehr, andererseits hatte der langsam dermaßen viele technische Macken, dass nie ganz sicher war, ob man auch am Ziel ankam. Außerdem sank das Ansehen eines Kripobeamten eindeutig, der einem durchfallbraunen Gefährt mit Rostflecken entstieg. Großer Vorteil des Wagens war jedoch, dass sämtliche Kollegen ihn mieden wie die Pest. Er war im Notfall meist zu haben, ganz im Gegensatz zu den schnittigeren Dienstfahrzeugen.

Heute aber rollte Kommissarin Mettenheimer im Passat durch das hohe, graue Schiebetor hinaus auf die Römerstraße, bog auf die Petersstraße und fuhr quer durch die Stadt, um nach Abenheim zu kommen. Dort stand etwas außerhalb des Dorfes eine riesige, moderne Maschinenhalle, die Anne nicht gerade als malerischen Ortseingang und Einladung ins Dorf empfand. Aber so sah Rheinhessen ja langsam überall aus. Hochregallager und Hallen sprossen aus dem Boden wie Pilze, nur dass sie weit weniger attraktiv und unendlich dauerhaft daherkamen.

Burkhard Gunder hing in unglücklichem Winkel zwischen seinem Traktor und der Wand der Maschinenhalle. Er war mit ordentlichem Schwung frontal vor die Wand gefahren und aus dem Sitz geschleudert worden. Sein Kopf war ungesund weit nach hinten gebogen und auf der Vorderseite unterhalb der Augen kaum noch als Kopf erkennbar. Aus glasigen Augen stierte der Mann Richtung Himmel, während der Körper schlaff nach unten gesackt war.

„Wer hat ihn gefunden?", fragte Anne Mettenheimer den Bezirksbeamten, der zuerst vor Ort gewesen war.

„Seine Frau", antwortete POK Jens Kiesel. „Sie hat ihm das Frühstück rausgebracht und quasi beim Unfall zusehen müssen. Sie sitzt da vorn beim Notarzt."

„Danke!", sagte Anne und lief hinüber zum Rettungswagen. Den Notarzt kannte sie schon von anderen Einsätzen und nickte ihm zu. Er brummte: „Aber nur fünf Minuten!"

Anne nickte und gab Frau Gunder die Hand. „Mettenheimer von der Kriminalpolizei in Worms. Frau Gunder, können Sie mir ein paar Fragen beantworten?"

Lilo Gunder seufzte, hob den Kopf und blickte Anne ins Gesicht. „Was soll ich denn sagen? Er ist tot, fertig!" Ihre Schultern in der moosgrünen Strickjacke begannen zu zucken, und kurz darauf suchte sie nach einem Taschentuch. Als sie sich geschneuzt hatte, sagte sie: „Also fragen Sie schon!"

„Wann sind Sie hier gewesen?"

„So gegen halb neun. Er hatte das Frühstück vergessen, sonst wär ich ja gar nicht hier raus. Er wollte in den Wingert am Klausenberg zum Düngen", sagte sie und zeigte auf den durchsichtigen Tank, der hinten auf den Traktor montiert war und in dem randhoch eine gelbe Brühe stand. „Ich hab gedacht, der spinnt, als er mit Vollgas geradeaus auf die Wand zugefahren ist. Und dann wars auch schon zu spät."

„Ist Ihnen irgendetwas Besonderes aufgefallen an der Fahrweise oder an seiner Haltung?"

„Na ja, irgendwie hing er da so merkwürdig im Sitz. Mein Mann fährt sonst eher nach hinten gelehnt, wie im Wohnzimmersessel. Vorhin war er leicht nach vorn gebeugt und hatte, glaube ich, eine Hand auf der Brust liegen."

„Hatte er denn Herzprobleme?"

„Ach was, gar nicht! Er hat seit zwei Jahren einen Herzschrittmacher, seitdem ist er ... war er wieder topfit. Er hat sogar wieder Sport getrieben, obwohl er vor der Operation noch beinahe den Betrieb aufgeben musste."

„Was haben Sie getan, als der Unfall passiert war?"

„Ich bin zu ihm hingerannt, hab geschrien und versucht, auf den Traktor zu klettern. Aber Sie sehen das ja selbst, so zermatscht, wie der ist, kann man da nicht gescheit hinkommen. Es war gespenstisch, plötzlich ganz still. Ein paarmal hat die Maschine noch geknackt und irgendwo Dampf abgelassen, aber mein Mann hat da gehangen, ohne einen Ton von sich zu geben. Hat einfach an die Decke gestarrt und nichts mehr gesagt. Ich bin an seine Hand gekommen und habe den Puls gefühlt, mehr ging ja nicht. Seine große, warme Hand. Aber da war nichts mehr zu fühlen. Und da hab ich dann erst mal eine Weile die Hand gehalten und gehofft, er drückt sie mir vielleicht noch ein letztes Mal. Später habe ich losgelassen und bin nach Hause gerannt und habe den Rettungswagen gerufen."

Der Notarzt nickte und sagte: „Der Notruf ging um 8.52 Uhr ein. Wir waren um 9.12 Uhr vor Ort und haben Sie dann um 9.25

verständigt, als klar war, dass dem Mann nicht mehr zu helfen ist und die Umstände des Unfalls etwas merkwürdig erscheinen."

„Gut, danke." Anne Mettenheimer ging wieder zum Traktor. Um Burkhard Gunder aus den Trümmern zu schneiden, musste wahrscheinlich ein Kranwagen angefordert werden, der den Traktor von der Wand wegzog. Wieso fuhr ein offensichtlich kerngesunder Mann geradeaus gegen die Wand?

Jetzt bog Norbert Olmer in seinem Privatwagen auf das Gelände ein. Er stieg aus dem Auto und sah sich um, bevor er die Tür zuwarf und zu Anne hinüberging, die immer noch kopfschüttelnd vor dem Wrack stand. „Brauchen wir Matthes?", fragte sie statt einer Begrüßung.

„Was meinst du?", fragte ihr Chef zurück.

„Ich glaube, ein Kfz-Sachverständiger wäre erstmal sinnvoller."

„Okay, dann lass einen kommen!"

Nachdem Anne telefoniert hatte, fragte Norbert Olmer: „Bei dem Mann war nichts mehr zu retten?"

„Genickbruch, schneller Tod", sagt der Notarzt, der sich durch die Trümmer gequetscht hat.

„Stimmt, der Hals ist so gebogen, das fällt auf."

„Wenigstens die Augen hätte er dem armen Mann schließen können, finde ich!", schimpfte Anne.

„Das hatte ich auch vor", kam es aus dem Hintergrund. Der Notarzt war zu den Kommissaren gegangen, um zu fragen, ob er noch gebraucht werde, aber nun musste er sich erst einmal rechtfertigen: „Klar wollte ich dem die Augen zudrücken, aber in dem Moment hat seine Frau zu schnaufen angefangen und war kurz vor der Ohnmacht. Da bin ich halt möglichst schnell wieder aus dem Traktor geklettert und habe mich lieber um die Lebenden gekümmert. So war das. Nur damit Sie mich nicht für einen völligen Barbaren halten!"

„Sorry, so war das auch nicht gemeint", entschuldigte sich Anne Mettenheimer.

Als der Sachverständige einige Zeit später den Unfallort untersucht hatte, wandte er sich an die Kommissare: „Ein endgültiges

Urteil kann ich mir natürlich erst bilden, wenn ich den Traktor eingehend technisch begutachtet habe, was in der Werkstatt geschehen muss. Aber so viel ist jetzt schon klar: Die Bremsen funktionierten noch. Wahrscheinlich hat der Mann einfach einen Herzanfall gehabt, ist mit vollem Gewicht nach vorn gekippt und hat deshalb auch das Gaspedal durchgetreten. Das würde auch erklären, wieso sein Gesicht zertrümmert wurde: Weil er den Kopf wesentlich weiter vorn hatte als sonst beim Fahren."

„Meinen Sie?", fragte Anne. „Macht das einen Unterschied, wenn ich die Wand ramme, ob mein Kopf einen halben Meter weiter vorne oder hinten ist?"

„Sie sollten es besser nicht ausprobieren!", riet der Sachverständige und verabschiedete sich. „Mein Bericht geht Ihnen zu", sagte er noch und stieg wieder in seinen Wagen.

„Na, dann bleibt uns jetzt nichts weiter als abzuwarten. Eine Obduktion kriegen wir sowieso nicht durch bei dieser Sachlage", meinte Anne.

„Hättest wohl gern mal wieder mit Kippe zu tun gehabt, was?", fragte Norbert Olmer mit Seitenblick auf seine Kollegin. Es war allgemein bekannt, dass seine Oberkommissarin vor Jahren eine zugegebenermaßen ultrakurze Affäre mit dem Gerichtsmediziner Dr. Wolfram Kippenberg gehabt hatte und die beiden sich seitdem kabbelten, wann immer sich die Gelegenheit dazu bot.

Anne Mettenheimer verzog das Gesicht und winkte ab. „Lass uns ins Büro fahren, hier stehen wir nur unnötig in der Kälte rum!", schlug sie vor.

Der Mai war in Rheinhessen meist ein Garant für hochsommerliche Temperaturen, diesmal aber schien sich das gute Wetter allein auf die Ostertage konzentriert und nun sein Pulver verschossen zu haben. Im Mai trotz Jacke im Freien zu frösteln, das kannte man in der Region eigentlich nicht. Also traten die Kommissare den Rückzug nach Worms an, wo Norbert Olmer missmutig den Bericht über den Fall Gunder begann, der, das ahnte er schon, gar keiner fürs K1 werden würde.

„Noch zwölf Wochen!"

„Hm?"

„Noch zwölf Wochen!"

„Hm."

„Anne, du hörst mir gar nicht zu!"

„Ach, Matthes, du bist das. Was ist los?"

„Ich sagte schon zweimal: Noch zwölf Wochen!"

„Wieso?"

„Weil du nicht zuhörst!"

„Was?"

„Ach, egal!"

Wütend verließ Matthes Horrweiler das Büro von Norbert Olmer und Anne Mettenheimer. Anne hatte mit zerfurchter Stirn in einem riesigen Papierstapel gewühlt. Seit Tagen schon hatte sie nicht viel mehr zu tun als alte Fälle neu aufzurollen. Das war einerseits erfreulich für das Leben in der Gegend, andererseits für eine Kommissarin aus der Mordkommission auch stinklangweilig. Jetzt allerdings hatte sie gleich drei Akten nebeneinander liegen und las konzentriert mal hier, mal dort, sodass Matthes keine Chance gehabt hatte.

„Das ist sowieso Blödsinn! Ich bild mir da was ein vor lauter Langeweile!", schimpfte Anne laut mit sich selbst. So weit war es also schon gekommen: Selbstgespräche! Entschlossen schob sie die Akten von sich und ging über den Flur bis in das schmale Büro von Matthes Horrweiler. Der hatte sich nun seinerseits tief in Aktenbergen vergraben und sah nicht einmal auf, als seine Kollegin den Raum betrat.

„Matthes, tut mir leid!", sagte Anne.

„Pah!"

„Komm, ehrlich!"

„Na klar!"

„Ich hab eben nur mitten in einem spannenden Fall gesteckt und hatte eine Idee dazu, die wollte ich nicht sausen lassen."

„Schon gut."

„Matthes!"

Anne Mettenheimer lehnte sich mit verschränkten Armen an die Wand neben Horrweilers Schreibtisch. Es hätte auch keinen Platz gegeben, um sich hinzusetzen.

„Bittebittebitte, erzähl das noch mal, was du vorhin loswerden wolltest!“, jammerte sie gespielt und neigte sich mit wie zum Gebet gefalteten Händen zu Matthes hinab. Das wirkte, denn Matthes musste lachen.

„Na gut. Ich sagte: Noch zwölf Wochen!“

„Ja, das hab ich vorhin auch schon kapiert. Aber was meinst du denn damit?“

„Bis zum Geburtstermin.“

„Ach so!“ Anne schlug sich vor die Stirn. Matthes und seine Schwangerschaft. Das konnte länger dauern. Aber was hatte sie schon zu tun? Eigentlich nichts.

„Matthes, Norbert ist außer Haus, also komm mit rüber zu uns auf einen Kaffee.“

„Siehst du, so was hatte ich mir vorhin schon erhofft!“

„Okay, tut mir leid. Wirklich.“

Anne stieß sich von der Wand ab, ergriff Matthes' Hand und zog ihn mit sich über den Flur. Im eigenen Büro wies sie auf den Sessel ihres Chefs und sagte: „Setz dich!“ Kurz darauf dampfte es aus zwei randvollen Tassen Kaffee.

„Noch zwölf Wochen also“, begann Anne.

„Genau. Und ich mach mir tierisch Sorgen.“

„Warum?“

„Weil der Bauch von der Leonie jetzt schon so aussieht, als würd's bald losgehen. Und es ist doch noch viel zu früh!“

„Das kannst du am Bauch erkennen?“, fragte Anne ungläubig.

„Na klar. Du etwa nicht?“

„Nö. Ich hab einfach gewartet, bis die Kinder rauswollten.“

„Ah.“ Matthes schwieg und rührte in seinem Kaffee. Anne schwieg ebenfalls und überlegte, ob sie wohl die richtige Gesprächspartnerin für Horrweilers Probleme war: Zu Beginn ihrer eigenen Schwangerschaft war ihr erst gar nicht klar gewesen, wieso ihr Magen verrücktspielte und was die Kreislaufprobleme bedeuten könnten. Dann hatte sie lange Zeit gewartet, bis sie Norbert Olmer ihren Zustand gestanden hatte, weil das unweigerlich Innendienst bedeutete und sie darauf keine Lust gehabt hatte. Natürlich war Olmer schier geplatzt vor Wut, als er erfuhr, dass Anne bereits am Ende des fünften Monats angekommen war, bevor sie ihr Geständnis ablegte. Aber es hatte ja auch niemand etwas gesehen unter ihren schlabbrigen Karohemden, sodass es ein Leichtes gewesen war, völlig normal weiterzuarbeiten. Die Form ihres Bauchs hatte sie nie besonders betrachtet. Ob man so was in den Vorbereitungskursen lernte? Egal, jetzt brauchte sie dieses Wissen sowieso nicht mehr. Ihre Zwillinge hatten gerade den ersten Geburtstag gefeiert und beschäftigten die Eltern Tag und Nacht, weshalb Anne keinesfalls daran dachte, noch einmal einen Babybauch vor sich herzutragen.

„Aber es macht doch auch nicht wirklich was, wenn die Leonie jetzt schon so dick ist, oder?", brach Anne das Schweigen.

„Na ja, ich weiß nicht. Besser wärs schon, wenn ..."

„Matthes! Dann warts doch einfach ab! Sorgenmachen ändert auch nichts. Es kommt sowieso, wie's kommt!"

„Du hast leicht reden!"

„Ich glaube, ich muss deine Leonie mal wieder besuchen!"

Anne Mettenheimer hatte Leonie Horrweiler kennengelernt, als sie ihr die Nachricht überbringen musste, dass Matthes als Geisel auf der Flucht eines Verdächtigen schwer verletzt worden war. Schon damals hatten die beiden Frauen sich bestens verstanden, und Leonie sorgte stets dafür, dass Matthes mit seinen vielen Sorgen, die ihn quälten, auf dem Boden blieb. Notfalls jagte sie ihn vom heimischen Ibersheim aus joggend ans Rheinufer mit der Auflage, nicht eher zurückzukehren, als bis die ängstlichen Gedanken der bleiernen Müdigkeit nach einem Halbmarathon gewichen waren.

„Sag mal was ganz anderes, Matthes."

„Was denn?"

„Du bist doch schon vierzig."

„Ja, seit letztem Jahr."

„Wie hast du das gefeiert? In der Familie, mein' ich."
„Ach, bist du etwa dieses Jahr dran?"
Anne nickte.
„Keine Sorge, das schaffst du locker! Vierzig ist ja nicht das Ende."
„Nein, das Alterwerden ist auch nicht das Problem. Ich weiß nur nicht, wie ich das feiern soll. Muss ich da die ganze Sippe einladen? Und muss man sich da in eine Kneipe einmieten?"
„Dann hast du zumindest zu Hause keinen Dreck und alle sind zufrieden."
„Mannomann, das kommt mir vor wie die Diskussion um unsere Hochzeit. Da wollte meine Mutter auch schon sämtliche Tanten der näheren und weiteren Verwandtschaft einladen, was ich gerade eben noch abbiegen konnte. Und jetzt steht mir so was schon wieder bevor? Uaaahh!"
Matthes Horrweiler lachte: „Oder ihr fahrt zu der Zeit einfach in Urlaub."
Anne stellte ihre Kaffeetasse mit Schwung ab und rief: „Das isses! Matthes, das ist die Rettung! Damit könnte ich durchkommen!"
Kopfschüttelnd machte sich Matthes Horrweiler wieder auf den Weg in sein Büro: Sorgen hatten manche Leute! Wie gut, dass er hatte helfen können. Und Anne Mettenheimer blätterte grinsend in ihren Akten: Ob und wie sie ihren Vierzigsten feierte, stand noch lange nicht fest. Das hatte auch noch ein halbes Jahr Zeit. Wenigstens hatte Matthes darüber den Bauch seiner Frau vergessen.

Abends traf sich Anne Mettenheimer mit ihrer Freundin Julia in der „Traube" in Osthofen. Das ganz mit Antiquitäten und allerlei Trödel eingerichtete Lokal war seit Jahren die wichtigste Anlaufstelle für die beiden, denn hier bekamen sie zu zivilen Preisen einen heimischen Riesling in der richtigen Temperatur kredenzt, und aus der Küche kamen noch frisch zubereitete Speisen der Region. Das war in Zeiten der Globalisierung längst nicht mehr selbstverständlich, aber Eva Kurz in der Küche wich davon nicht ab, und Erich Kurz führte in der Gaststube ein strenges Regiment: Ausländische Tropfen wären ihm niemals ins Glas gekommen, wobei das Ausland bereits in der benachbarten Pfalz begann.

Dr. Julia Weißbach wartete schon, als Anne Mettenheimer das Lokal betrat. Wie immer war sie leuchtend bunt und hell gekleidet, was ihre hüftlange, schwarze Lockenmähne hervorhob. Klein, wie sie war, baumelte sie auf dem antiken Holzstuhl mit den Beinen und musste umständlich vom Sitz rutschen, um ihre Freundin im Stehen zu umarmen. Anne hatte Dr. Weißbach kennengelernt, als sie ihren ersten Fall nach der Versetzung nach Rheinhessen lösen sollte. Julia hatte mit profundem Wissen über Ortsgeschichte, ihrem großen Hobby, gute Ratschläge geben können und ermittelte seitdem begeistert mit, vor allem, wenn Klatsch und Tratsch eine Rolle spielten. Sie kannte einfach alles und jeden im Wonnegau und hatte obendrein durch ihre halbe Stelle am geologischen Landesamt Verbindungen in fast alle Ortsgemeinden: „Bei denen hab ich auch schon mal gebuddelt", hieß es oft, und kurz darauf wusste Anne jeweils einen informellen Ansprechpartner im Dorf für ihren aktuellen Fall. In unregelmäßigen Abständen trafen sich die Freundinnen in der Traube auf ein paar Gläser Wein, und nicht selten waren auch ihre Männer, Annes Paul und Julias Gisbert, mit dabei.

„Ein Riesling Nummer vier?", fragte der Wirt. Anne nickte. Den Geschmack seiner Stammgäste kannte Erich Kurz, und er wusste auch genau, was er ihnen an Neuerungen empfehlen konnte. Falls es überhaupt jemals welche gab.

„Und?", begrüßte Julia Anne auf die typisch rheinhessische Art.

„Und selbst?", gab Anne ebenso traditionell zurück.

„Bist du gerade an einem Fall?"

„Nee, da ist absolut nichts. Nur alte Akten. Hast du schon was zu essen bestellt?"

„Ich wollte auf dich warten. Erich, den Salat mit Ziegenkäse bitte!"

„Und ich nehm die Gärtnerin!"

„Weiß ich doch", brummte Erich Kurz, während er die Weingläser vor den Frauen abstellte. „Die eine immer was Grünes, die andere den Toast mit Lende auf Salatbukett. Ich gebs weiter!"

Julia nippte an ihrem angelaufenen Glas. „Und du hast wirklich nichts zu tun?", fragte sie.

„Nein."

„Ermittelt ihr denn nicht zum Winzerfluch?"

„Zu was?"

„Zum Winzerfluch. Sag bloß, du hast noch nichts davon gehört?"

„Klär mich auf, Julia!"

„Na, letzte Woche ist doch der Gunder aus Abenheim gestorben."

„Genau, da war ich vor Ort. Ist aber kein Fall für uns."

„Bist du dir da sicher? Erst fünf oder sechs Wochen vorher ist der Will Wahner aus Horchheim umgekippt, einfach so, hat tot neben seinem Grubber im Wingert gelegen."

„Hat uns da jemand gerufen?"

„Ich denke nicht. Ich habs von einem seiner Kollegen aus dem Ortsbeirat, der hat erzählt, der Wahner wäre völlig gesund gewesen, ein Kerl wie ein Baum, und dann hätte der tot im Wingert gelegen, als sie ihn abends gesucht hätten. Der Hausarzt hätte nichts feststellen können, weshalb er vermutet hat, dass es ein Kreislaufversagen war. Was willst du auch sonst sagen als Arzt."

„Und was geht mich das nun an?", fragte Anne und wickelte das Besteck aus der Serviette. Sie hatte einen Bärenhunger und eigentlich keine Lust auf Julias Klatschgeschichten.

„Jetzt warte doch mal! Im letzten Herbst ist nämlich schon der Bardo Nay in Westhofen gestorben, auch ein Winzer. Ein ganz junger Mann noch, gerade mal dreißig. Der ist aus irgendeinem Grund unter die Räder des Vollernters geraten und zerquetscht worden."

Anne erinnerte sich an den Fall: „Das war aber ein simpler Unfall."

„Ach ja? Dann erklär mir mal, wieso seit dem Tod vom Gunder der Begriff Winzerfluch die Runde macht!"

„Einmal Ziege, einmal Gärtnerin! Guten Appetit, die Damen!", unterbrach der Wirt das Gespräch. Anne stürzte sich auf ihre Schweinelende. Julia aber pickte nur in ihrem Salat herum und sagte kurz darauf: „Also, ich an deiner Stelle, ich würde jetzt ja hellhörig. Drei Winzer aus dem Wonnegau in einem halben Jahr, alle drei vorher quicklebendig und hinterher mausetot!"

„Tja, das bringt das Sterben so mit sich, dass man dann tot ist", grinste Anne.

„Ach was! Tu mir einfach den Gefallen und guck dir die Akten noch mal an, wenn du schon sonst nichts zu tun hast!"

„Julia, zumindest zum Fall Wahner gibt es ja wohl gar keine Akte, wie du mir eben berichtet hast!"

„Okay, aber die anderen beiden, die guckst du noch mal an, ja? Und zum Will Wahner kannst du ja den Arzt noch mal befragen!"

„Zu Befehl, Chefin!", antwortete Anne und hob ihr Glas, um Nachschub zu bestellen.

Als sie später reichlich wacklig auf den Beinen zu Hause ankam, saß Paul am Küchentisch und legte Kinderkleidung zusammen. Er hatte ein Glas Rotwein neben sich stehen, aus dem er dann und wann einen Schluck trank. „Na, abgefüllt?", fragte er grinsend, als er bemerkte, dass seine Gattin Schwierigkeiten hatte, den Hausschlüssel schon beim ersten Versuch ans Brett zu hängen. „Ach, iwo!", protestierte Anne und drückte Paul einen Kuss auf die Backe. „Schlafen die Kinder?", fragte sie.

„Aber klar doch! Und was sagt Julia?"

„Lässt dich grüßen." Wie ein nasser Sack fiel Anne auf den Stuhl gegenüber von Paul. Müde stützte sie ihren Kopf und starrte auf die Wäscheberge.

„Junge, Junge, da hast du aber gut zugelangt!", stellte Paul fest. „Wars mehr als 'ne ganze Flasche?"

„Quatsch! Mir gehts prima!"

„Wie du meinst. Erzähl mal!"

„Och, das Übliche. Nee, doch was Besonderes: Julia hat mir vom Winzerfluch erzählt, der angeblich sämtliche Weinmänner der Gegend bedroht. So ein Blödsinn!“

„Ach, hattest du vorher noch nie davon gehört?“

„Nee. Du etwa?“

„Na klar.“

„Und von wem?“

„Von der Barbara, glaub ich.“

„Wer ist Barbara?“

„Och, das ist eine von den Müttern aus der Krabbelgruppe.“

„Aha!“

Anne Mettenheimer war ungeplant schwanger geworden, und obwohl sie ihre Zwillinge heiß und innig liebte, merkte sie schon in den ersten Wochen, dass diese vielgepriesene Elternzeit nichts für sie war. Paul jedoch hatte den Job begeistert und viel früher als jemals vorgesehen übernommen. Auch wenn Anne wusste, dass sie in einer soliden Beziehung lebte, etwas unruhig wurde sie doch immer, wenn die Rede von einer der vielen Frauen war, die er tagsüber so traf. Natürlich jeweils mit Kindern beiderseits im Schlepptau, aber trotzdem!

Vor langen Jahren hatte Anne einen Praktikanten gehabt, der sich ihr gegenüber beizeiten geoutet und von seinem Liebeskummer wegen eines tollen Mannes berichtet hatte. Dieser tolle Mann war zufällig später Annes Laufpartner geworden, und dann hatte er beschlossen, ob Mann oder Frau, das sei ganz egal, Hauptsache verliebt, und war bei Anne eingezogen. Seit der Hochzeit war auch endlich Mama Mettenheimer beruhigt, die schon jahrelang befürchtet hatte, ihre Tochter bekomme keinen mehr ab. Kunststück, so, wie sie herumlief, das konnte ja keinen ordentlichen Mann interessieren. Wie hatte sie gelitten, als Anne vor Jahren einmal mit einem Motorradfahrer in Lederklamotten oder später kurz mit einem viel zu alten und schlecht gepflegten Gerichtsmediziner liiert gewesen war. Paul war groß und schlank, sportlich und gut aussehend. Seine sexuell wechselhafte Vergangenheit verdrängte Mama Mettenheimer aus ihrem Kopf: Schließlich kam er aus gutem Hause und war immerhin Ingenieur! Spätestens, seit Käthe Mettenheimer sich mit ihrem Schwiegersohn über Babynahrung und musikalische Früherziehung im Fachgespräch austauschen konnte und er die Kinder absolut zuverlässig versorgte, hatte er einen festen Platz in ihrem Herzen gefunden.

Eigentlich, dachte sich Anne nun, müsste sie sowieso eher auf Männer eifersüchtig sein, die er während des Tages traf. Und da diese Gefahr mit zwei Kleinkindern im Wagen wahrscheinlich gering war, fragte sie nochmal ganz in Ruhe: „Also, was hat die Barbara denn so gesagt?"

Paul hatte sich mittlerweile sein Glas nachgefüllt und wusste nicht mehr, worum es ging.

„Dieser Winzerfluch."

„Ach so. Ja, sie hat gesagt, dass gerade der dritte Winzer aus dem Wonnegau hätte dran glauben müssen. Noch nie wären so viele Winzer aus unerfindlichem Grund und ganz plötzlich gestorben."

„So. Und hat sie auch einen Grund dafür gewusst, die Barbara?"

„Das nicht. Aber sie sagt, dass das längst die Runde macht bei den Winzern, bei den Treffen der Landfrauen und so weiter."

Anne verzog das Gesicht: „Was die Leute alles glauben! Schönen Gruß an deine Barbara: In mindestens zwei Fällen wars ganz einfach ein Unfall. Ich geh jetzt schlafen. Kommst du mit?"

Paul nickte, stellte sein Glas noch in die Spüle und amüsierte sich, wie oft Anne auf dem Weg in den ersten Stock am Treppengeländer oder gegenüber an der Wand anstieß.

Am nächsten Morgen erwachte Anne Mettenheimer mit einem gewaltigen Kater. Das war natürlich abzusehen gewesen, und dennoch passierte es beinahe jedes Mal, wenn Anne sich mit Julia Weißbach traf. Halbtot quälte sie sich aus dem Bett, um Paul mit Emma und Lukas zu helfen.

„Kein Mitleid bitte!", brummte sie, als sie seinen Blick bemerkte.

„Hast du auch nicht verdient! Reichst du mir mal die Creme rüber?"

Geübt schmierte Paul beiden Kindern den Popo ein, bevor er die Windeln verschloss. Danach zog er Emma an, während Anne Lukas in seine Kleider half. Die gute Laune und enorme Energie der Zwillinge überforderte sie heute Morgen. Daher frühstückte Anne nur spärlich und verabschiedete sich bald in Richtung Büro. Dort war sie allein. Himmlische Ruhe umgab sie. Der Blick aus dem dritten Stock bis zum Brückentor auf der alten Rheinbrücke war heute ungetrübt. Abends liebte sie diesen Ausblick besonders, wenn die Sonne aus dem Westen den roten Sandstein des Brückentors zum Leuchten brachte. Nach einem starken Kaffee forderte Anne Mettenheimer die Akte Nay an und nahm sich bis dahin noch einmal die Akte Gunder vor. Ob sie zum Fall Wahner noch mehr wissen musste, wollte sie erst später entscheiden. Nicht, dass es hieße, sie habe sich vom Getratsche der Mütter aus der Krabbelgruppe oder von irgendeinem Stammtisch anstecken lassen!

Der Unfallbericht zu Bardo Nay ergab keine neuen Erkenntnisse: Der junge Winzer, gerade 31 Jahre alt geworden, war mit dem Traubenvollernter der Winzergenossenschaft in einem seiner Wingerte am Gundersheimer Königstuhl gewesen, als er aus nicht nachvollziehbarem Grund mit der schweren Maschine mehrere Rebzeilen quer umgemäht hatte und dann in voller Fahrt an einer Abbruchkante abgerutscht war, weshalb er beim Absturz unter eines der schweren Räder der Maschine geriet. Entdeckt wurde Nay erst, als ein Kollege, der den Vollernter zwei Stunden später gemietet hatte, diesen anmahnte. Hirngespinste, dachte Anne Mettenheimer. Als ob sie nichts Besseres zu tun gehabt hätte! Aber hatte sie ja auch nicht. Also griff sie doch noch zum Telefon und rief beim erstbesten Allgemeinmediziner in Worms-Horchheim an, um zu erfragen, ob er vielleicht der Hausarzt von Will Wahner gewesen war. Der erste war es nicht, aber die Sprechstundenhilfe wusste den richtigen Ansprechpartner, sodass Anne kurz darauf einen Termin mit Dr. Schell hatte.

Norbert Olmers Krawatte zeigte Flagge, als er das Büro um kurz vor neun betrat: Zahlreiche winzige Fahnen zierten den blaugrundigen Stoff. Vom ersten Moment an war Anne Mettenheimer abgelenkt, weil sie im bunten Gewimmel wenigstens eine Landesfahne entdecken wollte, die sie kannte. „Ist was?“, fragte ihr Chef, weil er merkte, dass Anne seine Brust intensiv musterte.

„Was sind das für Länder, die du da auf der Krawatte hast?“

„Keine Ahnung. Das musst du, glaube ich, C&A fragen. Liegt etwas an?“

„Ich fahr gleich zum Arzt von Wahner.“

„Wer ist Wahner?“

„Na, der Winzer, der mitten im Wingert umgekippt ist.“

„Muss ich den kennen? Ist das ein alter Fall?“

„Das nicht, aber es könnte ein neuer werden. Hast du schon vom Winzerfluch gehört?“

Ratlos kratzte Norbert Olmer sich am Kopf. „Winzerfluch?“

„Julia hat mir gestern davon erzählt, und Paul wusste es auch schon.“

„So, Julia.“

Seit er vor einigen Jahren beinahe eine Liaison mit Dr. Weißbach gehabt hatte, reagierte Norbert Olmer sparsam auf Mitteilungen von Julia, wenngleich sie nicht selten etwas zur Lösung der Fälle vor Ort hatte beitragen können.

„Also, der Winzerfluch“, begann Anne.

„Sind wir jetzt die Märchenabteilung?“, fragte Norbert Olmer unwirsch, ließ sich dann aber doch informieren.

„Von mir aus, dann frag halt diesen Doktor“, brummte er danach. „Kann ja nichts schaden.“

Anne Mettenheimer griff nach ihrer Jacke und machte sich auf den Weg nach Horchheim. Nur der alte Opel war zu haben gewesen, aber das machte nichts: Er hatte ein gutes Autoradio, aus dem Anne unterwegs auf voller Lautstärke Guns and Roses mitgrölte: „... in the cold November rain“. Dabei war mittlerweile Juni und ihre Jacke hätte die Kommissarin gar nicht mehr gebraucht. Endlich hielt der rheinhessische Frühsommer, was alle von ihm erwarteten: Heiße Tage längst vor der Ferienzeit. Natürlich hatte der braune Opel keine Klimaanlage, aber bei offenem Fenster ließ sich noch mal so gut singen, fand Anne. Schade nur, dass die Fahrt nach Horchheim von der Hagenstraße aus keine zehn Minuten dauerte.

Das Wartezimmer von Dr. Schell war brechend voll. Anne spürte die Blicke der Patienten im Rücken, als die Sprechstundenhilfe sie trotzdem direkt ins Zimmer des Mediziners schickte. „Dauert auch nicht lange!", hätte sie den Wartenden am liebsten versprochen.

Dr. Schell tippte im Zwei-Finger-Suchsystem noch die Medikation für den eben verabschiedeten Patienten in den Computer, dann erhob er sich halb hinter dem Schreibtisch und schüttelte Anne Mettenheimer die Hand.

„Frau Kommissarin, was kann ich für Sie tun?"

„Mich interessiert der Todesfall Will Wahner. Sie haben damals Kreislaufversagen notiert."

„Ja, etwas anderes kam nicht in Frage. Und da ich Ihre nächste Frage wahrscheinlich schon kenne: Nein, Fremdeinwirkung war nicht festzustellen. Es war einfach auch so schon schlimm genug: Ein gesunder, kräftiger Mann, den ich höchstens mal wegen der Grippeimpfung in der Praxis hatte."

„Er hatte überhaupt keine Krankheiten? Ich meine, der Mann war Mitte sechzig, da gibts doch schon das eine oder andere Wehwehchen!"

Schell suchte in seinem Computer nach Wahners Patientendatei. Er scrollte einige Zeit, dann sagte er: „Vor fünfzehn Jahren, als ich neu hier niedergelassen war, da hatte er Herzprobleme. Aber kurz darauf bekam er den Schrittmacher eingesetzt, und seitdem hatte er überhaupt keine gesundheitlichen Sorgen mehr. Deshalb war es ja umso überraschender, dass er so plötzlich starb."

„Und das hat Sie nicht stutzig gemacht?"

„Aber nein! Selten sterben die Menschen doch genau dann, wenn andere es erwarten. Da ich, wie gesagt, Fremdeinwirkung ebenso ausschließen konnte wie einen Suizid, gab es keinen Zweifel am natürlichen Tod."

Anne bedankte sich für die Auskünfte und fuhr enttäuscht wieder ins Büro. Von wegen Winzerfluch! Da hatten Julia und Paul ja schönen Dorftratsch erzählt!

Zum Glück war Norbert Olmer gerade nicht am Platz. Anne vergrub sich wieder in den alten Fällen, die aufgerollt werden mussten. Der Bericht über den Arztbesuch an ihren Chef fiel später dann auch sparsam aus.

„Du bist richtig enttäuscht!", stellte Olmer fest.

„Hm."

„Das wäre ja auch zu schön gewesen: Kommissarin Mettenheimer im Kampf gegen den Winzerfluch!"

„Veräppel mich nicht!"

„Wie käme ich dazu! Aber bevor ich's vergesse: Du sollst Julia dringend zurückrufen."

„Hat sie gesagt, was sie will?"

„Hätte ich sie danach fragen sollen?"

Anne stöhnte und griff zum Hörer. Julia schoss mit ihrem Anliegen sofort los: „Ich habe vorhin die Schwester vom Bardo Nay getroffen, mit der hab ich früher mal Hockey gespielt."

„Hockey? Du?" Anne wunderte sich so manches Mal, welche Details aus der Vergangenheit es bei Julia zu entdecken gab.

„Völlig egal! Hör zu: Der Bardo war kerngesund, hatte keine Feinde und war auch nicht lebensmüde!"

„Ja, ein bedauerlicher Unfall halt."

„Nein, Anne, eben nicht: Hast du gewusst, dass er ein Herzproblem hatte?"

„Nicht schon wieder so einer!"

„Wieso?"

„Erzähl ich dir später. Weiter!"

„Also bin ich auf der richtigen Spur?", fragte Julia Weißbach neugierig, bekam aber keine Antwort. Deshalb redete sie weiter: „Zufällig habe ich eben auch noch den Westhofener Apotheker getroffen."

„Du meinst, du bist hingegangen und hast ihn ausgequetscht!"

„Du drückst dich immer sehr drastisch aus, meine Liebe! Jedenfalls hat mir eine seiner Angestellten verraten, dass Bardo Nay schon mit Mitte zwanzig einen Schrittmacher eingesetzt bekam. Vielleicht liegt da der Grund für seinen Tod: Batterieversagen oder so. Anne, da musst du dich drum kümmern, damit der Winzerfluch endlich aufgehoben wird!"

Plötzlich wurde Anne Mettenheimer unruhig. Eilig verabschiedete sie sich von ihrer Freundin und sagte laut: „Norbert, ich werde nervös!"

Olmer blickte lächelnd auf und meinte: „Ich kenne dich kaum anders!"

„Ernsthaft! Ich habe jetzt dreimal das Wort Herzschrittmacher im Zusammenhang mit den toten Winzern gehört, das ist doch kein Zufall."

„Ach du meine Güte, weißt du, wie viele von den Dingern existieren? Das würde ich mal nicht überbewerten. Und bevor du fragst: Wir können die Leichen auch nicht aufgrund eines solch vagen Verdachts exhumieren lassen. Beruhige dich, das waren einfach tragische Zufälle!"

Damit war das Thema Winzerfluch auf offizieller Ebene erst einmal abgehakt.

Früher war das Osthofener Winzerfest immer im September gewesen, aber seit die Winzer wegen der frühen Lesezeit im September keine Zeit mehr hatten, war das Traditionsfest in den Juni verlegt worden. Immer mal wieder gab es Proteste, die Belastung sei zu hoch und die Unterstützung durch die Verwaltung fehle. Auch die Absage der Festlichkeiten war schon angedroht worden, aber in diesem Jahr hatte es noch einmal geklappt: An vielen Osthofener Häusern wehten Fahnen im Wind, der städtische Bauhof hatte versucht, alle Blumenkübel im Ortskern mit Fleißigen Lieschen in Pink und Blassrot aufzuhübschen und mitten im Stadtpark stand ein riesiges Festzelt.

Anne Mettenheimer freute sich, dass sie in diesem Jahr ganz

problemlos zum Fest laufen konnte, weil sie seit einigen Monaten nur wenige Meter entfernt in der Tempelgasse wohnte: Großtante Elisabeth war damals ins betreute Wohnen umgezogen und hatte, um auch diesen Spross der weitläufigen Familie Mettenheimer endlich in einem soliden Nest zu wissen, Anne und Paul ihren Hof per Mietkauf überlassen. Dies auch, weil sie es für wichtig hielt, dass Annes Kinder einmal Auslauf bekämen und den auf einem Gelände, das seit Jahrhunderten im Familienbesitz war. Seitdem war der Hof zwischen zwei Weingütern mit Vater Mettenheimers Hilfe komplett renoviert worden: Alle Böden, Fenster und Leitungen waren erneuert worden. Von außen leuchtete das Fachwerkhaus strahlend weiß mit tief-dunkelroten Balken. Der kleine Hofplatz war noch mit alten Kopfsteinen, den Katzenköpfen, gepflastert, über die man vom Haus zur Scheune kam, die sich quer über das gesamte Areal erstreckte. Dahinter befand sich ein Gemüsegarten mit alten Obstbäumen und einer weinbewachsenen Pergola. Eine hohe Bruchsteinmauer grenzte den Garten zur Altbachanlage hin ab, in der sich Alt- und Seebach trafen. Hier war früher der Waschplatz für ganz Osthofen gewesen. Heute trafen sich meist nur Hundehalter und heimlich rauchende Teenies auf einer der Bänke am eingefassten Bachlauf.

Der Weg von der Tempelgasse bis zum Festzelt betrug keine fünf Minuten, allerdings brauchte Anne sich darüber dann doch keine Gedanken zu machen: Pünktlich zum Winzerfest bekamen Emma und Lukas in der feucht-warmen Juni-Witterung einen Magen-Darm-Virus und hielten beide Eltern Tag und Nacht auf Trab, sodass an einen gemütlichen Abend im Weinzelt nicht zu denken war. Und selbst wenn, beide wären nach 48 Stunden Bettenabziehen, Windelnwechseln, Fiebermessen, Wäschewaschen viel zu müde gewesen. Nicht einmal den Festumzug bekamen Mettenheimers mit. Dabei führte er zum ersten Mal seit über sechzig Jahren nicht über die Bahngleise: Nach Jahrzehnten des Jammerns, Osthofen sei durch die Bahn in Ost und West geteilt, durfte die Bevölkerung sich seit dem Jahresanfang freuen, dass sie nun zusätzlich noch in Nord und Süd aufgeteilt war, weil mit dem Bau einer gigantischen Unterführung begonnen worden war, der nicht nur Jahre dauern, sondern auch Millionen verschlingen und den Durchgangsverkehr verstärken würde. Im Moment aber kamen lediglich Fußgänger von Ost nach West oder umgekehrt, weshalb auch der Winzerfestzug auf die Wonnegaustraße im Gewerbegebiet ausweichen musste.

Nach dem Umzug kamen Käthe und Hermann Mettenheimer bei „ihren Kindern" vorbei, brachten Kuchen mit und beschwerten sich beim Kaffee über den Umzug: „Wer stellt sich denn da draußen vor den Supermarkt, frag ich dich. Keiner natürlich!", schimpfte Mama Mettenheimer, und auch ihrem Mann hatte es nicht gefallen: „Es kam überhaupt keine Atmosphäre auf, schade."

„Aber weißt du, wen ich gesehen habe? Die Ingrid!", sagte Mama Mettenheimer.

Anne runzelte die Stirn. „Die Ingrid?"

„Na, die früher mit diesem Bechtheimer zusammen war und die jetzt den Architekten aus Worms geheiratet hat. Stell dir vor, die hat jetzt schon drei Kinder mit dem!"

Anne kannte keine Ingrid, aber sie wollte lieber nicht nachfragen, um wen es sich eigentlich handelte. Das hätte gedauert, und sie war nicht sicher, ob sie die Konzentration aufbringen konnte. Vater Mettenheimer begriff die Situation schnell: „Käthe, ich glaube, wir schieben die Enkel jetzt mal auf den Festplatz. Anne und Paul sehen so aus, als müssten sie mal für ein, zwei Stunden schlafen."

Dankbar nickte Paul und sagte: „Das Gröbste haben wir wohl auch hinter uns. Seit heute Morgen haben die Windeln endlich wieder gehalten, was sie immer in der Werbung versprechen."

Kurz darauf zogen die Großeltern mit ihren immer noch reichlich blassen Enkeln los und genossen das Bad in der Menge auf dem Festplatz, während in der Tempelgasse ein junges Elternpaar noch kaum mit den Köpfen die Kissen berührt hatte, als es bereits schlief.

Der „Winzerfest-Montag" genoss in Osthofen einen ganz besonderen Ruf: In der Regel nahm man sich nicht nur diesen, sondern auch den Folgetag frei, denn wer immer konnte, ging zur Montagsweinprobe, die traditionell schon am Vormittag begann. Und wer diese dann überstanden hatte, brauchte den Dienstag einfach zum Ausschlafen.

Anne Mettenheimer hatte in früheren Jahren immer bedauert, niemals an dieser legendären Weinprobe teilgenommen zu haben, doch in diesem Jahr war sie einfach froh, ihre Ruhe zu haben. Eine ganze Woche Urlaub und Nichtstun hatte sie sich vorgenommen. Genüsslich drehte sie sich am Montagmorgen also nochmal im Bett um, weil sie ja keine Eile hatte mit dem Aufstehen. Die Kinder hatten die Nacht völlig ruhig verbracht, und Anne fühlte sich schon jetzt richtig erholt. Sie tastete nach Paul, aber seine Hälfte des Bettes war leer. Dafür hörte sie unten in der Küche das Geschirr klappern. Kurz darauf konnte sie den Kaffeeduft bis oben riechen. So mussten Urlaubstage beginnen!

Zur Mittagszeit saß die Kommissarin noch immer im Schlafanzug in der Küche, las Zeitung, spielte ab und an mit Emma und Lukas und machte sich keinerlei Gedanken um den weiteren Tagesablauf.

Das wurde ihr von Norbert Olmer abgenommen. Er rief gegen halb eins bei Anne an: „Mach, dass du in die Weinkosthalle kommst!"

„Nee, die Weinprobe interessiert mich nun aber gar nicht. Außerdem bin ich noch nicht angezogen." Anne kicherte gut gelaunt, aber ihr Chef wurde ernst:

„Ich mach hier keine Witze! Das ist ein dienstlicher Befehl! Dein Urlaub ist erst mal gestrichen. Ich will dich in zehn Minuten dort sehen, dann bin ich auch da."

Anne war das Lächeln auf dem Gesicht gefroren: „Aber was ist denn passiert?"

„Bei eurer Montags-Weinprobe ist einer umgefallen. Der Notarzt konnte nichts mehr tun, aber wir müssen uns einfach ein bisschen umsehen."

„Kannst du nicht Rolf oder Dieter mitnehmen?"

„Dieter ist auf Fortbildung, Rolf hat dieses Magen-Darm-Virus und ist ausgefallen. Du hast noch acht Minuten!" Olmer brach das Telefonat ab.

Paul runzelte die Stirn, als Anne ihm erzählte, warum sie erstens ganz plötzlich angezogen war und zweitens sehr eilig weg musste. „Ich habs geahnt, dass du keinen Urlaub hinkriegst!", brummte er. „Wahrscheinlich könnten wir bis nach Australien fliegen und Norbert würde dich noch finden und zurückpfeifen."

Anne zuckte mit den Schultern, drückte ihrem Mann einen Kuss auf die Backe und ließ die Haustür hinter sich mit Schwung ins Schloss fallen.

Als sie am Festzelt ankam, war es dort erstaunlich leise. In Grüppchen standen die Teilnehmer der Weinprobe draußen in der Sonne oder drinnen im Zelt beisammen und flüsterten über das eben Erlebte. Norbert Olmer stand schon neben dem Notarzt, der die Leiche mit einem Laken abgedeckt hatte, damit dem Toten wenigstens etwas Würde gewahrt blieb und die Blicke der Neugierigen ihn nicht mehr erreichten.

„Ach, Sie also auch wieder?", fragte der Arzt und schüttelte Anne die Hand. Sie zuckte wortlos mit den Schultern und nickte Norbert Olmer zu.

„So langsam beginne ich ja auch an diesen Winzerfluch zu glauben", meinte der Notarzt.

„War der hier auch einer?", fragte Anne.

„Werner Rissling. Weingut Kirchberg. Da drüben hat er sogar einen eigenen Stand", sagte Olmer und zeigte quer durch das Zelt zu einem der Stände von Weingütern, die das Fest unterhielten. „Seine Frau sitzt dort vorn. Wir können sie befragen, auch wenn sie ziemlich getroffen ist. Dann wissen wir bald, ob dein merkwürdiger Verdacht richtig ist."

„Welcher Verdacht?", wollte der Notarzt wissen.

„Meine Kollegin sieht Gespenster und ist dem Märchen vom Winzerfluch aufgesessen, wissen Sie. Sie sieht Zusammenhänge, wo gar keine sind."

„Und die wären?“

Anne schnaufte vor Wut. Warum nahm Olmer ihre Beobachtung eigentlich nicht ernst? „Alle drei Winzer, die in den letzten Monaten aus unerklärlichem Grund gestorben sind, hatten Herzschrittmacher. Ich finde, das kann kein Zufall sein. Aber mein Chef ist da nicht meiner Meinung.“

„Das haben wir gleich“, grinste der Arzt, hob das Laken an und gab es Anne Mettenheimer zum Halten. Dann schob er das ohnehin längst geöffnete Hemd des Toten beiseite und deutete auf eine kleine Narbe: „Sehen Sie, Herr Kommissar? Ihre Kollegin hatte die richtige Ahnung.“

Olmer kratzte sich ungehalten am Schnauzbart. „Aber das Tragen eines Schrittmachers allein ist doch keine Todesursache. Ganz im Gegenteil! Und alle Vermutungen zum Thema klangen bisher wie aus amerikanischen Serien, muss ich sagen. Außerdem wäre ich ja dann einer der Nächsten, schließlich trage ich neuerdings auch so ein Ding. Allerdings ein besonders modernes, das den Defibrilator gleich eingebaut hat.“

Es piepste und der Notarzt blickte auf das Display seines Handys. „Okay, ich muss!“, sagte er. „Aber googeln Sie doch einfach mal ein wenig zum Thema. Das lohnt sich, ich versprechs! In Ihrem persönlichen Fall würde ich auch mal in diese Studie gucken. Warten Sie mal, wie hieß der noch ... Ach, egal. Jedenfalls eine Studie über die Sicherheit von Defis. Sie werden staunen! So long!“

Der Notarzt fuhr ab, der Bestatter traf ein, alles nahm seinen üblichen Lauf. Anne Mettenheimer und Norbert Olmer setzten sich zur Gattin des Verstorbenen, die sich in den Stand des Weinguts Kirchberg zurückgezogen hatte, wo die anderen Festbesucher sie nicht beobachten konnten. Helga Rissling trug eines dieser ehemals alpenländischen Outfits, die ihren Siegeszug nach Norden längst angetreten hatten und von keinem Winzerfest Rheinhessens mehr wegzudenken waren. Man feierte halt lieber im bayrischen Dirndl als im rheinhessischen Winzerkittel. Ihre Tränen hatte Frau Rissling mittlerweile getrocknet. Aus rot verquollenem

Gesicht blickte sie die Kommissare an. „Ich verstehe das nicht“, seufzte sie. „Er war doch erst 58! Nächstes Jahr wollten wir endlich die Kreuzfahrt machen, auf die wir uns so lange gefreut haben. Nehmen Sie ihn jetzt mit?“

„Aber nein“, beruhigte Anne die aufgelöste Frau. „Wir stellen Ihnen jetzt noch ein paar Fragen, bringen Sie dann nach Hause und lassen Ihren Mann vom Bestatter mitnehmen.“

„Ja, dann ... Also gut.“

Auch die Wormser Zeitung hatte sich jetzt der allgemeinen Meinung angeschlossen, dass es sich unzweifelhaft um einen Winzerfluch handeln müsse, der kerngesunde Landmänner wie morsche Bäume fällte. Die fett gedruckte Überschrift „Winzerfluch beendet Montags-Weinprobe“ prangte am nächsten Tag nicht nur als Aufmacher im Lokalteil, sondern auch noch einmal auf der Titelseite des Blattes, das mitten auf dem Tisch im Büro des Leiters der Kriminalinspektion lag. Martin Sommer hatte die Leitung im vergangenen Herbst angetreten und sich damals gleich im Fall mehrerer entführter Mädchen als zuverlässiger Chef erwiesen, der fest hinter seinem Team stand. Anne wunderte sich aber bis heute, dass sie den schlanken Mittfünfziger noch nie anders als in einem seiner zahlreichen grauen Anzüge gesehen hatte. Aber viel wichtiger waren ohnehin die Schlagzeilen der verschiedenen Zeitungen, die Sommer jetzt neben die Wormser Zeitung warf:

„Schon wieder ein Winzer tot!“, „Winzersterben im Wonnegau!“ und andere Titel waren da zu lesen. „So kann das nicht weitergehen!“, sagte Martin Sommer mit klarer Stimme.

„Sie sind gut!“, beschwerte sich Anne Mettenheimer. „Wir haben keinerlei Anhaltspunkte, dass auch nur einer der Männer eines nicht natürlichen Todes gestorben ist. Was sollen wir da ermitteln?“

„Das ist in der Tat ein Problem. Aber Sie haben doch von den Herzschrittmachern berichtet. Tragen die Herren vielleicht alle dasselbe Modell in der Brust und wir können einen Produktionsfehler nachweisen? Das wäre doch immerhin etwas. Recherchieren

Sie doch mal ein bisschen, Frau Mettenheimer. Das dürfte Ihnen doch eher liegen als die alten Fälle, die wieder aufgerollt werden sollen, oder? Sie haben hiermit den offiziellen Auftrag, hinter das Rätsel des Winzerfluchs zu gelangen."

Anne grinste Norbert Olmer an, aber der rollte mit den Augen: „So weit ist es jetzt schon gekommen, dass die Kripo Landfrauengeschwätz nachgehen muss!"

„Na, na, Herr Kollege, auf die Landfrauen lasse ich aber nichts kommen! Und irgendetwas müssen wir tun. Warten wir einfach mal ab, was dabei rauskommt."

Zufrieden lief Anne die paar Schritte vom Büro des Leitenden zurück in ihr eigenes. Norbert Olmer saß schon auf seinem Stuhl und tat, als sei er tief in Akten vergraben.

„Gibs schon zu, dass du das alles für absoluten Blödsinn hältst!", sagte sie.

„Das weißt du doch!", schnaubte er zurück.

Annes erste Adresse waren die Hausärzte der Verstorbenen. Allesamt verwiesen sie ans Herzzentrum Mainz, seit einigen Jahren offensichtlich die erste Adresse in der Region. Die Kommissarin bekam einen Termin beim Leiter des Herzzentrums eingeschoben und sicherte sich also für den Nachmittag den braunen Dienst-Opel.

„Da wird sowieso nichts bei rauskommen!", meinte Norbert Olmer. „Verschwendete Steuergelder!"

„Auftrag von ganz oben!", gab Anne gedehnt zurück. „Kann es sein, dass du neidisch bist? Nichts als alte Fälle? Norbert, dann such doch einfach mal nach dieser Studie, die der Notarzt erwähnt hat."

Ganz kurz sah Olmer auf, aber nur, um dann den Kopf zu schütteln und „Dumm Zeug!" zu brummen.

Als kurz darauf das Telefon klingelte, war dem Chef des K1 geradezu anzusehen, dass er auf einen neuen Fall hoffte. Doch es war Dr. Kippenberg aus der Rechtsmedizin: „Na, was habt ihr auf dem Tisch?", fragte er.

Olmers Laune fiel weiter: „Nichts. Absolut nichts. Ich geb mal weiter!"

Ohne eine Antwort abzuwarten reichte er den Hörer Anne Mettenheimer, stand seufzend auf und ging sich einen Kaffee holen. Anne konnte sich mit Kippe längst wieder einigermaßen normal unterhalten. Die unsichere Kommunikation der Zeit nach ihrer Beinahe-Liaison war endgültig vorbei und das gegenseitige Frotzeln klappte wieder wie von Beginn an.

„Na, Kippe, hast du etwa auch nichts zu schnippeln?"

„Ha, irgendwer im Land sorgt immer für meine Arbeit. Zum Glück, sonst würden nachher noch weitere Stellen am Institut gestrichen."

„Aber die werden doch nur des Geldes wegen gestrichen, nicht wegen fehlender Leichen."

„Tja, da mach mal was dran!"

„Offensichtlich weiß das Land gar nicht, welche Koryphäen es da in eurem Bau untergebracht hat!"

„Genau, sonst würden wir sicher besser besoldet."

„Mir kommen die Tränen! Also, Kippe, was willst du?"

„Och, eigentlich nichts. Nur mal so hören, wies geht."

„Das kannst du deiner Oma erzählen, Kippe!"

„Nein, wirklich! Wie machen sich die Kinder?"

Anne Mettenheimer rollte mit den Augen. Versuchte der ihr gerade weiszumachen, er interessiere sich für zwei schreiende, spuckende, nachtaktive Windelpakete? Dann hatte sie den Geistesblitz überhaupt: „Den Kindern gehts gut. Sonja meint auch, sie würden sich prima entwickeln."

„Sonja?"

Wolfram Kippenbergs Stimme klang hoffnungsvoll. Aha! Hatte sie es doch gewusst! Seit dem vergangenen Herbst, als Sonja Drais als Psychologin an einem Fall mitgearbeitet hatte, versuchte Kippe ihr verzweifelt näherzukommen. Aber Sonja hatte schon abgewinkt: „Ich weiß nicht so recht, wie ich ihm beibringe, dass er zwar ein netter und gebildeter Mensch ist, dass er mich aber als Mann so überhaupt nicht interessiert."

Und so hatten Anne und Sonja einfach einen Verlobten erfunden, um dem armen Kippe beizeiten alle Illusionen zu rauben.

Dabei hatten die beiden Frauen sich dann eng angefreundet und trafen sich nun auch in ihrer Freizeit. Es reizte Anne sehr, Kippe noch weiter in die Irre zu führen: „Und Lothar findet die Babys auch klasse."

„Lothar?"

So hatte Anne damals den erfundenen Verlobten getauft. Sonja hatte sich gegen diesen Namen entschieden zur Wehr gesetzt, aber da sie ihn ja weder kannte noch liebte, hatte sie ihn schließlich grinsend akzeptiert. „Musst ihn ja auch nicht heiraten!", hatte Anne gelacht.

„Ist Sonja immer noch mit diesem Typen zusammen?"

„Hmm."

„Ach so."

„Interessierst du dich etwa für Sonja?"

„Quatsch. Wollte nur mal nachfragen, wie es euch in Worms so geht."

„Klar! Und was machst du so?"

„Ich hab grad einen auf dem Tisch, der ist einfach so bei einem Spaziergang mit seinem Hund gestorben, obwohl er vor acht Wochen erst einen Herzschrittmacher gekriegt hat. Da soll ich jetzt für die Familie beweisen, dass das Gerät von Anfang an defekt war, und der Hersteller erwartet gleichzeitig, dass ich das Gegenteil herausfinde, denn der Mann hatte auch Krebs im Anfangsstadium. Aber davon stirbst du ja nicht gleich."

„Wo kommt der Mann her?", fragte Anne und rutschte unruhig auf ihrem Stuhl herum.

„Bretzenheim, glaub ich. Wieso?"

„Wer hat angeordnet, dass er zu dir kommt?"

„Der Lauer vom LKA."

„Wieso ist das Landeskriminalamt damit befasst?"

„Reiner Zufall. Der Typ war sein Nachbar. Aber warum fragst du das alles?"

„Weil ich hier gleich mehrere tote Herren mit exakt demselben Problem habe und das nicht für Zufall halte. Norbert hält mich für bescheuert, aber der Leitende hat jetzt immerhin mal den

Auftrag erteilt, dass ich mich in der Sache genauer umgucke."

„Dann komm doch nachher dazu. Um zwei kommt ein von der Herstellerfirma beauftragter Sachverständiger zusammen mit Lauer, denn dann habe ich den Mann so weit untersucht, dass wir die Herzregion unter die Lupe nehmen können."

Als Anne Mettenheimer den Telefonhörer auflegte, klopfte ihr Herz deutlich schneller. Endlich kam Schwung in die Sache! Doch Norbert Olmer wollte davon immer noch nichts hören. Missmutig gab er vor, sich völlig aufs Lesen konzentriert zu haben, sodass Anne ihm nicht einmal davon berichten konnte, wie es weiterging. Sie verschob noch den Termin im Herzzentrum, weil er mit dem der Obduktion kollidiert wäre. Nach einem schnellen Fischbrötchen aus der Bräterei in der Fußgängerzone bestieg Anne im Hof der Polizeidirektion den alten Opel und stellte fest, dass der Auspuff schon wieder irgendwo ein Loch haben musste. Sie hatte einen seiner Vorgänger vor Jahren mitten auf dem Osthofener Bahnübergang verloren – sehr zur Freude der zahlreich zuschauenden Rentner, die sich seinerzeit täglich am Übergang getroffen hatten.

Anne gab Gas und brauste los. Unterwegs erinnerte sie sich gleich noch mal an frühere Zeiten: Zwischen Ludwigshöhe und Dienheim hatte immer der Sender im Radio geschwächelt, aber jetzt, auf der neuen B9 parallel zur Bahntrasse, gab es keinerlei Störungen mehr. Wieder ein Stück glatte Normalität, stellte Anne fast bedauernd fest. Passend zum Thema ihres Ausflugs sammelte sie Songtexte. Zuerst fiel ihr Neil Youngs „Heart of gold" ein. „It's a heartache", von wem war das nochmal? „You're in my heart, you're in my soul", nein, das war nicht der Titel, das kam nur irgendwo im Text vor. Bis Mainz hatte sie jede Menge Herz, Herzschmerz und Herzbruch zusammengetragen.

Auf dem Klinikgelände fand Anne Mettenheimer erstaunlicherweise sofort einen Parkplatz. Sie hatte nur wenige Schritte bis zum Institut für Rechtsmedizin zu laufen, wo Dr. Wolfram Kippenberg bereits auf den flachen Stufen vor dem Eingang saß und eine Selbstgedrehte rauchte. „Na?", lautete seine knappe Begrüßung.

„Immer noch nix zu tun?", stichelte die Kommissarin und klopfte dem Mediziner im Vorbeigehen auf die Schulter. Der drehte sich um und sagte: „Brauchst noch nicht runterzugehen. Der LKA-Typ fehlt noch, der Gutachter auch. Nur Orbis hockt da unten und schnippelt."

„Dann gehe ich den wenigstens schon mal begrüßen", beschloss Anne und öffnete die Eingangstür, während Kippe das Gesicht verzog und den nächsten Lungenzug nahm. Wolfram Kippenberg hatte noch immer Schwierigkeiten damit, dass so viele Menschen, im Speziellen aber Anne Mettenheimer, Orbis mochten. Kippe selbst hatte sich vor einiger Zeit völlig unrealistische Hoffnungen auf den Chefposten des Instituts gemacht, aber dann war dieser bayrisch-fröhliche Professor aufgetaucht, der täglich eine andere Fliege trug, den Damen pausenlos Komplimente machte und offensichtlich von niemandem außer Kippe durchschaut wurde. Erst als Orbis ihn zu seinem Stellvertreter ernannt hatte, war Kippe milder gestimmt worden. Doch die anstrengend eloquente Art seines Vorgesetzten verlangte ihm jeden Arbeitstag wieder viel Beherrschung ab.

Anne Mettenheimer stieg in den Sektionssaal im Keller hinab und dachte sich, dass es hier wirklich einmal wie im Fernsehen zuging: Da fanden Obduktionen auch immer im Keller statt. Wenigstens war dieser hier gut beleuchtet. Professor Orbis saß vor einem Mikroskop und bemerkte Anne erst, als sie direkt neben ihm stand.

„Ja, so eine Überraschung! Die charmante Kommissarin aus Worms!", rief er beglückt, sprang auf und reichte Anne die Hand. Die grinste verlegen und fragte schnell nach ersten Ergebnissen. Orbis ließ sie ins Mikroskop schauen und erklärte, dass er gerade einen Fremdkörper im Haar des Verstorbenen gefunden habe, der nun hier untersucht werde. „Eine Faser von irgendeiner Pflanze. Das muss jetzt noch nicht wichtig sein, kann es aber später werden in Bezug auf Tatort und Fundort zum Beispiel."

Nun betrat Dr. Kippenberg mit zwei weiteren Männern den Raum. Er stellte seinen Chef und die Kommissarin vor, danach die Gäste: „Dies ist Herr Gröner. Er ist der von der Herstellerfirma beauftragte Gutachter. Und dies ist ..." Weiter kam Kippe nicht.

„Max Lauer, LKA", sagte der muskulöse und braun gebrannte Mann neben dem Sachverständigen. Anne fielen die extrem kurzen Hemdsärmel auf – ob es die extra für Muskelmänner gab? Immerhin: Der Mann hatte freundliche kräftig blaue Augen mit Lachfalten, in die die Sonnenbräune noch nicht vorgedrungen war, und lächelte offen in die Runde. Auch dass er, so viel hatte Anne schon bemerkt, uralte Jeans trug, machte Lauer sofort akzeptabel. Sie reichte ihm die Hand und sagte: „Und Sie sind der, der seine Nachbarn tot auffindet?"

Lauer lachte gequält: „Nur manchmal. Zum Glück."

„Wieso haben Sie eigentlich die Obduktion beantragt? Nur weil er Ihr Nachbar war?"

„Nein, gar nicht. Obwohl er ein netter Kerl war. Aber ich habe ihn schließlich gefunden, ganz zufällig am Rand seines Wingerts. Im Sterben hat er noch was gesagt, das ich absolut nicht verstehe, aber was ich auch nicht einfach so ad acta legen kann."

„Und das wäre?", fragte Anne gespannt.

„Tja, viel wars nicht, und es macht auch keinerlei Sinn: Handy, weggelaufen, geschossen. Mehr habe ich nicht verstanden, dann war er tot."

„Oh."

Lauer zuckte mit den Schultern: „Dürftig, ich weiß. Dann lassen Sie uns hier mal loslegen!"

Orbis und Kippenberg legten den Herzschrittmacher fein säuberlich frei. Vor allem der Gutachter stand konzentriert daneben und beobachtete jeden Handgriff.

Schließlich sagte Professor Orbis: „Also, rein äußerlich hatte sich das Gerät bestens in den Körper eingefügt. Die Wunden der Operation sind perfekt verheilt, das Gewebe außen herum wirkt auf den ersten Blick so vital wie bei jedem anderen Menschen. Wenn, dann kann es nur an der Funktion des Herzschrittmachers gelegen haben."

Gröner runzelte die Stirn: „Sehen Sie, genau das ist es, was uns alle stutzig macht: Die Batterie hält Ewigkeiten und war obendrein noch ganz neu. Funktionsfehler im Gerät an sich kann sich der Hersteller aus naheliegenden Gründen gar nicht erlauben. Wenn Sie mir das Gerät ausbauen, untersuche ich es bei mir nochmal gründlich."

Einigermaßen enttäuscht fuhr Anne Mettenheimer am späten Nachmittag wieder nach Worms. Sie hätte es am liebsten gehabt, wenn der Herzschrittmacher gleich auf den ersten Blick fehlerhaft, angekokelt, manipuliert ausgesehen hätte. Aber es war ja wieder nichts rausgekommen, was sie weiterbrachte! Und nun noch die Warterei auf das Ergebnis des Gutachtens dazu!

Norbert Olmer war schon nicht mehr im Büro, weshalb Anne ihm eine Nachricht hinlegte, dass sie davon ausgehe, ihren Urlaub nun weiter genießen zu können, da auch der Osthofener Tote ja kein Fall für das K1 geworden sei. Falls sich der Gutachter zum Bretzenheimer Winzertod melde, könne Olmer ihr ja eine Mail schicken, sie sei zu Hause erreichbar. Dann beschwerte Anne den Zettel mit Olmers ungespülter Kaffeetasse und machte sich auf den Heimweg.

Den folgenden Tag verbrachte Anne Mettenheimer auf einem Spielplatz am Rheinufer, wo Emma und Lukas begeistert das Angebot an Wasserspielen in der Junisonne nutzten. Paul und Anne lagen faul auf einer Decke im Halbschatten daneben und besahen sich einen Ahorn von unten – falls sie in ihrer Trägheit nicht gerade eingedöst waren. Dann brummte Annes Handy in der Hosentasche. Sie fischte es aus der Jeans, besah sich das Display und stöhnte: „Olmer. Ich habs ja gewusst!"

„Geh nicht ran!", schlug Paul vor und rollte sich auf die Seite, um einen Blick auf die matschenden Kinder nebenan zu werfen. Anne drückte aber doch auf die grüne Taste: „Norbert, hallo! Ist was passiert?"

„Ich sollte dir doch Bescheid geben, wenn sich der Gutachter rührt. Er hat festgestellt, dass der Herzschrittmacher einwandfrei funktioniert hat, dass es ein unerklärlicher Totalausfall gewesen sein muss. Es kann also höchstens sein, dass das Gerät von außen manipuliert wurde."

„Okay. Dann könnte man also von Mord ausgehen, wenn das jemand absichtlich gemacht hat."

Als Paul das Wort Mord hörte, hob er verzweifelt die Hände. Er wusste bereits, was nun kommen würde: Seine Frau würde entweder im Eiltempo allein zurück nach Osthofen radeln, oder aber die ganze Familie schnellstmöglich zusammentreiben und dann nach Hause rasen, um endlich wieder ins Büro zu können. Manchmal schimpfte er, dass die Toten bei Anne Vorrang vor den Lebenden hätten, doch Anne verwies jedes Mal darauf, dass ein Mörder ja auch nochmal morden könne und sie das zu verhindern gedenke. Da kamen ein allein gelassener Ehemann und zwei kleine Kinder einfach nicht gegen an, das wusste Paul genauso.

Im Moment lief Anne jedoch noch in großen Schritten über den Spielplatz, raufte sich mit der einen Hand die Haare und telefonierte weiter mit ihrem Chef: „Ja, was machen wir denn nun?"

„Nichts. Zumindest du nicht. Rolf, Dieter und ich werden die Liste der auf dem Osthofener Fest gesehenen Gäste überprüfen und mit allen Fotos, die wir mittlerweile vom Winzerfest haben, abgleichen. Das wird ein Weilchen dauern und du verpasst nichts."

„Immerhin ermittelt ihr nun auch endlich in dieser Sache", freute sich Anne.

„Na, wo der Leitende dich schon drauf angesetzt hat und du nicht da bist, was bleibt uns!"

„Aber Norbert, meinst du nicht, es wär ganz gut, wenn ich dabei wäre? Ich mein ja nur, aber die Osthofener Leute kenne ich besser als ihr. Das könnte jede Menge Zeit sparen."

Olmer lachte: „Ich denke, du wolltest Urlaub machen?"

„Na ja ..."

Schließlich seufzte er: „Anne, das musst du selbst wissen!"

An Dösen unterm Ahornbaum war nicht mehr zu denken. Anne starrte hellwach ins Blätterdach empor und schob Dutzende Gedanken zu den merkwürdigen Todesfällen von einer Hirnwindung in die andere und kam dennoch zu keinem Ergebnis. Missmutig trank sie eine Tasse Kaffee, und ihre Laune besserte sich erst, als sie ihr Programm für den folgenden Tag für sich beschlossen hatte. Sie stand auf, streckte sich und ging hinüber zu der gepflasterten Rinne, in der ihre Kinder glücklich Matschberge umwälzten.

Am Morgen des nächsten Tages fuhr Anne Mettenheimer dann doch nach Worms. Es brachte ja schließlich auch nichts, wenn sie grübelnd und unruhig zu Hause „Urlaub" völlig ohne Entspannung machte.

Norbert Olmer sah nur kurz auf, als seine Kollegin das gemeinsame Büro betrat. „Brauchst gar nicht so zu tun! Ich seh dein Grinsen trotzdem!", meinte Anne.

„Es war mir ja klar, dass du wieder hier auftauchst. Wann schaltest du eigentlich mal richtig ab?"

„Das sagt ja nun der Richtige!"

„Gut, dann lass uns anfangen! Rolf und Dieter kommen gleich rüber, dann legen wir fest, wer sich was vornimmt."

Als Rolf Iben und Dieter Wiesen ins Büro kamen, wunderten sie sich kein bisschen, dass Anne Mettenheimers Urlaub schon wieder beendet war. Rolf Iben kam gleich zur Sache: „Ich würde am liebsten wie immer am PC arbeiten, also im Internet noch mal genau recherchieren, inwieweit man Herzschrittmacher manipulieren kann. Norbert, wäre das nicht auch was für dich?"

Olmer nickte und sagte: „Und weil Anne sowieso gesagt hat, sie kennt die Osthofener besser als wir anderen, ist sie für den Abgleich der Gästelisten und Fotos zuständig, wobei Dieter bitte mitarbeitet."

„Klar!", nickte Wiesen.

Anne und Dieter saßen vor dem Bildschirm des Computers und riefen nacheinander alle Fotos auf, die sie vom Festgeschehen in Osthofen hatten auftreiben können. Immer wieder zeigte Anne auf einzelne Personen und nannte deren Namen. Dieter Wiesen beschriftete die Personen dann gleich am Bildschirm. Als die beiden nach diesem ersten Durchgang versuchten, die Bilder in die richtige zeitliche Abfolge zu bringen, wurde es schon schwieriger. Die Beobachtung des Füllstandes im Weinglas jedes Festbesuchers half hierbei enorm. Irgendwann bemerkten beide Kommissare, dass ihnen die Augen schmerzten. „Wir sollten Mittagspause machen!", schlug Anne Mettenheimer vor, und Dieter Wiesen nickte müde. Im Büro nebenan trafen sie auf zwei ebenso ermattete Kollegen, die nur zu gern zustimmten, in das türkische Bistro im neuen Einkaufszentrum zwei Straßen weiter zu gehen und dort für Kaloriennachschub und Entspannung zu sorgen.

Während Anne an ihrem Börek mit Hackfleischfüllung kaute, merkte sie schon, dass sie den Nachmittag an der Wasserflasche verbringen würde: Der Köchin war heute wohl etwas zu viel Knoblauch hineingeraten. Aber da ihre Arbeitskollegen dasselbe Problem haben würden, machte das auch weiter nichts. Ihr fiel auf, dass Rolf Iben seit einigen Minuten auf seinem Stuhl herumrutschte wie ein Grundschüler, der sich nicht zu fragen traut, ob er auf die Toilette darf. „Rolf, was ist los?", fragte sie deshalb.

„Was soll denn los sein?", fragte der zurück.

„Komm, tu nicht so, du bist doch total nervös. Hast du noch was vor oder musst du was beichten?"

Rolf Iben lief rot an. „Dumm' Zeisch!", verwahrte er sich gegen die Vermutung.

Nun musste Anne lachen: „Rolf, es hilft nichts: Wenn du in den Dialekt verfällst, ist es schon recht eng für dich geworden. Also, nun sag schon!"

Iben streckte sich und saß jetzt völlig gerade. Er warf einen Blick unter die Decke der Supermarkthalle, legte danach seine Hände nebeneinander auf die Tischplatte und sagte: „Anne hat ja recht. Also, die Carola und ich, wir werden heiraten."

Einen Augenblick später konnte Rolf sich kaum noch retten, weil Anne ihn umarmte, Dieter ihm auf die Schulter klopfte und Norbert Olmer gleichzeitig versuchte, ihm zur Gratulation die Hand zu schütteln. Das K1 fiel auf im türkischen Bistro. Die Bedienung kam an den Tisch und fragte, was denn passiert sei.

„Ich heirate!", stieß Rolf atemlos aus, als sich der Sturm etwas gelegt hatte. Die Bedienung strahlte, verschwand kurz und kam mit einer Runde Raki zurück. „Auf ein langes und glückliches Leben und viele, viele Kinder!", sagte sie. Lachend trank das K1 aus und machte sich wieder auf den Weg zur Arbeit. Unterwegs fragte Anne: „Und? Wie ist das mit den vielen Kindern? Habt ihr was geplant?"

„Ach was! Wir sind doch noch viel zu jung!"

Anne kicherte: „Klar, du bist auch erst Mitte dreißig! Wie alt ist eigentlich die Carola?"

„Letzte Woche zweiunddreißig geworden."

„Gibts ein großes Fest?"

„Das glaubst du aber! Unsere Mütter planen schon in allen Einzelheiten, wie das abzulaufen hat."

„Ach, und ihr? Ich mein, gefällt euch das?"

„Ich finds ganz praktisch, so brauche ich nur noch in den Anzug zu schlüpfen und Ja zu sagen."

„Und Carola?"

„Die plant doch mit, und wie!"

„Dann ist ja alles in Ordnung!", sagte Anne erleichtert und erinnerte sich daran, wie schwer es im letzten Herbst gewesen war, ihre eigene Mutter davon abzuhalten, die Hochzeit ihrer einzigen Tochter wie ein Volksfest auszurichten.

„Um vier treffen wir uns zur Lagebesprechung!", gab Olmer noch aus, bevor das K1 wieder das Gebäude der Polizeidirektion betrat.

Als er in seinem Büro saß und noch auf Rolf Iben wartete, schüttelte Norbert Olmer innerlich den Kopf: Er glaubte, ein gerüttelt Maß an Menschenkenntnis zu besitzen, zumal nach dieser Anzahl an Dienstjahren, aber im eigenen Team war er jedes Mal erstaunt, wie schnell Anne darauf kam, dass jemand sich anders verhielt als sonst. Nun heiratete also sein jüngster Kollege. Wer hätte das gedacht, wo Rolf doch das klassische Bild des ewigen Junggesellen abgab: Bis heute bei den Eltern wohnend, rührend von Mama umsorgt, ewig larmoyant wegen der eigenen Chancenlosigkeit beim anderen Geschlecht und äußerlich auch nicht gerade das, was Frauen als Hingucker bezeichnen würden. Doch bei der gepflegten Carola, der Sekretärin eines Osthofener Bankdirektors, hatte es vor etwas über einem Jahr sofort gefunkt. Und das nicht nur, weil sie sich als begabte Spionin für das K1 erwiesen hatte.

Nebenan ackerten sich Anne und Dieter weiter durch die Fotos. Sie versuchten mittlerweile bereits, die Personen einzugrenzen, die sich direkt vor dem Zusammenbruch von Werner Rissling um ihn herum aufgehalten hatten. „Hier, auf Foto 89, fällt er gerade um. Auf Foto 75 sieht man an der großen Frau da links die Uhrzeit, das ist genau fünf Minuten vor dem Tod“, sagte Anne.

„Falls die Uhr stimmt. Und falls man ihm nicht irgendwas gegeben hat, das verzögert wirkt.“

„Glaube ich nicht“, meinte Anne. „Wir haben Rissling an seinem Stand fast lückenlos auf den Fotos. Meist nur im Hintergrund, aber deutlich genug erkennbar. Der trinkt absolut nichts während der Stunde vor seinem Tod. Dazu hatte er ja auch gar keine Zeit.“ Nun bemerkte die Kommissarin ihren eigenen Knoblauch-Durst und griff nach der Wasserflasche, die sie vorsorglich schon auf die Fensterbank gestellt hatte.

„Vielleicht sollte er doch obduziert werden“, grübelte Dieter Wiesen.

„Fände ich bei allen Winzern gut!“

Wiesen griente. „Das stell dir vor!“

„Stimmt! Rheinhessen wäre in Aufruhr, wenn auf jedem dritten Friedhof von uns gebuddelt würde!“

„Also weiter!“, forderte Dieter mit Blick auf die Uhr.

„Insgesamt vier Personen kommen Rissling in den letzten fünf Minuten so nahe, dass sie etwas mit seinem Tod zu tun haben könnten“, stellte Anne fest. „Und das Beste ist, drei davon kenne ich!“

Auch Norbert Olmer und Rolf Iben kamen voran: „Hier stehts, was die mir auch in der Klinik gesagt haben: Von elektrischen Haushaltsgeräten geht in der Regel keine Gefahr aus. Die Nähe von Transformatoren und Umspannwerken soll aber trotzdem gemieden werden."

„Gut", sagte Rolf, „wie sollen Haushaltsgeräte auch in die Wingerte geraten sein, in denen die Männer starben! Im Festzelt, okay, zur Not. Aber Transformatoren und Umspannwerke können wir definitiv ausschließen. Da war nichts dergleichen in der Nähe."

Norbert Olmer las weiter: „Um beim Telefonieren mit einem Handy den Herzschrittmacher nicht zu beeinträchtigen, sollten Sie das dem Schrittmacher entgegengesetzte Ohr benutzen. Außerdem wird empfohlen, das Handy nicht in einer Jackentasche, die sich in Brusthöhe befindet, aufzubewahren. Jesus, da müsste ich auch endlich mal dran denken!"

Iben lachte: „Na, bei dir scheints ja nichts auszumachen! Ist die Quelle denn seriös?"

„Universität Gießen. Sollte wohl glaubhaft sein."

„Guck mal, da ganz unten, da steht sogar noch was über deinen Defi, Norbert! Träger eines Defibrilators berichten, dass sie den ausgelösten Stromstoß nur als ein Erschrecken oder als einen kräftigen Schlag im Brustbereich empfunden haben."

Die Tür des Büros flog auf und Anne Mettenheimer stürmte herein: „Männer, es ist gleich vier!"

„Ist ja gut, Anne. Musst du uns so erschrecken!", schnaufte Norbert Olmer. „Bringt ihr eure Bilder mit rüber in den Besprechungsraum? Ich denke, da haben wir mehr Platz für alles."

„Ist gut!", sagte Anne im Hinausgehen.

Rolf, Dieter und Anne saßen bereits im Besprechungsraum und warteten nur noch auf ihren Chef. Der aber tauchte erst auf, nachdem die anderen schon den ersten halben Kaffee getrunken hatten.

„Entschuldigung, aber Kippe hat eben noch angerufen. Er hat etwas gefunden, das vielleicht doch die Exhumierung der anderen Toten rechtfertigen könnte."

„Nein!", rief Anne aufgeregt.

„Doch", lachte Olmer über Annes Enthusiasmus. „Hört zu: Er hat sich das Gewebe rund um den Herzschrittmacher der Bretzenheimer Leiche genauer vorgenommen. Dabei hat er festgestellt, dass das Gewebe doch geschädigt ist. Er sagt, es wirkt an einigen Stellen wie gekocht. Also liegt eine Erwärmung vor, die das Gewebe veränderte."

„Das passt!", schrie nun Rolf Iben und sprang auf. „Norbert, du erinnerst dich bestimmt: Wenn ein Herzschrittmacher einem elektromagnetischen Feld ausgesetzt wird, gelangen Ströme von der Elektrode ins Herz und lösen Kammerflimmern aus. Aber auch eine Gewebeschädigung durch lokale Erwärmung kann entstehen."

„Klasse! Endlich geht es vorwärts!", freute sich Anne Mettenheimer. „Und was habt ihr sonst so rausgefunden?"

Norbert Olmer berichtete von den Recherchen: „Es ist denkbar, dass das Gerät von außen einwirkende Signale als herzeigene Impulse deutet und dann die erforderliche Stimulation durch den Schrittmacher unterdrückt wird, obwohl das Herz gar keinen ausreichenden Eigenrhythmus hat. Zudem können äußere Magnetfelder einen Schrittmacher veranlassen, in einen Störbetriebsmodus umzuschalten, der eine feste Frequenz hat und in der speziellen Situation deutlich zu niedrig für den Patienten sein kann."

„Außerdem haben wir noch die Störsignale", unterbrach Rolf Iben, während nun auch Olmer dringend Wasser gegen den Knoblauch vom Mittagessen brauchte. „Störsignale können den Herzschrittmacher daran hindern, den Eigenrhythmus des Herzens zu erkennen. Dann kann, aus Versehen quasi, eine Anpassung an die Frequenz des äußeren Störfeldes erfolgen. Und dass das ungesund sein kann, brauche ich euch ja nicht erst zu sagen. Im schlimmsten Fall droht jeweils der Herzstillstand."

„Was ist denn so ein Störsignal?", wollte Dieter Wiesen wissen.

„Das kann eine dieser Warensicherungsanlagen im Kaufhaus sein, ein Schnurlostelefon oder aber eine Stereoanlage. Das Risiko hängt vom Abstand zwischen der Quelle und dem Herzschrittmacher oder dem Defibrilator ab."

„Norbert, wie ist das bei dir? Merkst du da manchmal was?", fragte Anne.

Olmer schüttelte den Kopf: „Absolut nicht. Aber ich trage ja auch ein topaktuelles Modell in der Brust. Allerdings achte ich darauf, elektrischen Geräten nicht zu nahe zu kommen."

„Ist das nicht sehr belastend, immer erst mal nachzudenken, bevor man den nächsten Schritt ins Geschäft tut?"

„Doch, aber nichts im Vergleich zu der Panik, die mich vor der Operation immer überfiel, wenn mein Herz aus dem Rhythmus kam. Gar nichts, das könnt ihr mir glauben!"

„Wir haben doch noch viel mehr herausgefunden!", meldete sich Rolf Iben zu Wort. „Ja", bestätigte Olmer, „wir haben die Studie gefunden, die der Notarzt neulich erwähnte."

„Und?", fragte Dieter.

„Ein Professor an der Universität Massachusetts hat zwei Jahre lang versucht, Herzschrittmacher zu knacken. Mit großem Erfolg. Aber nun hat er den Ärger, dass ihm vorgeworfen wird, eine Anleitung zum Mord verfasst zu haben."

„So gut kann man da manipulieren?", staunte Anne.

Rolf nickte: „Man kann an den Herzschrittmachern offensichtlich relativ problemlos von außen den Testmodus einleiten, die Batterien leeren und das Gerät abschalten. Die Forscher haben geschrieben, wenn sie wollten, könnten sie alle Menschen, die einen Herzschrittmacher tragen, in eine lebensbedrohliche Situation bringen."

„Millionen Menschen also!", seufzte Anne.

„Mittlerweile sind die Geräte sogar WLAN-fähig", berichtete Rolf Iben weiter. „Dabei gibt es ja schon für den Computer noch enorme Sicherheitslücken, aber was ist schon ein Virus im PC gegen einen fremden Zugriff auf den Herzschrittmacher! Es ist den Forschern gelungen, wie ein einfacher Hacker die Kontrolle über Implantate zu übernehmen und Stromstöße in Stärken auszulösen, die mindestens einem starken Tritt gegen die Brust entsprechen und tödliche Folgen haben."

„Aber wie geht das genau?"

„Moderne Herzimplantate sind mit einer Funkschnittstelle ausgerüstet, damit Ärzte die Funktionalität des Geräts überwachen, auswerten und notfalls neu justieren können. Logisch, dass es da Schwachstellen geben muss!", sagte Norbert Olmer und griff sich unbewusst an die Brust.

Den Abschluss berichtete wieder Rolf: „Je moderner das Gerät, desto größer die Reichweite der Sender. Rein technisch wäre es sogar möglich, die Geräte über ein WLAN-Netz mit dem Internet zu verbinden. Du speicherst die Daten auf einem Server und kannst manipulieren, wann immer du willst. Mit immer besserer Reichweite."

„Das heißt ja, dass wir eigentlich mal nach jemandem suchen sollten, der mit irgendeinem elektrischen Gerät relativ nahe an die Winzer herangekommen ist. Das passt nämlich hervorragend zu der Aussage, die der Lauer noch von seinem sterbenden Nachbarn gehört hat, ihr wisst schon, diese drei Worte Handy, weggelaufen, geschossen!", fasste Anne zusammen.

„Meinst du nicht, das ist ein bisschen zu sehr Hollywood? Wir sind hier schließlich nur in Worms!" Rolf Iben fand den technischen Aspekt zwar überaus spannend, wollte sich aber mit Annes gewagter Theorie von geplanten Manipulationen noch nicht recht anfreunden.

„Ich brauche jetzt eine Pause!", sagte Norbert Olmer erschöpft und verließ den Raum.

„Das geht ihm, glaub ich, im wahrsten Sinne des Wortes, ziemlich zu Herzen", meinte Anne und goss sich Kaffee nach. „Aber eine gute Spur zum Winzerfluch wäre es schon."

Dieter Wiesen hatte die Bilder der vier Personen vergrößert, die sich vor dem Tod von Werner Rissling in seiner unmittelbaren Nähe aufgehalten hatten. Er rammte Nadeln durch das feste Papier und befestigte die Fotos an der Pinnwand des Besprechungszimmers. „Anne, dein Part!", übergab er an seine Kollegin.

Norbert Olmer betrat den Raum und ging leise zu seinem Platz, um Annes Ausführungen nicht zu stören. „Drei der vier Leute kenne ich", sagte sie. „Hier links, das ist Rosemarie Blum."

„Ach, hatten wir die nicht ...", setzte Olmer an, aber Anne unterbrach ihn: „Genau, die haben wir vor einigen Jahren kennengelernt, als eine junge Bedienung aus meiner Stammkneipe in Osthofen ermordet aufgefunden wurde. Ihr Mann galt damals als dringend tatverdächtig, hatte aber gar nicht die junge Frau, sondern deren Verlobten umgebracht. Von Rosemarie Blum, obwohl ich inzwischen direkt bei ihr um die Ecke wohne, habe ich seitdem nie wieder etwas gehört. Und nun steht sie da neben dem Rissling auf dem Winzerfest. Ausgerechnet in dem Moment, in dem er stirbt!"

„Anne, jetzt siehst du aber Gespenster!", lachte Rolf Iben. „Es ist doch nicht verboten, sich in der Öffentlichkeit rar zu machen und irgendwann auch mal aufs Winzerfest zu gehen!"

„Hast ja recht, aber komisch finde ich das schon. Ich muss das mal mit Julia besprechen!"

Norbert Olmer rollte mit den Augen, sagte aber nichts, wusste er doch, wie wichtig die ebenso gut informierten wie informellen Quellen manchmal sein konnten. Stattdessen meinte Rolf: „Ich schlage vor, wir befragen die vier Leute aber zuerst. Wer ist Nummer zwei?"

„Das ist Justus Ebeling, der war vor zwei Jahren oder so der Prinz Schampus."

„Der wer?", fragte Dieter Wiesen irritiert.

„Der Prinz Schampus. Manchmal gibt es eine Weinkönigin in Osthofen, die hat dann eine oder zwei Prinzessinnen. In anderen Jahren findet sich aber auch ein junger Mann, der zusammen mit der Weinkönigin und ohne Prinzessinnen regiert. Der wird dann Prinz Schampus genannt", erklärte Anne.

„Was macht der heute so?", fragte Rolf.

„Der studiert Weinbau."

„Hm", brummte Olmer. „Weiter bitte!"

„Unsere dritte Kandidatin ist Annalena Schnerr, die hat damals mit Justus Ebeling als Weinkönigin regiert. Mittlerweile hat sie ein BWL-Studium begonnen und wohnt, soweit ich weiß, gar nicht mehr in Osthofen."

„Und den Mann auf dem vierten Foto kennst du nicht?", fragte Norbert Olmer.

„Nein, keine Ahnung, wer das ist. Aber das kriegen wir bestimmt raus, wenn wir die anderen drei gesprochen haben: Frau Blum steht ganz dicht neben ihm, vielleicht kennt sie den Mann."

Rolf konnte ein Gähnen nicht mehr unterdrücken. Sein Chef lächelte und sagte: „Schon verstanden, Rolf."

„Nein, nein ...", protestierte dieser sofort, aber Olmer redete weiter: „Wir sind alle hundemüde. Fahrt nach Hause und schlaft euch aus. Morgen früh macht sich Rolf bitte an die nochmalige Auswertung aller Fotos: Hat jemand ein Elektrogerät dabei, das als Sender von Störsignalen dienen könnte? Dieter, du kannst ihm dabei helfen. Anne und ich werden gar nicht erst ins Büro kommen, sondern sofort mit der Befragung der drei bekannten Leute beginnen. Schönen Feierabend dann!"

Olmer raffte seine Papiere zusammen und verließ ohne weitere Worte den Raum. Dieter Wiesen sammelte die Fotos von der Pinwand ein und gab sie Anne: „Hier, die braucht ihr morgen bestimmt."

Anne dankte nickend, schloss in ihrem Büro, das Olmer schon wieder verlassen hatte, noch schnell das Fenster und nahm sich ihren Notizblock und die Bilder mit, um für den Folgetag gerüstet zu sein.

„Boah, was für eine Knoblauchfahne!", schimpfte Paul, als seine Frau ihn zur Begrüßung küsste. „Lieber Himmel, wo habt ihr bloß zu Mittag gegessen?"

„Es war total lecker!", rechtfertigte sich Anne. Emma und Lukas schien der Geruch ihrer Mutter weniger zu stören. Sie lagen schon in ihren Betten, lauschten einer CD mit leisem Jazz und kämpften wie immer standhaft gegen zufallende Augen.

„Was gabs heute so?", fragte Anne, als sie später mit Paul hinter der Scheune im Garten saß, ihre Lasagne abkühlen ließ und am eben aufgezogenen Rotwein schnupperte.

„Wir hatten heute zum ersten Mal Babyschwimmen." Paul seufzte.

„Wars so schlimm?"

„Na ja, ich habs ja befürchtet, dass es kein Spaziergang würde mit zwei nassen und glitschigen Kindern."

„Aber sie leben beide noch, hab ich gesehen."

„Jedes hat mindestens einen halben Eimer Wasser geschluckt, das wette ich. Viel schlimmer waren aber die vorwurfsvollen Blicke der Übermütter um mich herum. Ein Vater in solchen Kursen ist schon etwas Besonderes, aber ein Vater mit zwei Kindern, die er auch noch gleichzeitig zu ertränken versucht, ist natürlich die absolute Show. Du glaubst nicht, wer mir alles Tipps gegeben hat. Absolut wohlmeinend und gleichzeitig absolut vorwurfsvoll. Dabei waren die meisten dort auch bloß mit ihrem ersten Kind."

„Manchmal tust du mir richtig leid", lachte Anne und stieß mit Paul auf den ruhigsten Teil des Tages an.

„Ja, also, wenn ich die Barbara nicht hätte, die mir immer mal wieder sagt, dass ich mich gar nicht so dämlich anstelle, wie die anderen Mütter immer behaupten, wäre ich schon verzweifelt."

„Aha, die Barbara also."

„Wieso sagst du das so komisch?", fragte Paul.

„Och, nur so. Die kommt halt öfter vor, die Barbara."

„Na und? Die ist mit ihrer Henriette auch im Schwimmkurs."

„Ja, und in der Krabbelgruppe. Sonst noch wo?" Anne trank das halbe Glas auf einen Zug aus.

„Nein. Wir haben nur festgestellt, dass wir oft zu den gleichen Zeiten die gleichen Wege haben, da gehen wir halt manchmal auch zusammen einkaufen."

„Und wie ist sie so?"

„Total nett! Mit der kann man echt alle Probleme besprechen, die so im Alltag mit Kleinkindern auftauchen." Paul goss Anne Wein nach und lehnte sich entspannt in seinem Stuhl zurück. „Komm, wir gucken mal ein bisschen in den Himmel. Es soll Sternschnuppen geben, habe ich in der Zeitung gelesen." Er klemmte sich den angewinkelten Arm als Stütze hinter den Kopf und beobachtete den mittlerweile schwarzblauen Abendhimmel.

„Besprichst du eigentlich alles mit der Barbara?"

„Klar, warum nicht?"

„Und wieso nicht mit mir?"

Paul lachte, ohne den Blick vom Sternenzelt abzuwenden. „Du bist ja tagsüber sehr selten da."

„Ist die verheiratet?"

„Nö. Sie wollte nur ein Kind und keinen Mann, hat sie gesagt. Mit Männern würde sie es nie lange aushalten, meint sie."

„Aber mit dir, was?"

„Ich glaub schon. Ist doch ganz gut, wenn man jemanden hat, mit dem man sich mal austauschen kann! Und die Kinder mögen die Barbara auch richtig gern."

Anne stand auf, kippte den Rest ihres Rotweins neben sich an den Apfelbaum und sagte aufgebracht: „Dann lad deine Barbara doch mal abends zu dir ein! Und überhaupt, Henriette würde ich höchstens ein Huhn nennen!"

Damit rauschte sie ab, stampfte wütend durch die Scheune und zurück ins Haus, wo sie noch lange keinen Schlaf fand. Nur Paul, der sich wenige Minuten nach Anne ins Bett gelegt und zusammengerollt hatte, atmete leise und gleichmäßig. So eine Ungerechtigkeit, ärgerte sich Anne. Erst erzählte er ungeniert von seiner neuen Tagsüber-Frau und dann konnte er auch noch hemmungslos gut schlafen, während sie immer noch die Leuchtzahlen auf dem Wecker beobachtete, die mittlerweile ohne Erbarmen eine Zeit weit nach Mitternacht anzeigten.

Anne Mettenheimer war entsprechend gerädert, als Norbert Olmer sie am nächsten Morgen zu Hause abholte. Missmutig hatte sie ein Glas Saft heruntergekippt und sich wortkarg verabschiedet. Sie hatte das Gefühl, die ganze Nacht kein Auge zugetan zu haben. Und nun ging es zu Rosemarie Blum. Hoffentlich hatte sie auch schon einen Kaffee aufgesetzt, flehte Anne insgeheim. Als das K1 vor Jahren im alten Mühlengehöft der Blums eine Leiche gefunden hatte, war sie es gewesen, die erst mal für alle Kaffee gekocht hatte. Solch praktische Einstellung verlor sich doch nicht mit den Jahren, oder? Anne behielt recht: Hinter Norbert Olmer betrat sie den Blumschen Hof, auf dem der Seebach durch ein gepflastertes Bett offen plätscherte. Zwischen den üppig gewachsenen Oleandern in Kübeln vor der Wand des alten Fachwerk-Anwesens standen mehrere Stühle um einen Holztisch herum, auf dem Anne sofort eine Isolierkanne und drei Tassen ausmachte. Rosemarie Blum hatte nichts verlernt, wunderbar!

Eine kleine Frau mit strengem Haarkranz und locker fallender Blumenbluse kam den Kommissaren entgegen. „Guten Morgen!", rief sie munter und lud Olmer und Mettenheimer ein, am Tisch Platz zu nehmen und erst einmal einen Schluck Kaffee zu trinken. Anne nahm dankend an, während Norbert Olmer sagte: „Aber zum Kaffeetrinken sind wir gar nicht hier, Frau Blum."

„Ich weiß, es geht um den Tod vom armen Werner Rissling. Da stand ich ja gerade ganz in der Nähe, und sicher wollen Sie wissen, was ich gesehen habe oder ob ich den Werner nachher vielleicht sogar ermordet habe."

„Äh, ja!", gab Norbert Olmer einigermaßen überrascht zu.

„Also, ich stand beim Werner, weil ich ihn fragen wollte, wo seine Frau steckt. Mit der wollte ich nämlich über die Landfrauen sprechen. Ich war lange nicht da und wollte den Kontakt auffrischen. Darf ich noch nachschenken?"

Anne nickte und hielt ihre Tasse hin.

„Milch? Zucker?"

„Nein, danke. Schwarz!", sagte Anne. „Hatten Sie damals, als das mit der Leiche im Seebach passiert ist, nicht sogar einen Vorstandsposten bei den Landfrauen?", fragte Anne nach.

„Ja, hatte ich. Aber nachdem mein Gunther diesen furchtbaren Mord am Verlobten seiner Geliebten begangen hatte, wollte ich nur noch weg aus Osthofen. Ich bin jetzt fast drei Jahre lang in Florida gewesen."

„Florida?" Anne war immer noch nicht ganz wach.

„Ich habe da Verwandtschaft. Die haben mich aufgenommen und zur Ruhe kommen lassen. Aber vor einigen Monaten habe ich gemerkt, wie sehr mein Herz doch noch an der Heimat hängt. Sie ahnen ja nicht, wie viel es auf dem Hof zu tun gab, als ich nach dieser langen Zeit zurückkehrte!"

„Doch, ich kanns mir vorstellen", sagte Anne. „Hat sich aus Ihrer Sicht der Zusammenbruch von Rissling irgendwie vorher angedeutet? Sah er schlecht aus, schwankte er, bat er um Hilfe?"

Rosemarie Blum schüttelte den Kopf: „Nein, da war absolut nichts. Wir haben kurz miteinander geredet. Ich wollte mich gerade verabschieden, da greift er sich ans Herz und bricht zusammen. Völlig ohne Vorwarnung. Tragisch, wenn Sie mich fragen!"

„Haben Sie dann mit Ihrem Handy den Notarzt verständigt?", fragte Olmer.

„Mit meinem Handy?" Frau Blum kicherte. „Ich gehöre zu den wenigen Menschen auf dieser Erde, die noch ohne Handy auskommen. Wer den Notruf abgesetzt hat, weiß ich gar nicht, denn in der Situation habe ich da nicht drauf geachtet. Plötzlich kam der Rettungswagen dann angefahren, aber wer den gerufen hat, nein, da bin ich überfragt."

Anne zog schließlich das Foto des noch unbekannten Festbesuchers auf ihrer Mappe. „Kennen Sie diesen Herrn?", fragte sie.

Rosemarie Blum lächelte: „Das ist aber ein schönes Foto. Warten Sie einen Moment!" Sie stand auf, ging ins Haus und kam nach wenigen Augenblicken mit einem dicklichen Mann in abgenutzten Jeans und einem bekleckerten Karohemd wieder. „Hier haben Sie Ihren Unbekannten!", sagte sie. „Dies ist Jeremy Bloom, Cousin zweiten Grades meines Mannes, den ich in Florida kennengelernt habe und der mit mir nach Deutschland geflogen ist, um in der Mühle nach dem Rechten zu sehen. Er renoviert gerade mein Wohnzimmer. Jeremy, das sind zwei Polizisten, die wissen wollen, warum wir neben Werner Rissling standen, als er starb."

Jeremy Bloom nahm seine ebenfalls bekleckerte Kappe vom Kopf, kratzte sich hinter dem Ohr und runzelte die Stirn. „Das weiß ich nicht", sagte er. „Ich war nur da, weil Rosie sagte, wir gehen da hin. Ich kenne ja keinen Menschen hier."

Erleichtert stellten sowohl Norbert Olmer als auch Anne Mettenheimer fest, dass Bloom nicht nur gut, sondern sogar fast akzentfrei Deutsch sprach. Ihrer beider Sprachkenntnisse waren zwar in den Personalakten jeweils mit „sehr gut" festgehalten, aber mit den Jahren hatten sich Vokabeln und Grammatikkenntnisse verflüchtigt, sodass beide immer heilfroh waren, wenn sie nicht auf ausländische Zeugen trafen.

Anne merkte, dass der Kaffee wirkte und sie langsam aufwachte. Nachdem sie und Olmer sich von Blum und Bloom verabschiedet hatten, trafen sie Justus Ebeling auf dem elterlichen Weingut an. „Da haben Sie aber Glück!", meinte der große, blonde Jungwinzer. „Normalerweise wäre ich ja in Geisenheim an der Uni, aber weil ich morgen zum Praktikum nach Südafrika fliege, bin ich heute zu Hause. Worum gehts denn eigentlich?"

Aber auch Justus Ebeling konnte nichts zum Tod von Werner Rissling sagen. Und dass seine „Ex-Königin" Annalena Schnerr etwas wissen könne, glaubte er auch nicht: „Die studiert doch in Hamburg und war nur zum Winzerfest in Osthofen. Ich hab sie auf dem Weg zum Klo zufällig getroffen, und genau da ist der Rissling plötzlich zusammengesackt. Aber die Telefonnummer von der Annalena kann ich Ihnen geben, falls das weiterhilft."

Es half nicht wirklich weiter. Annalena Schnerr bestätigte später am Telefon komplett, was Ebeling berichtet hatte: Ein zufälliges Treffen, bei dem sie Rissling erst bewusst wahrgenommen hatte, als er schwankte und umfiel.

„Wie nah dran müsste ein Mensch mit Störsender eigentlich sein?", fragte Anne, als sie mit Norbert Olmer an Herrnsheim vorbei zurück nach Worms fuhr.

„Das ist unterschiedlich. Du kennst das ja von den Babyphonen, die von Elektrogeräten aus dem Nachbarhaus gestört werden können, oder aber von WLAN-Verbindungen, die man sich mit dem Nachbarn gemeinsam anschaffen kann. Technisch gesehen ist da vieles möglich. Aber ich denke, falls es tatsächlich jemanden gibt, der mit Störsignalen bewusst mordet, müsste der schon im Festzelt, also in Sichtweite des Opfers, gewesen sein."

„Stimmt", meinte Anne. „Wo wäre sonst schließlich der Kick für seine Tat!"

Rolf Iben hatte noch einmal alle Fotos vom Winzerfest betrachtet und alle Menschen eingekreist, die ein elektrisches Gerät in der Hand hielten: Bis auf einen Winzer, der mit dem Akkuschrauber gerade ein schräg herabhängendes Schild wieder in Position brachte, waren drei Menschen mit Handy in der Hand zu finden, sonst nichts. „Die offensichtlichen Fälle, also diese vier, habe ich rot eingekreist. Manche Leute haben aber auch die Hand in der Hosentasche, eine Jacke über dem Arm und der Hand hängen oder ähnliches. Die sind blau eingekreist. Mit grünen Kreuzchen habe ich außerdem alle Leute versehen, bei denen man auf den Fotos, die zeitlich am nächsten an Risslings Todeszeitpunkt liegen, nicht beide Hände sehen kann, weil sie einfach durch andere Menschen verdeckt werden.

Anne staunte über die Kreativität ihres Kollegen und fragte: „Gibt es da dann auch ein Ergebnis? Ich meine, lohnt sich deine bunte Kringelei?"

„Doch, ich denke schon. Der Mann, der dicht neben Frau Blum steht, dieser Jeremy Bloom, der hat zum Beispiel seine Jacke über dem Arm hängen. Ich habe den Ausschnitt mal vergrößert, und wenn man genau hinschaut ..."

„Da guckt ja ein Handy unter der Jacke raus!", schrie Anne. „Der Bloom hat ein Handy in der Hand!"

„Aber das ist ja nicht verboten", sagte Norbert Olmer milde lächelnd. Er wusste schon, dass er die nächste halbe Stunde damit zu tun haben würde, seine Kollegin Mettenheimer von der spontanen Verhaftung Blooms abzuhalten.

„Mann, Norbert, der Typ hat nichts davon gesagt, dass er ein Handy in der Hand hatte, als Rissling starb!"

„Danach haben wir ihn auch nicht gefragt. Außerdem ist das weder verboten noch sofort verdächtig. Wer läuft heutzutage nicht alles mit Handy in der Hand durch die Gegend! Obwohl du natürlich auch recht hast: Genau so jemanden suchen wir ja schließlich. Wir nehmen ihn in den engeren Kreis auf, einverstanden?"

Anne Mettenheimer schnaufte aufgeregt, nickte aber und fragte dann: „Rolf, wen hast du noch?"

„Sieben Männer und eine Frau haben die Hände in den Hosen-

oder Jackentaschen. Um deren Identität und Befragung wird sich Dieter kümmern. Bei den Mobiltelefonen habe ich vor, die Einzelverbindungen der drei offensichtlichen Handynutzer anzufordern. Danach werde ich die Geräte technisch überprüfen lassen. Vielleicht geht von einem ja ein Störsignal aus. Auch die technische Funktion des Akkuschraubers werde ich untersuchen lassen. Matthes hat mir schon seine Unterstützung zugesagt."

„Sehr gut!", lobte Norbert Olmer, während Anne Mettenheimer unwirsch auf ihrem Stuhl herumrutschte. „Sags schon!", forderte Olmer sie schließlich auf.

„Männer, das hat doch keinen Zweck!", begann Anne. „Wir wissen doch längst, dass wir es mit einem Mehrfachtäter zu tun haben. Einem, der ganz bewusst auf die entsprechende Taste drückt. Da ist es völlig wurscht, wohin die Leute telefonieren und ob die Handys zufällig Störsignale aussenden! Wir müssen nach Motiven suchen!"

„Stimmt ja", meinte Olmer. „Aber wir können zunächst auch alle diejenigen ausschließen, deren Geräte einwandfrei funktionieren. Da kommen wir auch weiter, findest du nicht?"

„Hmm ..."

„Ich weiß, du magst die Ermittlungsarbeit in dermaßen kleinen Schritten nicht, aber was sollen wir denn sonst tun? Ich bin für vorsichtiges Herantasten, bevor der Täter merkt, dass wir ihm auf der Spur sind."

„Das weiß er doch längst!", brummelte Anne.

Nun reichte es Norbert Olmer und er verfügte: „Basta! Rolf, Dieter, Matthes, ihr kümmert euch um die technischen Dinge und meldet euch sofort, wenn etwas merkwürdig erscheint. Und Anne, du machst dich noch mal an die vier Leute, die direkt bei Rissling standen: Vielleicht findest du ja bei einem von ihnen doch noch eine Verbindung, die ein Motiv ergeben würde. Besonders bei Bloom, der ja schließlich ein Handy unter der Jacke versteckt gehalten hat."

„Und du?", fragte Anne.

„Ich habe gleich einen Kontrolltermin bei meinem Arzt. Den

werde ich dabei fragen, was er von der Sache hält und für wie störanfällig er Herzschrittmacher hält. Bisher haben wir immer nur Studien gelesen, aber ich möchte auch mal mit einem Mann aus der Praxis darüber sprechen. Da wird mein privater Arztbesuch beinahe noch zum dienstlichen Anlass."

Olmer winkte kurz und überließ sein Team der vergebenen Arbeit.

Rolf Iben und Matthes Horrweiler telefonierten und mailten einen halben Tag lang, dann kannten sie außer Jeremy Bloom auch die anderen drei Handy-Träger aus dem Osthofener Festzelt. Die Einzelverbindungsnachweise und damit die reguläre Funktion des Handys von drei der vier Personen waren schnell von den Telefongesellschaften geliefert, nur Blooms Handy ließ sich vorerst nicht überprüfen, da es nicht in Deutschland registriert war. „Komm, wir fahren hin und gucken uns das Ding direkt an!", schlug Horrweiler vor, doch Iben lehnte ab: „Da wecken wir nachher schlafende Hunde, Matthes! Wir behalten ihn auf der Rechnung und beobachten genau, was er tut."

„Und wenn er zwischendrin mal eben wieder zwei, drei Winzer umlegt?"

„Quatsch!"

„Das erklärst dann aber du, Rolf! Das können wir doch nicht einfach so abwarten!"

„Na gut, du hast ja recht. Wie wärs, Anne durchleuchtet sein Privatleben und ich übernehme mal alle polizeilichen Systeme, bevor ihr irgendetwas anderes startet?"

„Hm, anders gehts wohl nicht." Unzufrieden verließ Matthes Horrweiler das Büro.

Rolf Iben setzte sich sofort an seinen Computer. Er loggte sich zuerst beim Ausländerzentralregister ein. Es war ja möglich, dass Bloom gar nicht aus rein familiär-freundschaftlichen Gründen mit nach Deutschland gekommen war. Oder dass er zum ersten Mal hier war. Doch das AZR zeigte ihm schnell, dass gegen Jeremy Bloom hier nichts vorlag. Auch in AFIS, dem automatisierten

Fingerabdruckidentifizierungssystem, und ViCLAS, dem internationalen Analysesystem zur Verknüpfung von Gewaltverbrechen, tauchte Bloom nicht auf. „Ein unbeschriebenes Blatt. Wie schade!", seufzte Iben. „Aber vielleicht finden die beiden vor Ort ja was raus. Ist doch merkwürdig, dass Bloom ausgerechnet jetzt nach Deutschland kommt!"

„Rolf, du verrennst dich da in was!", meinte Anne Mettenheimer während der gemeinsamen Kaffeepause.

„Ja, hast du etwa was Besseres anzubieten?"

„Ich habe immerhin herausgefunden, dass, wenn überhaupt, nur noch Frau Blum und ihr Jeremy für uns interessant bleiben. Die beiden jungen Leute sind völlig unauffällig. Aber Frau Blum war nicht die ganzen drei Jahre in den USA. Da sie immer mit der Lufthansa geflogen ist, ließ sich leicht herausfinden, dass sie jeweils einmal im Sommer und um die Weihnachtszeit wieder nach Deutschland kam. Und Jeremy Bloom sogar noch öfter. Stell dir vor, er war bis zu seiner Frühpensionierung vor acht Wochen in einem medizinischen Forschungsinstitut in Miami beschäftigt."

„Und? Welche Medizin?" Rolf Iben konnte die Antwort kaum abwarten.

„Er war am Zentrum für Kardiologie an der School of Medicine at the University of Miami."

„Ach!"

„Tja, damit wird er für uns echt interessant. Außerdem hat auch er sich regelmäßig in Deutschland aufgehalten. Also, genauer, nicht bloß in Deutschland, sondern sogar hier in unserer Gegend. Er hat in den letzten Jahren verschiedentlich an Kongressen hier teilgenommen, zum Beispiel 2007 in Mannheim, einmal in Erlangen, in Bochum und sogar gerade vor ein paar Tagen noch wieder in Mannheim."

Iben staunte: „Und das, obwohl er schon in Rente ist?"

„Eben. Das machte mich stutzig, zumal er nur als Techniker in den Gehaltslisten geführt wird. Ich werde versuchen, zu seinen ehemaligen Vorgesetzten Kontakt aufzunehmen. Es ist doch merkwürdig, dass ein Techniker an Kardiologen-Kongressen teilnimmt, oder?"

„Stimmt. Dann müsste der schon spezielles Fachwissen einbringen können."

„Oder die rechte Hand einer Koryphäe sein", ergänzte Anne Mettenheimer.

Der Nachmittag war weit fortgeschritten. Die Sonne brannte auf Rheinhessen herunter, als läge Afrika unter ihr. Sämtliche Winzer hofften auf Regen, damit die Trauben endlich Volumen bekämen. Ein einsamer Winzer auf seinem Wingertstraktor tuckerte gen Westen, um dort im Höllenbrand nach dem Rechten zu sehen. Er trug einen Strohhut, um wenigstens ein wenig Schatten auf sein ohnehin schon rotes Gesicht zu werfen. Immer wieder zog der Mann aus Westhofen sein Taschentuch aus der Arbeitshose und wischte sich den Schweiß von der Stirn. Vom Wirtschaftsweg entlang der Landstraße bog er schließlich nach rechts ab, um steil in den Höllenbrand hinauf zu fahren, an mehreren Weinbergen vorbei, bis er an einem Trullo hielt. Die runden Steinhäuschen mit gemauerter Kuppel fanden sich an vielen Orten in Rheinhessen und waren mittlerweile beliebte Touristenmagnete auf den zahlreichen Wanderstrecken durch die Region. In früheren Zeiten hatten sie ausschließlich als Schutzhütten für die Winzer gedient, wenn es plötzlich gewitterte oder wenn der Tagesproviant kühl abgestellt werden sollte. Heute erfüllte der Trullo im Höllenbrand noch einmal seine ursprünglichste Funktion: Der Winzer ließ sich in seinem Inneren auf die gemauerte Bank fallen, wischte sich erneut den Schweiß von der Stirn und streckte gähnend die Beine aus. Müde lehnte er den Kopf an die Wand hinter sich, schloss die Augen und döste nach wenigen Augenblicken ein. So bemerkte er nicht die Gestalt, die am Trullo vorbeigewandert war und einen kurzen Blick auf den Schläfer geworfen hatte. Eine knappe Viertelstunde später summte das Handy in der Brusttasche des Winzerhemds. Der Mann schrak auf, nestelte das Gerät aus dem Stoff, drückte die grüne Taste und brummte: „Ja?"

Doch er kam nicht mehr zu einer Antwort. Als hätte ein Elefant zugetreten, fühlte der Winzer plötzlich einen Schlag gegen die Brust, obwohl er immer noch ganz allein im Trullo auf der Bank saß. Und dieses Gefühl sollte sein letztes bleiben.

„Bernd?“, tönte es aus dem Handy. „Bernd? Hallo, was ist denn los?“

Doch Bernd Hecker war abgerutscht. Er hing jetzt schräg auf der Bank, stierte mit glasigen Augen in das grelle Nachmittagslicht, das draußen vor dem Häuschen der Landschaft viel Farbe nahm, und starb. Sein Handy hielt er dabei fest in der Hand. Die Gestalt, die vorhin schon einmal vorbeigewandert war, kehrte nach einiger Zeit zurück und warf einen zufriedenen Blick in den Trullo, bevor sie zwei Parallelwege weiter hinab zur Landstraße wanderte und dort am Parkplatz neben der Autobahn 61 einen Wagen bestieg.

Bernd Hecker wurde von seiner Ehefrau gefunden, die versucht hatte, ihn per Handy rechtzeitig zum Abendessen zu bestellen. Unruhig angesichts des zwar angenommenen, aber nicht geführten Telefonats war sie in ihren alten Golf gestiegen und zu den Spätburgunder-Weinbergen gefahren, in die ihr Mann sich abgemeldet hatte. Schnell hatte sie den Traktor ausgemacht und war bis zum Trullo in den Höllenbrand hochgefahren. Dort fand sie ihren leblosen Gatten mit dem Handy in der Hand und völlig allein. Sie fühlte keinen Puls, aber ihr Mann war noch warm. Vielleicht lebte er ja doch noch. Mit ihrem eigenen Mobiltelefon rief sie einen Rettungswagen, lange bevor ihr irgendwann während des Wartens endgültig klar wurde, dass Winzer Hecker keinen Arzt mehr benötigte.

Dies bestätigte der Notarzt auch ohne Umschweife. Noch ehe er seinen Koffer wieder zum Wagen trug, rief er im K1 in Worms an. „Gut, dass ich Ihre Durchwahl habe“, witzelte er. „Hören Sie, hier ist gerade wieder ein toter Winzer gefunden worden. Einer mit kleiner Narbe neben dem Brustbein. Sie wissen schon.“

Anne Mettenheimer am anderen Ende der Verbindung fluchte laut: „Hört dieser Depp denn nie auf!"

Dann sagte sie: „Ich bin in zwanzig Minuten bei Ihnen."

Der Notarzt lachte: „Aber gern! Wir sehen uns ja öfter in letzter Zeit. Und falls ich nicht mehr da sein sollte, bin ich schon zu einem neuen Notfall unterwegs, der geht dann halt vor."

Doch Kommissarin Mettenheimer hörte schon nicht mehr, was der Notarzt ihr sagte. Sie war längst in die Büros ihrer Kollegen gerast und hatte Alarm geschlagen. Wenige Minuten später brauste ein Wagen mit Blaulicht aus der Wormser Hagenstraße durch Westhofen hindurch und von dort aus die Landstraße nach Gundersheim entlang, bis er kurz vor der Autobahn steil in die Weinberge abbog.

Der Notarzt saß mit seinem Fahrer auf einer der zahlreichen Bruchsteinmauern im allmählich sanfter werdenen Abendlicht und genoss die Aussicht über die Ebene. Die riesigen weißen Buchstaben, die schon von der Autobahn aus die Weinlage kennzeichneten, erinnerten ihn an Hollywood. Nur, dass es hier schöner war, ganz eindeutig!

„Auch wenn der Anlass immer traurig ist: Ich freu mich ja jedes Mal, wenn ich Sie sehe", sagte der Notarzt und streckte Anne die Hand hin, die sie schüttelte.

„Wenn Sie mich schon so gern treffen, dann laden Sie mich doch mal auf 'nen Wein ein, statt mir jedes Mal eine Leiche zu servieren!", flachste Anne zurück.

„Hee, etwas mehr Ernst, bitte!", verlangte Rolf Iben. „Nur gut, dass euch die Witwe nicht hören kann!"

Obwohl Rolf Iben nicht eben groß gewachsen war, zog er den Kopf ein, als er den Trullo betrat. Elfi Hecker saß immer noch im Wingertshäuschen und streichelte die Linke ihres verblichenen Gatten. „Er sieht so friedlich aus", schluchzte sie.

„Hat er irgendwas gesagt, bevor er fuhr?", fragte Iben.

„Was soll er denn gesagt haben? ‚Tschüs, ich bin im Höllenbrand im Spätburgunder.' Mehr nicht."

„Wollte er allein arbeiten oder jemanden treffen?"

„Allein arbeiten. Unsere Polen sind heute im Kirchspiel im Riesling beschäftigt. Er wollte ja auch nur mal schnell gucken, ob er noch mal spritzen muss."

Draußen hatte der Notarzt Anne Mettenheimer alles Wichtige mitgeteilt und ihr sogar noch seine private Telefonnummer gegeben, damit man sich wirklich einmal auf einen Wein und ohne Leiche treffen könne. Anne musste grinsen, als der Mediziner sich wieder auf den Beifahrersitz schwang: So ein sportlicher, braun gebrannter Typ, der gefiel ihr schon. Sie hätte ihm sagen sollen, dass sie neuerdings verheiratet und zudem Mutter von zwei Kindern war. Aber was machte es schon, wenn sie die Telefonnummer einfach mal aufbewahrte ...

Vorsichtig betrat Anne nun auch den Trullo und sah zunächst wenig, weil ihre Augen sich noch an das Halbdunkel anpassen mussten. Dann sah sie die Frau des Opfers: „Ach Gott, Elfi!", entfuhr es ihr.

„Anne, wie kommst du denn hierher?"

„Ja, ich bin doch bei der Kripo in Worms!"

„Und ich bin Witwe!", schluchzte die Frau. Ihr ganzer Körper bebte unter dem Weinkrampf, der folgte.

Anne Mettenheimer kannte Elfi und Bernd Hecker seit ihrer Jugend: Familie Hecker betrieb ein Weingut auf der Oberen Blenz, der Straße, in der Anne aufgewachsen war. Als Teenie hatte sie sich gefreut, dass der junge Hecker eine noch jüngere Frau gefunden hatte, die sich Annes Sorgen und Nöte bereitwillig anhörte. Elfis Ratschläge hatten Anne Mettenheimer über so manche juvenile Krise hinweggeholfen. Und nun saß Elfi hier und beweinte ihren viel zu früh verstorbenen Mann.

„Komm, Elfi, geh mal raus an die Luft!", schlug Anne vor.

Aber Elfi Hecker weigerte sich: „Lass mir doch die letzten Minuten beim Bernd! Gleich kommt er in diese Holzkiste, und ich will mich noch verabschieden. Ich hatte doch so gute Jahre mit ihm. Seid so gut und lasst mich mit ihm allein, bis der Bestatter kommt!"

Anne nickte Rolf Iben zu, und beide verließen den Trullo. Keiner hatte den Mut, Elfi Hecker jetzt schon zu sagen, dass der Leichenwagen zwar bestellt war, die Fahrt aber beileibe nicht zum Bestattungsinstitut führen würde, sondern nach Mainz ins Institut für Rechtsmedizin. Der Staatsanwalt hatte nicht einmal mit der Wimper gezuckt und die Anordnung sofort gefaxt: Bernd Hecker sollte obduziert werden, denn der Winzerfluch nahm allmählich viel zu große Ausmaße an.

Am Fuße der Weinberge konnte Anne Mettenheimer nach einigen Minuten einen weißen Passat ausmachen, der mit hohem Tempo in den Wirtschaftsweg einbog. „Aha, Norbert hat seinen Arzttermin hinter sich!", sagte sie. Rolf Iben wies auf die gewundene Autobahnausfahrt Gundersheim hinüber, wo ein babyblauer Oldtimer gerade die Vorfahrt auf der Landstraße beachtete: „Und Kippe ist auch schon im Anmarsch!" Etwas später bremste Norbert Olmers Wagen hinter den anderen dort geparkten Autos und der Chef des K1 stieg zusammen mit Matthes Horrweiler und Dieter Wiesen aus.

„Anne, kommst du mal?", bat Olmer leise. Anne Mettenheimer ging hinüber zu Olmer, der sie am Arm nahm und etwas abseits führte. „Anne, kannst du mir kurz berichten, was hier passiert ist?"

„Klar", nickte Anne. „Aber sag mal erst, wie es dir geht. Du siehst so blass aus. Was sagt der Doc?"

„Er hat mir nicht gerade Mut gemacht, was die Resistenz meines Defis gegen solche Störsender angeht. Mir ist ganz komisch zumute. Weißt du, ich könnte jederzeit einfach ausgeschaltet werden. Was wäre eigentlich, wenn der Mörder noch in der Gegend herumschleicht?"

Anne Mettenheimer war klar, dass das eine reale Gefahr war, dass es Olmer aber auch nicht half, wenn sie in die gleiche Kerbe schlug. „Norbert, hier ist niemand mehr. Mach dir keine Sorgen! Wenn jemand wollte, dass du auch dran glaubst, lägest du längst in der Rechtsmedizin."

„Wie ungeheuer beruhigend!", seufzte Olmer.

„Nein, Norbert, auf dich hats niemand abgesehen, glaub mir!"

„So ähnlich hat sich mein Arzt auch ausgedrückt. Er hat gesagt, dass, wenn wir jetzt eine Panik wegen des Winzerfluchs auslösen, seiner Ansicht nach wesentlich mehr Herzen gefährdet seien, als wenn wir in aller Ruhe nach dem Irren suchen, der sich hier herumzutreiben scheint."

Anne grinste schief. „Okay. Gut zu wissen. Aber bevor gleich Kippe eintrudelt, erzähl ich dir, was wir bisher haben."

Sie informierte ihren Chef über alle Einzelheiten, die ihr bekannt waren, und berichtete ebenso von ihrer jahrelangen Nachbarschaft mit den Heckers.

„Gibt es in diesem Bereich jemanden, der Hecker ans Leder wollen könnte?", fragte Olmer schließlich.

„Meine Mama!", grinste Anne.

„Wie bitte?"

„Na, als die Heckers jung verheiratet waren, da war ja klar, dass die Elfi als Zugezogene aus Heßloch eine Menge falsch machen würde. Stell dir mal vor, die hat bloß jeden zweiten Samstag die Gass' gekehrt und statt Gardinen nur Ikea-Vorhänge gehabt und so."

„Anne!", schimpfte Norbert Olmer. „Wir haben hier einen Mord!"

„Vielleicht. Das muss Kippe klären."

„Stimmt. Ich gehe schon ganz automatisch vom Winzerfluch aus."

Ein uralter hellblauer Mercedes mit Heckflossen kam hinter Olmers Wagen zum Stehen, rüttelte sich noch mehrmals klappernd und kam dann endgültig zur Ruhe. Dr. Wolfram Kippenberg faltete seine rappeldürren zwei Meter umständlich auseinander, als er dem Gefährt entstieg, dessen Auspuff er seit Jahren mit den unterschiedlichsten Drahtkonstruktionen zu befestigen pflegte und an dem vermutlich fast alle funktionierenden Teile noch dem Baujahr entsprachen. Kippenberg trug wie immer eine ausgebeulte, seine dünnen Beine umschlotternde Cordhose unbestimmbarer Farbe und angesichts der rheinhessischen Frühsommerhitze ein verwaschenes T-Shirt. Seine schulterlangen, grauen Locken hatte er mit einem roten Gummiband zu einem Pferdeschwanz gebändigt. Die erste Amtshandlung, noch bevor er die Kommissare begrüßte und die Aussicht genoss, war das Anstecken einer Selbstgedrehten, die neben einem regelrechten Vorrat auf dem Beifahrersitz gelegen hatte.

„Wieso muss ich eigentlich noch hier rausgondeln?", fragte Kippenberg missmutig, als Anne Mettenheimer ihm den Fall in kurzen Worten geschildert hatte. „Der Notarzt war nicht blind, ihr wisst ebenso, was ihr tut, die Sachlage scheint klar. Was soll ich noch hier?"

„Herr Doktor, darf ich dich mal an die üblichen Verfahrensweisen erinnern?", fragte Anne genervt.

„Ist ja gut! Dann zeig mir den Mann mal!" Dr. Kippenberg beugte sich hinunter, griff nach seiner Arzttasche und folgte Anne, die den Trullo betrat und Elfi Hecker nach draußen bat. Aber auch für den Rechtsmediziner war die Lage schnell eindeutig: „Äußerlich finde ich erst mal nichts. Genauer werde ich ihn mir in Mainz ansehen. Gleich morgen früh um neun, in Ordnung?"

„Ist gut", antwortete Anne. Also stand wieder mal eine Dienstreise in die Landeshauptstadt auf ihrer Tagesordnung. Wolfram Kippenberg klappte seine langen Gliedmaßen wieder zusammen, schob sich auf den Sitz und winkte aus dem Fenster, als er knatternd und rasselnd den Hang hinabfuhr.

„Der müsste mittlerweile die dreifache Abwrackprämie kriegen!", schimpfte Matthes Horrweiler und wedelte mit den Händen, weil er genau in der schwarzen Dieselwolke stand, die der Benz beim Start hinterlassen hatte.

„Wie weit bist du, Matthes?", fragte Norbert Olmer seinen Spurensicherer.

„Fahrt ihr ruhig schon heim, ich hab noch ein Weilchen zu tun. Obwohl ich nicht annehme, dass etwas Verwertbares dabei herauskommt. So ein Störsender hinterlässt halt keine Spuren."

Elfi Hecker versicherte, dass sie allein nach Hause fahren könne und dem Bestatter noch zusehen wolle, dass ihr Bernd vorsichtig umgebettet werde. Damit war die Arbeit vor Ort für das K1 zunächst erledigt.

Müde saßen die vier Kommissare in Norbert Olmers Dienstwagen. „Ich hab einen Mordshunger!“, gestand Rolf Iben. „Kann man in Westhofen irgendwo ein gescheites Abendessen bekommen?“

„Wir könnten mal in der Pizzeria vorbeigucken“, sagte Anne. Als die vier auf dem Westhofener Marktplatz standen, stellte sich heraus, dass die Pizzeria Ruhetag und der Gasthof ein paar Häuser weiter eine geschlossene Gesellschaft hatte. Rolf Iben wollte die anderen gerade überreden, dann wenigstens in Worms noch gemeinsam etwas essen zu gehen, als eine Frau in bunt geblümtem Kittel direkt vor ihnen vom Fahrrad stieg: „Anne!“, rief sie, und „Herr Olmer!“ gleich darauf.

„Mama!“

„Was macht ihr denn hier? O Gott, gab es einen Mord im Dorf?“

Käthe Mettenheimer schlug sich entsetzt die Hand vor den Mund, obwohl noch niemand etwas gesagt hatte. Ihr war klar, dass es sich nicht um eine Vergnügungsfahrt handeln konnte, wenn sogar der Herr Hauptkommissar mit nach Westhofen gekommen war.

„Mama, wir brauchen alle unbedingt was zu essen. Wer hat denn noch auf?“

„Nichts da!“, entschied Mama Mettenheimer resolut. „Ihr kommt jetzt mit zu uns, für Gequellte reichts noch.“

Wenig später saß das K1 um den Mettenheimerschen Esstisch auf der Oberen Blenz versammelt und genoss die „Gequellten“, frische Pellkartoffeln mit Leberwurst vom örtlichen Metzger – einem der jungen, aufstrebenden Geschäftsbesitzer, mit denen Mama Mettenheimer ihre Tochter seinerzeit nur zu gern verkuppelt hätte. Für Anne und Norbert Olmer hatte sich auch noch Quark dazu im Kühlschrank gefunden. Hermann Mettenheimer hatte ein frisches Bündel Schnittlauch aus dem Garten beigesteuert und vorsorglich seinen Obstbrand auf den Tisch gestellt.

Während sie gekocht und den Tisch gedeckt hatte, konnte Käthe Mettenheimer sich noch beherrschen, nun aber musste sie es endlich wissen: „Wer ist umgebracht worden?"

„Mama, das weißt du doch, dass wir über laufende Fälle nichts sagen dürfen!", brummte Anne und stach in eine weitere Kartoffel.

„Aber in diesem Fall ...?", fragte Dieter Wiesen vorsichtig an, und schon griff die Hausherrin den Faden auf: „Wie, in diesem Fall? Ist es etwa jemand, den ich kenne?"

Nun musste Anne doch lachen: „Mama, dann ist es ganz Westhofen. Wen kennst du hier schließlich nicht!"

Auch Olmer grinste, aber dann sagte er ernst: „Frau Mettenheimer, vielleicht wäre es ganz gut, wenn Sie sich ein wenig um Ihre Nachbarin kümmern würden. Wir haben vorhin die Leiche von Bernd Hecker gefunden."

Käthe Mettenheimer stieß ein entsetztes „Nein!" aus, ihr Mann blickte erschrocken zu seiner Tochter und Anne überlegte, dass Elfi Hecker nun vermutlich vor lauter Mama-Abwehr-Manövern zu nichts anderem mehr käme.

„Wars wieder der Winzerfluch?"

„Wir wissen noch nichts, wir haben den Leichnam, wie gesagt, vorhin erst gefunden", antwortete Norbert Olmer sachlich.

„Meine Güte, da muss ich aber sofort der Hilde ... „

„Nichts musst du!", unterbrach Hermann Mettenheimer seine Frau. „Wir haben hier Gäste, und alles, was gesagt und getan werden muss, bestimmt die arme Elfi, versprichst du mir das, Käthe?"

Anne Mettenheimer staunte, denn so energisch erlebte sie ihren Vater selten. Der pensionierte Schreinermeister genoss meist die Ruhe beim Beackern des häuslichen Gartens oder im riesigen Obstgarten an der Landstraße nach Gundersheim. Den Debatten mit seiner Frau stellte er sich nur selten. Warum auch, hatte sie doch immer noch ein paar Argumente mehr auf Lager, als er für möglich hielt. Was er schließlich von dem umsetzte, was sie für unabdingbar hielt, war eine ganz andere Sache. Heute aber nahm er ihr das Versprechen ab, sich nur um das zu kümmern, was die junge Witwe nebenan in Auftrag gab. „Kein Getratsche, hörst du!“, verlangte er.

„Wie stellst du mich denn hin vor all den Leuten hier!“, regte sich Käthe Mettenheimer auf.

„Ich stell dich gar nicht hin, ich will nur ein paar Dinge geklärt haben, bevor die arme Elfi zum Gesprächsthema Nummer Eins wird!“

„Aber das wird sie doch eh!“

„Aber nicht federführend aus diesem Hause, Käthe!“

Verlegen blickten die Kommissare auf die Reste ihrer Kartoffeln und stocherten in der Leberwurst herum. Das ging sie ja nun absolut nichts an, wenn die Eheleute ihren Streit austrugen. Schließlich schlug Anne auf die Tischplatte und rief: „Ich glaube, jetzt bräuchten wir alle einen Schnaps!“

Erleichtertes Gemurmel setzte ein, Vater Mettenheimer nickte seiner Tochter dankbar zu und ging ins Wohnzimmer, um aus der Schrankwand die Schnapsgläser zu holen. Mama Mettenheimer war derweil in die Küche verschwunden und klapperte überlaut mit Töpfen und Geschirr. „Ob wir ihr helfen sollten?“, fragte Rolf Iben leise. „Bloß nicht!“, raunte Anne zurück. „Das ist ihre Art, mit der erlittenen Schmach fertig zu werden. Lass sie klappern!“

Satt und zufrieden erhoben die Kommissare und ihr Gastgeber die gut gefüllten Schnapsgläser und stießen miteinander an. „Auf unsere lebensrettende Köchin!“, rief Norbert Olmer.

„Auf das Ende des Winzerfluchs!“, ergänzte Rolf Iben.

„Auf den, der fährt!“, rief Anne Mettenheimer lachend.

Norbert Olmer ließ sein Schnapsglas sinken und seufzte: „Ach je!“

„Komm, Norbert, dieser eine machts nicht! Ich wollte dir den jetzt nicht vermiesen.“

„Tust du auch nicht, Anne. Aber vielen Dank, dass du mich daran erinnert hast. Nun stell dir das bloß mal vor, ich werde mit Alkohol im Blut im Dienst erwischt!“

Manchmal, fand Anne, nahm ihr Chef den Dienst wirklich zu ernst. Dafür griff sie nach seinem Glas und kippte diesen Schnaps auch noch hinunter. „So, jetzt gehts mir wieder besser!", verkündete sie.

Auf der Heimfahrt sagte Rolf Iben von der Rückbank: „Hätten wir uns heute bloß dazu entschlossen, den Bloom zu observieren, dann könnte der Hecker noch leben."

„Quark!", brummte Anne.

„Na, dann untersuchst du morgen einfach zuallererst das Alibi von Bloom, wenn dich das beruhigt", bot Norbert Olmer an. „Und Anne, du bist um neun in Mainz, richtig?"

„Hm. Setzt du mich zu Hause ab?"

„Natürlich!"

Nach dem extrem langen Arbeitstag hatte Anne Mettenheimer das Gefühl, mehrere Jahre nicht mehr zu Hause gewesen zu sein. Wie war wohl die Stimmung? Ob Paul wieder von Barbara und diesem Hühner-Kind erzählte? Und was wohl ihre eigenen machten? Vorsichtig schloss Anne die Tür im großen Hoftor hinter sich. Auf dem Hof stand ein fremdes Fahrrad mit Kinderanhänger. Ein Damenfahrrad, wie die Kommissarin sofort bemerkte. Die Haustür stand offen. Anne schlich sich hinein und ärgerte sich über sich selbst: Wen wollte sie hier eigentlich überraschen? Oben in den Kinderzimmern lagen Emma und Lukas zusammen in einem Bett. Im anderen Bett lag ein fremdes Kind und schlief ebenfalls. Im Schlafzimmer lag niemand im Bett. Anne strich ihren Kindern kurz über die Stirn, holte tief Luft und machte sich auf den Weg durch die Scheune in den Garten. Nun musste sie sich wirklich auf eine Überraschung einstellen. Paul saß mit einer fremden Frau am Tisch, zwei geöffnete Flaschen Wein standen zwischen ihnen. „Anne!", freute er sich, als er seine Frau sah. „Setz dich zu uns. Willst du noch was essen?"

„Nee, hab schon." Anne ließ sich neben Paul auf die Holzbank fallen und streckte die Beine aus. „Also, ich bin die Anne", sagte sie.

„Oh, äh, also das ist die Barbara."

„Hallo", sagte Barbara. „Magst du Rot- oder Weißwein?"

„Rot!", knurrte Anne, griff eilig vor Barbara zur Flasche und goss sich Wein ein. Immerhin hatte Paul an ein drittes Glas gedacht. Ganz abgeschrieben war sie also noch nicht. „Wir waren heute mit den Kindern im Tiergarten", berichtete Paul fröhlich. „Es war ein bisschen heiß, aber ansonsten klasse." Mehr bekam Anne nicht mit, weil sie insgeheim auf die andere Frau konzentriert war. Barbara trug allen Ernstes ein Batikkleid! Vermutlich sollte das verhüllen, was die kurzen Ärmel nicht schafften: Jede Menge Speck. Die kräftige Gestalt war auch nicht sonderlich groß, stellte Anne fest. Die straßenköterbraunen langen Haare gehörten spätestens morgen früh endlich wieder gewaschen. Die Hände sahen aus wie die eines Kindes, mit viel Fleisch und dicken Stummelfingern. Die klumpigen Füße steckten tatsächlich in Birkenstocks. Oh Gott, wie die wohl beim Babyschwimmen aussah? Und ihr Paul immer daneben!

„Und deshalb haben wir beschlossen, den Abend gemütlich ausklingen zu lassen, wenn die Henriette sowieso schon hier übernachtet", schloss Barbara den Tagesbericht gerade ab.

„Ah!" Mehr brachte Anne nicht zustande. Demonstrativ lehnte sie sich an Paul an und legte eine Hand auf sein Bein.

„Ja, dann will ich mal!", sagte Barbara und stand auf. „Gute Nacht, Anne. Und Paul, vergiss nicht, dass die Henriette um zwei noch mal gewickelt werden muss und dass ihr Müsli mindestens eine halbe Stunde einweichen muss! Ich find allein raus, tschüüs!"

„Weg ist sie!", seufzte Anne.

„Na ja, sie muss ja morgen auch früh raus."

„Wieso?"

„Sag nur, du hast gar nicht zugehört! Mannomann, Anne! Die Henriette schläft hier, weil die Barbara morgen früh ein Vorstellungsgespräch in Frankfurt hat."

„Ein Vorstellungsgespräch?"

„Na, irgendwie muss sie ja nach der Elternzeit wieder Geld ranschaffen, oder!"

„Äh, klar! Und was will sie da machen?"

„Die Barbara ist Brokerin."

„Waas?" Anne traute ihren Ohren nicht.

„Glaubst du, nur weil sie in Batikklamotten rumrennt und auf Öko macht, arbeitet sie höchstens im Biomarkt? Anne, wo bleibt deine Objektivität, die du von anderen immer forderst?"

„Du hast ja recht, Paul! Aber ich hatte mir wirklich schon Sorgen gemacht, weil du immer so viel von der erzählt hast."

Paul lachte schallend: „Aha, und nun, wo du sie live gesehen hast, ist für dich klar, dass ich mit einer kleinen, dicken, Öko-Frau auf keinen Fall den Tag im Bett verbringe, ja?"

Verlegen tat Anne so, als müsse sie unbedingt den nicht vorhandenen Stein aus ihrem Schuh schütten. „Lass uns ins Bett gehen!", meinte sie dann.

„Gerne!", grinste Paul, klemmte sich die Flaschen unter die Arme und griff nach den benutzten Gläsern.

In der Nacht hatte sich ein gewaltiges Gewitter über Rheinhessen entladen: Die Reben hatten den Sturm zwar einigermaßen überstanden, aber das Getreide auf den Feldern lag platt auf dem Boden. Wo sich gestern noch sattgelbe Halme im leichten Sommerwind gewiegt hatten, klebten heute nasse Bündel knapp oberhalb der Erde aneinander. Nachdenklich fuhr Anne Mettenheimer nach Mainz, um an der Obduktion ihres ehemaligen Nachbarn teilzunehmen. Wie sehr manche Berufe doch auch heute noch von der Witterung abhängig waren! Eine einzige Gewitternacht konnte alles auf dem Acker zunichtemachen. Da verstand sie viele der Landwirte, die nicht nur auf Getreide, Kartoffeln oder Zwiebeln setzten, sondern gleichzeitig noch Wein anbauten. Nur gut, dass es nicht obendrein noch gehagelt hatte, sonst wären auch die Winzer massiv betroffen gewesen. Paul, der immer nur zwischen Labor, Büro und Produktionshalle gependelt war, als er vor seiner Elternzeit noch als Chemie-Ingenieur gearbeitet hatte, kannte keinerlei Wetterprobleme. Selbst Anne war weitgehend davon unabhängig, auch wenn es sie manchmal nervte, im strömenden Regen an einem Tatort stehen zu müssen. Der Leichenfund gestern passte eigentlich auch nicht ins Schema ihrer persönlichen Vorstellungen: Es konnte doch nicht sein, dass inmitten der malerischen Kulisse im Höllenbrand in abendlich-goldenem Licht einfach so ein Mord begangen wurde! Im Fernsehen hätte es bei dieser Szene garantiert gestürmt, welke Blätter wären herumgewirbelt und das Bild wäre so farblos wie möglich gewesen.

Vor dem Institut für Rechtsmedizin fand Anne problemlos einen Parkplatz und ging die Stufen hoch zum Eingang. Das Gebäude fand sie nun wieder äußerst passend zum Klischee in den Fernsehkrimis: Es war grau und wohl aus den Siebzigern, jedenfalls mit viel Beton und wenig Geschmack hochgezogen.

Annes Handy klingelte, als sie gerade zu den Sektionssälen hinabsteigen wollte.

„Mettenheimer."

„Anne, hier ist Norbert. Pass auf, du solltest schon mal die neuesten Erkenntnisse wissen."

„Wie, so früh seid ihr schon weitergekommen?"

„Klar, was denkst du denn von uns!"

„Schieß los, Norbert!"

„Also: Bloom hat ein Alibi, das ziemlich wacklig ist: Er sagt, er sei zum Zeitpunkt von Heckers Tod in den Hohlwegen zwischen Mettenheim und Alsheim spazieren gewesen. Rosemarie Blum hat bestätigt, dass er nachmittags und am frühen Abend außer Haus war, und ein Landwirt aus Mettenheim konnte sich daran erinnern, den Wagen von Frau Blum, mit dem ihr Verwandter gefahren war, neben seinem Gehöft geparkt gesehen zu haben."

„Aber der hat ja nicht die ganze Zeit aus dem Fenster geguckt, ob der Bloom noch dort parkte, oder?", fragte Anne.

„Nein", sagte Olmer, „außerdem kann ja auch jemand anders den Wagen gefahren haben. Sein Alibi ist also nichts wert. Aber warts ab, es kommt noch besser: Rolf hat heute Nacht noch mit dem ehemaligen Chef von Jeremy Bloom telefoniert."

„Ach, einem dieser Kardiologen aus Miami?"

„Genau! Er hat gefragt, warum dieser Professor den Bloom überall hin mitgenommen hat. Und stell dir vor, der Mann hat gesagt, er sei technisch dermaßen minderbemittelt, dass er seit Jahren heilfroh sei, Bloom zu haben, der dafür sorge, dass er den Overhead-Projektor oder den Beamer zum Laufen bekomme und seine Vorträge ohne Hindernisse halten könne. Er sei bis heute nicht in der Lage, eine einfache Folie richtig herum auf einem Projektor zu platzieren, hat der Professor behauptet. Und weil Bloom jeweils von seinen Dienstreisen nach Europa einen bequemen Abstecher in die alte Heimat machen konnte, sei er auch immer gern mitgekommen. Für die Tagung in Mannheim vor zwei Wochen habe er schon vor seiner Pensionierung gesagt, dass er da gerne noch mal aushelfe, schließlich läge Osthofen ja quasi um die Ecke."

„Also wieder nichts mit Bloom?" Anne klang enttäuscht.

„Aber ausgeschlossen ist er als Täter dadurch noch lange nicht", meinte Norbert Olmer. „Die technischen Fähigkeiten dürfte er besitzen, einen Störsender zu bauen und zu benutzen."

„Na ja, irgendwie hatte ich mir mehr erhofft!"

Olmer lachte: „Du wolltest, dass der Professor erzählt, wie er und Bloom jahrelang an Herzschrittmachern geforscht haben, oder?"

„Wär nicht schlecht gewesen!"

„Tja, Blooms Professor ist ein ganz gewöhnlicher Operateur, kein Pionier auf dem Gebiet der Technik", sagte Olmer. „Anne, hör mal, du meldest dich, wenn es etwas Wichtiges bei der Leichenöffnung gibt, ja?"

„Klar!", sagte die Kommissarin und drückte auf den roten Knopf am Handy.

Wie so oft vor einer Obduktion stand Dr. Wolfram Kippenberg rauchend vor dem geöffneten Fenster am Lichtschacht des Flurs und wedelte ungeschickt seine Qualmwolken nach draußen, als Anne Mettenheimer die Treppe herunterkam. „Ach, Kippe, wann hörst du endlich mal auf!", meinte sie nur.

„Nie, schon dir zuliebe! Worüber solltest du dich dann schließlich noch aufregen", grinste Kippe.

„Bin ich die Erste?", fragte Anne.

„Der Chef ist schon drinnen und sortiert seine Messer. Geh ruhig schon mal rein", antwortete Kippenberg und inhalierte erneut. Professor Orbis trug wie immer eine bunte Fliege, die oben aus seinem Kittel herausragte. Mit seinem unverkennbaren bayrischen Akzent begrüßte er Anne: „Ja so was, meine Wormser Lieblingskommissarin!"

„Kunststück!", lachte Anne. „Im K1 bin ich ja auch die einzige Frau."

„Jetzt haben Sie mich! Nichts für ungut, Frau Kommissarin. Dann wollen wir mal!"

Gemeinsam kippten die drei im Sektionssaal die übliche Vorgehensweise, Kopf-, Brust- und Bauchhöhle zu öffnen. „Wir haben immerhin einen konkreten Verdacht", sagte Orbis. „Da rechtfertigt sich zu Beginn diese punktuelle Suche. Kollege Kippenberg, wir öffnen die Brust und machen uns an den Herzschrittmacher!"

Wenig später konnte Anne Mettenheimer ihren Chef darüber informieren, dass auch Bernd Hecker dem Winzerfluch zum Opfer gefallen war: Auch um seinen Schrittmacher herum fand sich geschädigtes Gewebe, was auf eine Überhitzung durch Manipulation schließen ließ. „Gut", beschloss Anne Mettenheimer, „den Rest könnt ihr zwei allein erledigen, da bin ich eh nicht so scharf drauf, zumal ich die Leiche in lebendigem Zustand ganz gut gekannt und gern gemocht habe. Ich fahre zurück nach Worms und bekomme deinen Bericht geschickt, ja, Kippe?"

„Klar, wie immer!", brummte Kippenberg und machte sich daran, nun im zweiten Schritt die Bauchhöhle zu öffnen. Professor Orbis saß bereits am Mikroskop und bemerkte in seiner Konzentration auf das veränderte Gewebe nicht einmal mehr, wie seine Wormser Lieblingskommissarin den Sektionssaal verließ.

„Kriegen wir denn nun das Okay für die Exhumierung der anderen Kandidaten?", fragte Anne, als sie am frühen Nachmittag wieder im Wormser Büro ihrem Chef gegenüber saß.

„Nein, es sieht nicht so aus", sagte Norbert Olmer. „Und bitte, erinnere dich daran, wie das war, als wir den Osthofener Pfarrer seinerzeit exhumiert haben. Was das für eine Aufregung gab, obwohl ja alles zu begründen war! Nein, der Staatsanwalt meint, wir sollten erst mal mit den bewiesenen Fällen weiterkommen, dann könne man immer noch die anderen Todesfälle untersuchen."

Das K1 machte sich an seine üblichen Recherchen nach einem ungeklärten Todesfall. Matthes Horrweiler hatte noch am ehesten griffige Themen: Er suchte tagelang in den Spuren vom Tatort, aber nicht einmal er konnte Ergebnisse vorlegen, die das Team weiterbrachten: „Was soll man denn auch finden, wenn der Täter gar nicht bis an den Tatort kommen muss!", schimpfte er. Anne gab ihm Recht: „Da sind gescheite Morde mit Messer und Pistole doch handfester, da gibts wenigstens ordentlich Spuren zu finden."

Norbert Olmer nahms gelassen: „Das ist die Neuzeit, ihr Lieben. Wir müssen uns, wenn wir die Morde im Affekt mal ausklammern, jetzt eben auch auf kaum nachweisbare technische Schikanen einrichten. Da kann irgendwann höchstens noch Rolf mithalten."

„Ach was!", jammerte der. „Man müsste halt am besten direkt in der Klinik oder der Herstellerfirma ermitteln und herausbekommen, wer da welche Fachkenntnis hat, sonst kommen wir wahrscheinlich nie an den Täter heran."

„Au ja!" rief Anne. „Andererseits: Guck dir mal diese Kofferbomber vor ein paar Jahren an, die haben auch zu Hause expementiert und dann im Selbstbau versucht, die Züge zu sprengen."

„Ja, aber den Erfolg hast du ja gesehen: Das waren keine wirklichen Fachleute. So reibungslos und sicher, wie die Winzer sterben, experimentiert da keiner, sondern weiß im Gegenteil ganz genau, was er tut."

„Ach Rolf, du nimmst einem aber auch noch die letzte Illusion!", seufzte Anne.

„Ich habe doch noch ein Bonbon für euch", lächelte der Chef. „Vorhin hat der Staatsanwalt den Antrag auf Observation für Jeremy Bloom unterschrieben. Das ist ein Job für Rolf und Dieter, in Ordnung?"

„Wenigstens etwas!", gab Wiesen seiner Freude wie immer mit spärlichen Worten Ausdruck.

Dann stand Rolf Iben plötzlich auf, machte ein ganz feierliches Gesicht und sagte: „Ich hätte da auch noch was!"

Alle sahen ihn an und er wurde, wie so oft in solchen Situationen, leuchtend rot. Verlegen kratzte er sich zwischen den Locken am Kopf und sagte dann laut: „Ihr seid alle herzlich eingeladen, wenn die Carola und ich in zwei Wochen heiraten."

Im K1 brach Jubel los, jeder umarmte den Bräutigam und bestürmte ihn mit Details zum bevorstehenden Fest.

Rolf Ibens Hochzeit fand an einem brüllend heißen Juli-Wochenende statt. Die standesamtliche Trauung hatte in Rolfs Heimatstadt Alzey stattgefunden, aber die kirchliche Hochzeit sollte in der Osthofener Bergkirche geschehen. Der höchste Aussichtspunkt der Weinstadt lag idyllisch auf einem alten Friedhof, der vor wenigen Wochen endgültig unter Denkmalschutz gestellt worden war, um nicht nur die zahlreichen mit Putten, steinernen Blumenranken und anderer alter Pracht verzierten Grabsteine zu schützen, sondern auch die alten Bäume und die Vogelwelt im ältesten Teil der romantischen Anlage. Anne Mettenheimer freute sich, dass sie mit ihrer Familie von zu Hause aus nur fünf Minuten den steilen Kirchberg hochlaufen musste. Emma und Lukas waren zur Sicherheit in ihren Kinderwagen gesteckt worden, obwohl sie schon wacklig auf ihren zwei Beinen unterwegs waren, wenn man sie ließ. Aber schließlich ging es heute nicht um sie, sondern um Rolf Iben und seine Carola. Als Anne und Paul vor der Kirche eintrafen, stand dort schon der reichlich nervöse Bräutigam. Er schwitzte erbärmlich in seinem feinen, dunkelblauen Anzug, der erstaunlicherweise einiges von seinen überflüssigen Pfunden kaschierte. Seine rötlichen Locken waren säuberlich gestutzt worden, sein weißes Hemd leuchtete weithin, und im Knopfloch steckte eine nostalgische altrosa Rose. Verzweifelt tupfte Rolf sich den Schweiß von der Stirn. „Und wenn sie es sich nun anders überlegt hat?", fragte er. Anne und Paul mussten lachen. „Das passiert meist bloß im Film, beruhige dich!", sagte Paul und klopfte Rolf auf die Schulter. „Und wenn sie dann hier ist und ich schon völlig durchgeschwitzt bin und rieche wie ein Tier?"

„Sie liebt dich, Rolf! Und außerdem riechen wir wahrscheinlich alle ein bisschen bei dieser Hitze", sagte Anne.

„Wenns doch nur schon rum wär!", jammerte Rolf weiter.

„Das ist ja nicht zum Aushalten!", schimpfte Matthes Horrweiler. „Mann, Rolf, das ist dein großer Tag heute!"

„Das ist es ja eben. Ihr wisst doch, dass mir das sehr unangenehm ist, wenn ich so im Mittelpunkt stehe."

„Okay", schlug Anne vor, „dann gehen wir jetzt so vor: Matthes, wenn die Braut kommt, hältst du das Tor am Eingang zu und lenkst sie ab. Derweil holt Paul schnell unser Auto und wir setzen Rolf da rein und bringen ihn nach Hause. Oder in die nächste Kneipe, damit er erst mal einen Schnaps zur Beruhigung kriegt."

Verzweifelt riss Rolf die Arme hoch und schrie: „Nein!"

Das um ihn herum versammelte K1 samt Anhang wollte sich ausschütten vor Lachen, doch dem Bräutigam war absolut nicht nach Witzen zumute. „Ich glaub, ich sterb!", keuchte er.

„Das lässt du mal schön, schließlich haben wir heute alle frei!", sagte Norbert Olmer bestimmt.

Dann trat der Pfarrer aus der Kirche. „Wir können, Herr Iben", sagte er. Rolf tupfte sich noch einmal die Schweißperlen von der Stirn, stopfte sein Taschentuch zurück in die Hosentasche und folgte dem Priester nach drinnen, wo er versuchte, gemessenen Schrittes zum Altar zu gelangen – eben so, wie seit Tagen schon geübt. Manche der Hochzeitsgäste sagten später, es habe ausgesehen, als sei Rolf Iben Mitglied irgendeiner königlichen Garde, die sich mit betont langsamen und über den Boden gezogenen Schritten vorwärts bewegte.

Paul parkte den Kinderwagen unter einer alten Linde im Schatten neben der Kirche, denn obgleich die Kinder vor wenigen Minuten noch völlig aufgedreht die vielen an ihnen interessierten Menschen wahrgenommen hatten, forderte nun doch die Hitze ihren Tribut: Beide waren eingenickt und hingen mit roten Gesichtern und nassgeschwitzten Haaren im Wagen. „Optimal, dann gibts wenigstens eine ruhige Trauung!“, freute sich Paul.

Der Vater der Braut führte wenige Minuten später die strahlende Carola in einer Wolke aus cremeweißem Stoff zu klassischen Orgeltönen durch den Mittelgang nach vorn und übergab sie an ihren Zukünftigen.

Anne, die mit Paul einen Platz im hinteren Drittel der Kirche gefunden hatte, flüsterte: „Ach je, guck dir mal Rolf an!“ Nach dem letzten Stirnabtupfen hatte Rolf Iben sein Taschentuch offensichtlich nicht weit genug in die Hosentasche geschoben, jedenfalls blinkte ein großer Zipfel eines braunbeige gemusterten Herrentaschentuchs aus der blauen Anzughose. „Gut, dass er das nicht weiß!“, flüsterte Paul zurück. Doch wozu heiratete er schließlich? Carola drückte Rolf kurzerhand den Brautstrauß in den Arm und schob ihrem verdutzten Bräutigam das Tuch zurück in die Hose. Ein belustigtes Raunen ging durch die Reihen, als sie dem Pfarrer danach zunickte, ihren Strauß wieder ergriff und Rolf beruhigend den Arm tätschelte.

Anne bekam von der eigentlichen Zeremonie nicht viel mit: Ihr fiel plötzlich die eigene Hochzeit im vergangenen Herbst wieder ein. Was war das ein schönes Fest gewesen, ganz ohne Kirche und gemieteten Saal und sämtliche alten Tanten aus der Verwandtschaft! Natürlich hatte Mama Mettenheimer sich nur grollend in ihr Schicksal gefügt, als Wedding-Planner nicht erwünscht zu sein, denn dies hatte sie sich doch seit Jahren vorgestellt. Aber am Ende musste auch sie einsehen, dass sie „ihre Kinder“ ohnehin nicht zwingen konnte, so „Ja“ zu sagen, wie sie sich das erträumt hatte.

Nach dem zittrig-nevösen „Ja, ich will!“ von Rolf und dem entschlossenen „Ja!“ von Carola hatten die Töchter von Dieter Wiesen ihren großen Auftritt: In farblich zum Brautkleid passenden Kleidern liefen sie vor dem Paar durch den Mittelgang und streuten strahlend Rosenblüten aus zwei Henkelkörben. Dieters Frau hatte dazu fast die gesamten Blüten im eigenen Garten geopfert, was gerade so ausreichte, denn im rheinhessischen Juli hatten die meisten Rosen ihre beste Zeit bereits hinter sich. Auf dem bunt durcheinander rosa, rot und gelb gemusterten Boden gelang Rolf nun endlich der gemessene Schritt am Arm seiner Frau, und glücklich lächend trat er mit ihr aus der Kirche, wo beide mit einem Regen aus Reiskörnern erwartet wurden. Beim Sektempfang zwischen den schattigen Bäumen seufzte Norbert Olmer leise und raunte Anne zu: „So, nun ist das gesamte K1 endlich in festen Händen!"

„Hast du dir da etwa Sorgen gemacht?", fragte Anne.

„Denk nur an Rolfs Dreißigsten, den haben wir noch so richtig brav bei seinen Eltern in Alzey in der Wirtschaft gefeiert."

„Na und? Hat doch alles geklappt. Und glaub bloß nicht, Rolf würde jetzt weiter so viele Überstunden schrubben. Der hat jetzt anderen Zeitvertreib. Nestbau und so!"

„Das ist ihm ja gegönnt", lachte Olmer. „Ich finde, man kann in unserem Beruf solider arbeiten, wenn man ein ausgeglichenes Privatleben hat."

„Ach so. Na, da kommen wir ja so langsam wirklich alle hin. Rolf und ich sind endlich verheiratet, Dieter lebte schon immer in geregelten Verhältnissen, Matthes hat auch seine Leonie fest an der Hand, und sogar du hast dich wieder in deiner Ehe eingerichtet."

„Erinnere mich nicht daran!", brummte Olmer. „Ich weiß bis heute nicht, was mich da geritten hat! An Julia hat mich wahrscheinlich ihre lockere Frische fasziniert, aber für immer wäre das sowieso nichts gewesen. Stattdessen haben meine Frau und ich so einige Dinge geklärt und noch mal von vorn angefangen. Es geht mir jetzt richtig gut in meiner Ehe."

„Also hat sichs doch gelohnt", lachte Anne. „Übrigens: Warum hast du deine Frau nicht mitgebracht?"

„Gertrud ist mit einer Freundin zum Wellness-Wochenende am Chiemsee. So was hätte sie früher auch nie gemacht."

„Dann hast du dich also allein angezogen? Schick!“, frotzelte Anne.

Norbert Olmer, berühmt-berüchtigt für seine allzu bunten Hemden mit noch bunteren Krawatten, trug heute einen schlichten grauen Anzug und ein ganz dezent blauweiß gestreiftes Hemd unter dem einfarbig dunkelblauen Schlips.

„Steht dir gut!“

„Danke!“, lachte der Chef des K1 und prostete dem Bräutigam zu, der kurz seinen Blick zu den Kollegen schweifen ließ.

Gertrud Olmer war so aufgeregt wie selten. Beim Makeup hatte sie sich außergewöhnlich viel Mühe gegeben. Der Farbton des neuen Lippenstifts passte exakt zum ebenfalls gerade erst angeschafften Seidentuch in tiefdunklem Orange, das die nackten Schultern bedecken sollte, falls der Abend kühl wurde. Die Blumen auf dem eigens vorher zum Schneider gebrachten, weil lange nicht mehr getragenen Abendkleid schimmerten in ebenso edlen wie geheimnisvollen Brauntönen. Ein riesiger Bernstein, ein Familienerbstück, zierte das Dekolleté, und zur Feier des Tages hatte sie gleich mehrere Ringe, die sich in den Jahrzehnten ihrer Ehe zu Weihnachten und Hochzeitstagen angesammelt hatten, an die Finger gesteckt. Die meisten allerdings einen Finger weiter nach außen als bei der feierlichen Erstanprobe. Allein die auf Hochglanz gewienerten Pumps würden mit ihrer Enge den Abend beschwerlich werden lassen. Doch wenn ihr Gatte, der Wormser Kriminalhauptkommissar Norbert Olmer, Leiter des Kommissariates 1, sich schon einmal dazu überreden ließ, am gesellschaftlichen Leben der Stadt teilzuhaben, sollte es auch ein ganz besonderer Abend werden.

Vor Wochen schon hatte Gertrud Olmer im Freundeskreis geschimpft, dass ihr Mann immer nur seinen Beruf im Kopf habe und sie niemals richtig ausführe: „Kino? Ach, was glaubt ihr denn? Da war ich zuletzt kurz vor der Hochzeit. Dabei hat sich Worms doch kulturell so wunderbar entwickelt in den letzten Jahren. Denkt bloß mal an die Nibelungen-Festspiele, da spielt die Stadt doch in der internationalen Liga mit! Wir haben hier ja alle Möglichkeiten, aber mein Mann liegt halt abends lieber vor dem Fernseher. Es ist ja schon ein Wunder, wenn ich Norbert zu einem Grillabend unter Freunden mitschleppen kann."

Es stimmte: Norbert Olmer hatte mit Kultur wenig am Hut. Wer da nun wen auf der Bühne umbringen würde, konnte er nur notdürftig aus seinem Schulwissen zusammenkratzen – falls das alte Nibelungenlied überhaupt noch ein Thema wäre bei der

Aufführung in diesem Jahr. Man wusste ja nie ... Das hatten die vergangenen Jahre gezeigt, in denen er nur jeweils aus der Zeitung und auch nur ganz am Rande mitbekommen hatte, was sich rund um den Dom und im Heylshofpark im Hochsommer so tat. Es schien ohnehin so, als seien die Promis, die sich, er hatte den Verdacht, oft gegen Honorar, zur Premiere die Ehre gaben, viel wichtiger als der Inhalt des Stückes an sich. So hatte er die Festspiele gemieden, weil es sowieso nicht seine Sache war, stundenlang zwischen wildfremden Menschen und bei nicht planbarem Wetter eingepfercht auf einer Tribüne zu sitzen und klitzekleine Schauspieler in meilenweiter Entfernung zu beobachten, die man – zugegeben, erst ein paar Jahre später – im Theaterkanal vom heimischen Sofa aus viel besser und bequemer sehen konnte. Angesichts der wütenden Tirade seiner Gattin war er dann aber doch ins Grübeln geraten und hatte sie vor vier Wochen zu ihrem Hochzeitstag mit Karten für die Festspiele überrascht. Karten aus der zweitbilligsten Kategorie, aber das sah man ja nicht so deutlich. Der Preis allein war auch so schon imposant. Gertrud hatte ihr Glück kaum fassen können, sodass der Rest des Tages im Prinzip dafür draufging, alle Freunde und Bekannten anzurufen und ausführlich über Norberts Geschenk zu berichten. Natürlich musste dann sofort die Garderobe geplant werden, weshalb Olmer selbst nicht mehr vonnöten war und heimlich, still und leise vom Frühstückstisch verschwunden und ins Büro gefahren war.

Und nun stand er hier im Heylshofpark, die teuren Karten waren eingerissen, und Gertrud hielt sich verkrampft an seinem Arm fest, weil sie auf diesen mörderisch hohen und sehr unbequem aussehenden Schuhen größter Unfallgefahr ausgesetzt war. Ihre Handtasche schlenkerte zwischen ihnen und schlug ihm bei jedem zweiten Schritt gegen den Oberschenkel. Er selbst steckte in seinem besten Anzug, einem dunkelgrauen Zweireiher mit Nadelstreifen. Gertrud hatte darauf bestanden, dass er ein weißes Hemd anzog und eine Krawatte mit dezenten grauen und blauen Streifen. Wohlfühlen geht anders, dachte er bei sich, aber wenn es Gertrud glücklich machte, wollte er den Abend eben über sich ergehen lassen. Der Park, sonst eine grüne Idylle zwischen Dom und Heylshof und mitten im lauten Stadtzentrum gelegen, sah heute völlig anders aus: Überall standen Zeltpavillons der noblen Art, darunter ebenfalls überall Heerscharen von jungen Leuten in Einheitskleidung, die für Catering, Ausschank oder Andenkenverkauf zuständig waren. Die Abendsonne beleuchtete die Szenerie noch warm, doch die eigens für die Festspiele rot angestrahlten Türme des Westchors ließen den Wormser Dom jetzt schon wie ein Gebäude aus dem Märchen erstrahlen. Zwischen Bäumen und Zelten flanierten gut gelaunte Festspielbesucher meist in feierlicher Garderobe. Andere trugen Alltagskleidung und große Beutel mit sich. „Jetzt guck dir das an!", schimpfte Gertrud auch prompt. „So geht man doch nicht zu den Festspielen!"

Norbert Olmer konnte nichts Verwerfliches daran finden, dass man seine Einkäufe noch vor dem Theater erledigte. Und wo sollte man dann schließlich mit den Einkaufstüten hin? An Schließfächer hatte hier wohl niemand gedacht.

„Einkäufe? Norbert! Wo lebst du denn! In den Beuteln sind die Regenumhänge und Sitzkissen der Leute."

„Ach!"

„Es gibt Zeitgenossen, denen scheint der feierliche Anlass völlig egal zu sein. Immerhin geht ja, falls es regnen sollte, die Vorstellung weiter. Und da bringen eben viele ihre unsäglichen Taschen voll Krempel von zu Hause mit. Sogar die Sitzkissen."

„Na ja, wenns nötig ist", gab Olmer zu bedenken und machte sich um seinen eigenen Komfort während der nächsten Stunden Sorgen: Das hatte ihm niemand gesagt, dass die Sitze unbequem sein könnten.

„Gibst du mir denn wohl mal einen Schampus aus?", fragte Gertrud danach. Olmer nickte und führte seine Gattin an den nächsten Stand, an dem er für schrecklich viel Geld zwei sehr kleine Gläser Sekt erstand.

„Krieg ich keine Pfandmarken?", fragte er und erntete nicht nur von der Bedienung einen strafenden Blick.

„Da vorne, Norbert, guck doch!" Gertrud war plötzlich ganz

aus dem Häuschen und zeigte auf eine Menschentraube am Eingang zum Park.

„Ich seh nix!"

„Norbert, da ist der Sascha Holm!"

„Wer?"

„Der Sascha Holm, Norbert! Der den netten Doktor Winter in der Inselklinik gespielt hat!"

Norbert Olmer wusste nicht, von wem seine Frau sprach, aber er beschloss, es auch nicht wissen zu müssen.

„Wen hat er denn dabei? Komm, lass uns mal näher rangehen!" Gertrud zog Norbert am Arm und stakste los.

Olmer brummte und machte sich frei. Zum Glück traf er in diesem Moment einen Kollegen von der Sitte aus Mainz, sodass er sein Zurückbleiben gut begründen konnte. „Na, dienstlich hier?", versuchte er einen Witz.

Der Kollege lachte und sagte: „Nee, ich muss schnell noch zwei Sekt holen, damit meine Frau zufrieden ist. Dabei läuft heute Abend Fußball im Fernsehen. Die ahnt gar nicht, was für ein Opfer ich bringe!"

„Ich hoffe, ihr habt einen Rekorder zu Hause."

„Darauf kannst du wetten!"

„Also dann, schönen Abend noch!"

„Gleichfalls", lachte der Mainzer gequält.

Nun ertönte ein Gong, der zum Besetzen der Plätze aufrief. Gertrud Olmer kam zurückgewackelt und jammerte: „Ogottogott, meine Füße! Ihr Männer habts doch gut mit euren breiten Tretern! Und wo hast du eigentlich gesteckt? Ich hab dich gesucht!"

„Du warst ja zu deinem Promi unterwegs, so schnell konnte ich nicht mit."

„Lügner!", sagte sie hart und griff wieder nach seinem stützenden Arm. Die Massen schoben sich nun durch die beiden Tore in der Mauer zwischen Park und Festspielbühne. Schlangestehen für so viel Geld, dachte Olmer. Aber wenigstens schien Gertrud selig zu sein. Er blickte müde über die Wartenden in der Schlange nebenan und blieb an einem kompakten älteren Herren hängen. War das nicht Jeremy Bloom? Und die Dame neben ihm, ganz in wildbunte Muster gehüllt, das war doch Rosemarie Blum! Das musste er sich merken! Aber es war ja nicht verboten, sich die Nibelungen-Festspiele anzusehen. So ein Blödsinn, sagte sich Olmer. Ich habe frei, und was das Duo Blum abends macht, geht mich gar nichts an. Schließlich hatte die Observierung Blooms vor einigen Wochen ja auch absolut nichts gebracht. Außer zu Einkäufen und Spaziergängen war der Amerikaner kaum unterwegs gewesen.

„Wo bleibst du denn!“, zischte Gertrud nervös von etwas weiter vorn. Olmer lächelte beschwichtigend und glitt in die Lücke zwischen zwei Menschentrauben, was ihn entscheidende Plätze nach vorn brachte. Als sie endlich auf der Tribüne angekommen waren, waren beide Olmers erstaunt, wie hoch man steigen musste, um die richtigen Sitznummern zu finden. „Und ich dachte, du hättest richtig was angelegt“, moserte Gertrud schon, während sie ihr Kleid gerafft hielt und vorsichtig von Stufe zu Stufe kletterte. Olmers Laune sank. Den vorläufigen Tiefpunkt hatte sie erreicht, als er feststellte, wie groß die Sitzplätze waren. In die einfachen Plastikschalen hätten bestenfalls die Rückseiten der Bewerberinnen für Germany's Next Topmodel gepasst, nicht aber ganz normale oder gar – wie in den beiden Olmerschen Fällen – durchaus etwas stärker gebaute Hinterteile. Da auch seine Sitznachbarin zur anderen Seite nicht gerade schlank war und zudem ihre monströse Tasche mit der Allwetterbekleidung fest auf dem Schoß hielt, fühlte Norbert Olmer sich von der ersten Minute an eingequetscht. Hilflos versuchte er sich möglichst wenig zu bewegen, denn sonst schubste er entweder Gertrud weiter nach außen oder landete im weichen Hüftpolster seiner Nachbarin.

Die Vorstellung begann. Olmers waren tatsächlich beide fasziniert von der Wirkung der bekannten Schauspieler vor der heimischen Dom-Kulisse und lauschten gebannt dem ersten Akt. Erst an dessen Ende bemerkte Norbert Olmer, dass ihm beide Beine eingeschlafen waren. Vorsichtig streckte er sie und bewegte die

Füße, um die Blutzirkulation etwas anzuregen, aber er handelte sich nur einen missbilligenden Blick von Gertrud und einen abschätzigen von der anderen Seite ein.

Zur Pause gab es etwas weniger Gedränge nach außen, denn viele Zuschauer blieben gleich auf ihren Plätzen sitzen. Gertrud Olmer bestand aber darauf, die Pause im Park zu verbringen: „Nun überleg doch mal, wen wir vielleicht noch alles zu sehen bekommen“, meinte sie. Da lohnten sich Widerworte einfach nicht. Ächzend erhob sich der Kommissar und begleitete seine stöckelnde Frau hinaus. „Norbert, ich muss mal ganz dringend für kleine Mädchen“, sagte sie dann, winkte ihm zu und bog zu den Toiletten am Rand des Parks ab. „Wo treffen wir uns wieder?“, rief Olmer noch hinter ihr her, aber das hörte sie im Trubel schon nicht mehr. Wieso musste sie eigentlich immer noch für kleine Mädchen? Vor dreißig Jahren hatte er den Ausdruck noch ganz nett gefunden, aber heute passte er wirklich nicht mehr zu Gertrud. Vielleicht war es das gewesen, was ihn für die Munterkeit und Natürlichkeit von Julia Weißbach damals so empfänglich gemacht hatte, sinnierte er, während er über den Rasen schlenderte und seine Umgebung kaum wahrnahm.

Das Signal ertönte, aber seine Frau war nirgends zu sehen. Na gut, es gäbe auch noch ein zweites Signal, sie hätten genügend Zeit, an ihre Plätze zurückzukehren. Doch Gertrud Olmer tauchte auch bis zum zweiten Gong nicht auf. Sie würde bestimmt wollen, dass er auf sie wartete. Nur: Wo? Langsam ging Olmer wieder zu der Stelle zurück, an der sie sich getrennt hatten. Mit dem Strom wurde er schließlich zurück durch das Tor und zur Tribüne geschwemmt. Dort lohnte sich das Warten dann schon sowieso nicht mehr. Also stieg er die Treppen empor bis zur fünftletzten Reihe und fand neben der opulenten Dame seinen Sitzplatz wieder. Aber nicht einmal jetzt konnte er den Raum genießen, denn die Sitzschalen ließen es auch nicht zu, sich mit je einer Backe auf einen Stuhl zu setzen. Ihre Ränder schwangen unpraktisch elegant an den Seiten nach oben, sodass man unweigerlich zwei Rillen neben der natürlich vorhandenen bekommen würde, ärgerte sich

Olmer und kauerte sich wieder neben die fremde Frau. Die erste Szene nach der Pause hatte bereits begonnen, als Gertrud Olmer schnaufend und wütend wieder neben ihrem Mann saß. „Nicht mal den Anstand zu warten hat der Herr! Das ist ja ein schönes Geschenk zum Hochzeitstag!"

„Wo warst du denn? Ich hab dich überall gesucht", flüsterte er.

„Ha! Eine Damentoilette in der einzigen Pause, das ist kein Spaß, das sage ich dir!"

„Ich finde es viel schlimmer, wie eingepfercht ich hier ausharren muss", seufzte Olmer.

„Tja, da unten, die in den Korbstühlen in der Loge, die habens gut!", meinte seine Frau.

„Jaja, Gertrud, wenn ich mal Polizeipräsident bin!"

Irgendwann war es endlich so weit, dass Siegfried sich seinem Ende näherte. Die Intrigen waren so weit gesponnen, dass der Ermordung des Helden nichts mehr im Wege stand, stellte Olmer erleichtert fest. Gleichzeitig bemerkte er, dass Gertrud ganz gebannt und mit roten Backen auf die Bühne starrte – wie fast alle Zuschauer um ihn herum. Also lags an ihm: Theater war einfach nicht seine Sache!

„Kämpf nicht, Siegfried, lass uns ins Bett gehen!", schrie Kriemhild gerade verzweifelt, aber Siegfried meinte nur: „Ja, am Abend, wenn ich fertig bin mit meiner Arbeit."

Also noch so einer, dem die Arbeit vorgeht, stellte Olmer lächelnd fest. Und das damals schon!

Gleich darauf rannte Siegfried auf einen Haufen sich prügelnder Kollegen zu und schlug mal nach rechts, mal nach links. Viele seiner Gegner gingen sofort in die Knie.

„Das ist eine Falle!", schrie Giselher. „Pass auf!""

Dann war Hagens Bass zu vernehmen: „Geht dazwischen!"

Nach weiterem Wortwechsel näherte sich endlich Hagen aus dem Hintergrund dem blonden Helden, und ganz plötzlich stand auch Kriemhild mitten auf dem Schlachtfeld. „Siegfried, nein ... Weg! Weg!" rief sie, aber Siegfried verstand sie nicht und Hagen hob in seinem Rücken das Schwert.

Norbert Olmer schnappte ganz plötzlich nach Luft, weil er das Gefühl hatte, einen Tritt gegen den Brustkorb bekommen zu haben. „Gertrud!“, japste er und griff nach der Hand seiner Frau, die er panisch umklammerte. Sie sah ihn kurz verwundert an und blickte dann weiter gespannt auf die Bühne. Wenige Augeblicke später ging erst ein Raunen durch das Publikum, dann gab es erste entsetzte Schreie und aufspringende Zuschauer, die glaubten, so besser verfolgen zu können, was sich auf der Bühne getan hatte: Statt des Helden Siegfried war Hagen zu Boden gesunken, und er machte nicht den Eindruck, als wolle er wieder aufstehen. Im Gegenteil: Noch bevor die Mikrofone ausgeschaltet wurden, rief Siegfried mit überschlagender Stimme nach einem Arzt. In der vierten Reihe erhob sich ein Mann in hellem Leinenanzug von einem der schicken Korbstühle und stieg auf die Bühne. Gertrud Olmer beobachtete, wie er die Vitalfunktionen des gefallenen Recken überprüfte und schließlich den Kopf schüttelte. Mehrere der Soldaten aus Siegfrieds Truppe reagierten schnell und schleiften den leblosen Hagen von der Bühne. Der Intendant höchstpersönlich griff zum Mikrofon und bat um Verständnis, dass die Vorstellung nun abgebrochen werden müsse und er einen guten Nachhauseweg wünsche. „So ein Ärger!“, jammerte Gertrud Olmer. „Da haben wir einmal in dreißig Jahren Theaterkarten, und nun das! Und sag mir bloß mal, wieso du da so leidend im Sitz hängst!“, fuhr sie ihren Gatten an. Der winkte ab, wischte sich den Schweiß von der Stirn und konzentrierte sich auf eine gleichmäßige und langsame Atmung.

„Mein ...“, begann er.

„Norbert, steh auf, wir gehen!“, befahl Gertrud.

„Aber mein ... Gertrud, warte noch!“, stieß er mühsam hervor, denn die Luft reichte immer noch nicht wieder zum Sprechen.

„Gott, da bricht jemand auf der Bühne zusammen, und du willst dich hier noch ein wenig ausruhen. Das ist jetzt wirklich nicht nötig!“

„Mein Herz, Gertrud! Ich krieg keine Luft. Mein Herz!“

„Ach Gott, Norbert, warum sagst du das denn nicht gleich? Ihr

Männer, immer so tun, als sei nichts gewesen. So ein Blödsinn!"

„Aber ich habe doch ..."

„Einen Arzt, hierher, schnell!", schrie Olmers Gattin schrill, und glücklicherweise machte irgendjemand den Herrn im hellen Leinenanzug aus der vierten Reihe darauf aufmerksam, dass er noch mal helfen sollte. Sportlich rannte er die Treppen der Tribüne hinauf und fühlte Norbert Olmers Puls.

„Mein Herz!", japste der erneut.

„Jaja, ganz ruhig! Ich bin Dr. Fürfeld. Haben Sie öfter Herzprobleme?"

„Er hat so ein ganz modernes Ding, so einen Defi", schaltete sich Gertrud Olmer ein.

„Dann ist bestimmt damit etwas nicht in Ordnung", diagnostizierte der Doktor. „Wir sollten einen Rettungswagen rufen."

Doch von Minute zu Minute kam Olmer wieder besser zu Puste, erholte sich spürbar und winkte ab, als der Arzt den Vorschlag noch einmal machte. „Lassen Sie nur, es geht wieder", lächelte er erleichtert.

„Wie Sie meinen!", sagte Fürfeld. „Aber auf Ihre Verantwortung, dass das mal klar ist!"

„Ja, das nehme ich auf meine Kappe und vielen Dank auch!"

Kaum war der Arzt wieder hinabgestiegen zur zarten Begleiterin und dem bequemen Korbgestühl, regte Gertrud Olmer sich auf: „Was spielst du hier den sterbenden Schwan? Das kann ja wohl nicht wahr sein! Da fällt jemand auf der Bühne um und du markierst, als gings dir auch schlecht! Das ist so unsagbar miserabel, mein Lieber! Und dann noch in dieser miesen Preiskategorie! Ich hätte dir wirklich etwas mehr Klasse zugetraut!"

Und nach vielen, vielen Ausrufezeichen weiter ließ sie ihren Gatten einfach sitzen, rauschte die Tribüne hinunter und verschwand im festlichen Heylshofpark. Aber ich hab doch den Hausschlüssel, schoss es Olmer noch durch den Kopf, als sein Handy vibrierte.

„Sommer, guten Abend!"

„Oh, Herr Sommer, ist etwas passiert?"

„Das kann mal wohl sagen!", seufzte der leitende Kriminalrat.

„Worum geht es?“

„Bei den Nibelungen-Festspielen ist gerade ein Schauspieler aus ungeklärter Ursache tot zusammengebrochen. Ich wollte Sie bitten, sich das mal anzusehen.“

„Nibelungen-Festspiele?“ Olmer musste lachen. „Da bin ich gerade. Der Tote heißt Hagen und starb völlig zu Recht, denn er war eben im Begriff, Siegfried zu ermorden.“

„Bitte machen Sie keine Witze! Das war kein Gag des Regisseurs. Der Mann ist wirklich mausetot. Haben Sie denn nicht mitbekommen, dass es nicht geplant war, dass er umfiel?“

„Nein, tut mir leid.“

„Schauen Sie sich vor Ort um, und falls Sie Verstärkung benötigen, bestellen Sie Ihre Leute ein, ja?“

„Ich kümmere mich um den Fall“, versprach Olmer ohne Bedauern, denn zu Hause hätte er jetzt ohnehin nicht sein wollen. Er rief kurz bei Anne Mettenheimer an, hatte Paul am Telefon und ließ ausrichten, Anne solle sich schnellstens hinter die Bühne der Festspiele begeben.

Olmer fühlte sich ein wenig unwohl in seiner klammen Kleidung, die im kühlen Abendwind auf der Tribüne längst nicht so schnell trocknete, wie er sie in seiner Panik nass geschwitzt hatte. Immerhin, er hatte überlebt, Hagen nicht. Und während er bedächtig die Treppen hinabstieg, hatte er ganz plötzlich eine Eingebung: Was, wenn er wirklich einfach nur Glück gehabt hatte? Wenn der Winzerfluch nun auch hier über den Festspielen lag? Wenn sein Herzproblem auch Hagens Problem gewesen war? Adrenalin schoss durch Olmers Körper. Hellwach und topfit kam er unten am Rand der Bühne an, wo er seinen Ausweis zückte, um von den zwei beeindruckend kräftigen Security-Leuten durchgelassen zu werden. Ein kurzes Stück musste er über die Bühne laufen, aber er traute sich nicht, die Situation zu genießen und einen Blick in die Ränge zu werfen. Schließlich war er nicht zum Vergnügen hier! Er wählte den Weg seitlich in die Kulissen, dorthin, wo Hagen getragen worden war. Mehrere Grüppchen von Menschen standen bei heller Beleuchtung herum, manche weinten, manche debattierten, andere schwiegen einfach. Von Hagen selbst war keine Spur mehr zu sehen. Norbert Olmer kam sich etwas verloren vor, bis der Intendant auf ihn aufmerksam wurde.

Walter Schwenk hatte sich seine achten Nibelungenfestspiele wahrlich anders vorgestellt. Gerade mal vier Vorstellungen hatte man absolviert, schon fiel der erste Schauspieler aus! Er nestelte nervös an dem locker um den Hals gebundenen schwarzen Seidenschal und schien der einzige zu sein, der den etwas verloren wirkenden Herrn mit Schnauzbart über feinem Kleine-Leute-Sonntagsanzug bemerkte, der irgendwie hierher gekommen war. Das musste die Polizei sein. Er machte einen Schritt auf den Fremden zu. „Schwenk. Ich bin der Intendant. Und Sie sind ...?"

„Olmer. Kriminalhauptkommissar. Guten Abend, Herr Schwenk."

„Scheckliche Geschichte, Herr Kommissar. Ganz schrecklich! Ich sehe schon die Schlagzeilen von morgen, aber ich wage nicht, sie laut auszusprechen!" Der Intendant legte theatralisch eine Hand vor den Mund.

Norbert Olmer sah keine Schlagzeilen. Er fragte sich stattdessen, was eigentlich ein Intendant war. Schauspieler, Regisseure, Beleuchter, sogar Souffleure wären ihm eingefallen, aber was war nur die Rolle eines Intendanten bei Festspielen? Hoffentlich fragte ihn niemals jemand dazu!

„Sie wollen bestimmt den armen Hagen sehen, kommen Sie!"

Schwenk drehte sich schwungvoll um, sodass sein weißes Sakko mitschwang. Norbert Olmer folgte Schwenk und stellte fest, dass er sich in dieser Umgebung nicht ganz wohlfühlte: Obwohl der Intendant deutlich älter sein musste als er selbst, hatte er sich doch zumindest körperlich deutlich besser gehalten. Da war kein Gramm Fett oberhalb des Gürtels zu erkennen, und die sonnengebräunte Haut wies nur wenige Falten auf, die den anderen wahrscheinlich nur umso interessanter für die Damenwelt wirken ließen. Und er selbst? Während Olmer Schwenk folgte, resümierte er kurz seine eigene Erscheinung: Dem dunkelgrauen Zweireiher mit Nadelstreifen, seinem besten Stück, sah man die Jahre irgendwie doch an. Außerdem passte sein Bauchansatz immer weniger hinter den Bund. Vermutlich war es inzwischen auch schlicht falsch, nur von Ansatz zu sprechen, gestand sich Olmer ein. Immerhin trug er heute ein weißes Hemd und auch eine dezente und keine der lächerlich gemusterten Krawatten, die Gertrud bei ihren Streifzügen durch die Wormser Geschäfte zu entdecken pflegte. Aber er spürte deutlich, dass Welten zwischen seiner gefühlt hausbackenen Erscheinung und der mondänen Figur des Intendanten lagen. Er seufzte resignierend.

„Ja, nicht wahr, es ist tragisch!", riss Schwenk ihn aus den Überlegungen. Er war vor einer mit weißen Tüchern abgetrennten Ecke im Dom stehen geblieben. „Die Garderoben der Hauptrollen. Hier links ist die von Hagen. Wir wussten nicht, wo wir ihn sonst hätten hinbringen sollen."

Olmers Professionalität gewann wieder die Oberhand: „Das haben Sie richtig gemacht!", sagte er. „Wie hieß Hagen eigentlich bürgerlich?"

„Sie kennen ihn nicht?"

Olmer zuckte mit den Schultern. Und er schämte sich nicht einmal, wie er erfreut feststellte.

„Jean-Pascal Lentz, einer der ganz Großen am Theaterhimmel."

„Aha. Hat Herr Lentz Angehörige vor Ort?"

„Mein Gott, natürlich, die Lucy! Hoffentlich hat man es ihr schonend beigebracht!"

„Welche Lucy?"

„Lucy Brickhampton, seine Muse und Garderobiere."

„Wie schreibt man das, Brick, Häm, Ten?"

„Soll ich sie rufen lassen?"

„Gern. Aber sie soll hier draußen warten."

Schwenk nickte, zückte sein Handy und flüsterte ein paar Anweisungen hinein. Derweil hob Norbert Olmer eines der Tücher ganz links an und betrat die Garderobe des verblichenen Recken. Nur ein kleines Leselämpchen sorgte für Licht, während andere Areale im Gotteshaus hell beleuchtet waren. Jean-Pascal Lentz lag auf dem Sofa, das ihm sonst zum Ausruhen gedient haben mochte, und war von irgendjemandem komplett mit einem weißen Laken zugedeckt worden. Olmer sah kurz unter das Tuch und stellte fest, es war derselbe Mann, den er vorhin auf der Bühne dabei beobachtet hatte, wie er beinahe Siegfried umgebracht hatte.

„Entschuldigen Sie mich kurz“, wisperte Schwenk und verschwand ohne auf die Antwort des Kommissars zu warten. Dieser stand nun mit einer Leiche in einem Geviert aus hellem Stoff und stellte fest, welche Ruhe an diesem Ort herrschte, obwohl der ganze Dom voller Leute war und von Stimmen summte wie ein Bienenstock. Auf dem Bistrotisch an der einen Seite des Sofas stand neben der Lampe auch ein in einem nostalgischen Silberrähmchen gefasstes Foto von Lentz mit einer attraktiven Frau im Arm, an der Olmer zuerst ihre hüftlange mahagonifarbene Lockenpracht auffiel. Beide lachten glücklich in die Kamera. Hagens Textbuch lag vor dem Tisch auf dem Boden neben einigen offensichtlich vor der Vorstellung achtlos abgeworfenen Kleidungsstücken. Norbert Olmer erschrak heftig, als sich der Stoff am Eingang hob. „Ganz ruhig, ich bins nur“, lachte Anne Mettenheimer.

„Ah, gut, ich war gerade ganz woanders. Es ist so still und friedlich hier drinnen. Was ein paar Laken doch ausmachen, obwohl man inmitten eines riesigen Bauwerks voller Menschen ist.“

„Nanu? Du wirkst ja richtig nachdenklich.“

„Ich bin es auch. Anne, bevor wir uns über den Fall unterhalten: Kommt Matthes?“

„Der ist schon mit seinen Leuten draußen auf der Bühne und sichert, was zu sichern ist. Und Rolf und Dieter haben alle angerückten Kollegen bereits instruiert, wer wie zu befragen ist. Das läuft alles.“

„Gut!“, sagte Olmer.

„Warum bist du eigentlich so fein gemacht? Von wo haben sie dich hierhertelefoniert?“

„Ach, Anne, ich war schon da. Ich hatte Gertrud zum Hochzeitstag Festspielkarten geschenkt. Sie hatte sich so was seit Jahren gewünscht.“

„Nobel, nobel.“

„Ja, und ausgerechnet an diesem Abend muss die Vorstellung abgebrochen werden."

„Gibt es schon einen Verdacht?"

„Ich habe einen, und der ist schrecklich", sagte Norbert Olmer leise und schlug das Laken über Hagen zurück, bis nur noch Unterleib und Beine bedeckt waren. Dann streifte er die Latexhandschuhe über, die Anne ihm reichte. „Hilf mir mal!", verlangte er. Auch zusammen hatten sie noch einige Mühe, den Leichnam auf die Seite zu drehen und die Schnallen zu lösen, mit denen der lederne Brustpanzer an einer Art Wams befestigt war. Anne hob das sperrige Requisit schließlich ab und legte es neben dem Bistrotisch auf den Boden. Vorsichtig öffnete Olmer die Knöpfe am Hemd des Toten. Er trug kein Unterhemd, sodass unterhalb des mit einer langen Kette um den Hals befestigten Goldkreuzes eine kleine Narbe auf der Brust sichtbar wurde.

„Scheiße!", rutschte es Anne Mettenheimer heraus.

„Ja, so ähnlich. Anne, hör zu, ich muss dir dazu was sagen: Augenblicke bevor Hagen umfiel, was ich schon gar nicht mehr richtig mitbekommen habe, habe ich einen Druck auf der Brust gespürt, als hätte mir jemand in die Rippen getreten. Ich hatte ganz plötzlich Todesangst, weil mein Herz sich verkrampfte und nicht mehr so schlug, wie ich es seit der Operation zum Glück wieder gewohnt bin. Es war irgendeine ganz enorme Kraft, die mir gegen den Brustkorb gekracht ist. Gertrud hat mir erst nicht geglaubt und nur den zusammengesunkenen Hagen auf der Bühne bedauert, aber dann hat sie doch nach einem Arzt gerufen. Der wollte mich ins Krankenhaus schicken, aber da ging es mir schon wieder besser."

„Du meine Güte, Norbert, weißt du, was du da sagst?"

„Ja", nickte Olmer ernst. „Der Winzerfluch."

„Und du hast ein Riesenglück gehabt, dass du das überlebt hast!"

„Ich denke auch."

„Gab es denn noch mehr Leute, die Herzprobleme hatten?"

„Das habe ich nicht beobachtet. Aber weißt du, in dem Mo-

ment habe ich auch nur gehofft, dass ich das überlebe."
„Wo ist eigentlich deine Frau jetzt?", wollte Anne wissen.
„Oh, die war dann ziemlich sauer, als ich mich erholt habe."
„Was?"
„Na ja, sie hat gedacht, ich simuliere. Sie hat sich dann noch aufgeregt, dass wir nicht weiter vorn gesessen haben und ist wütend nach Hause abgerauscht."
„Norbert, ich würde fast sagen, dass dir deine Sparsamkeit das Leben gerettet hat!"
„Stimmt, wenn mans mal so betrachtet."
„Ich habe den Bestatter informiert, dass er den Hagen gleich morgen früh nach Mainz zu Kippe bringt", sagte Anne dann.
„Gut. Also wirst du schon wieder mal deinen Vormittag bei der Rechtsmedizin verbringen, was?"
„Meinst du, ich muss?", fragte Anne. „Immerhin gibt es hier vor Ort doch viel wichtigere Dinge zu tun. Ich kann dir doch jetzt schon sagen, was dabei rauskommt, wenn Kippe den Hagen aufmacht!"
„Der Hagen heißt übrigens Jean-Pascal Lentz."
„Soso. Künstlername?"
„Das weiß ich nun noch nicht."
Die Kommissare stellten die wenigen persönlichen Gegenstände wie Brieftasche, Mobiltelefon und auch das gerahmte Bild in der Garderobe sicher und traten aus dem stillen Geviert hinaus in den Dom. In einiger Entfernung warteten bereits die Bestatter und nickten den Kommissaren zu. „Nach Mainz, Sie wissen ja!", sagte Olmer leise, die beiden nickten erneut und trugen den Zinksarg in die Garderobe.
„Wir sollten mal nach dieser Lucy suchen, der Freundin von Lentz", sagte Norbert Olmer.
„Gute Idee. Ist die denn hier bei den Festspielen?"
„Der Intendant hat mir gesagt, sie sei seine Muse und Garderobiere, also müsste sie hier zu finden sein."
„Der Intendant?"
„Na, dieser Schwenk, der seit Jahren hier alles dirigiert."

„Ach so, der. Ich dachte, der wär der Regisseur."

„War er auch mal, glaube ich. Aber jetzt ist er eben Intendant."

Erleichtert, dass Anne nicht weiter nachfragte, winkte Olmer seiner Kollegin, mit auf die andere Seite des Kirchenschiffs zu kommen. „Da vorn sehe ich Schwenk, der kann uns weiterhelfen."

Auf den Treppen des Hauptaltars hatten sich Dutzende Menschen niedergelassen, die alle zu Walter Schwenk blickten. Er stand vor den Stufen und schien seine Truppe schon auf den nächsten Abend einzuschwören: „Jean-Pascal hat uns verlassen, aber ihr wisst alle, the show must go on! Pjotr, das ist deine große Chance, also nutze sie!"

Ein kräftiger, dunkelhaariger Mann mit Vollbart nickte und stand auf. „Ich möchte euch sagen, dass ich die Rolle perfekt drauf habe, aber dass ich unendlich traurig bin, sie spielen zu müssen. Ich werde meine Auftritte Jean-Pascal widmen."

Nach unruhigem Gemurmel sprach Schwenk weiter: „Was mir noch Sorgen macht: Hat jemand von euch die Lucy gesehen?"

„Die ist doch heute zur Geburtstagsparty ihrer Schwester nach London geflogen und kommt erst morgen zurück", sagte eine noch als Hofdame verkleidete Schauspielerin.

„Oh, na dann. Bitte lasst sie das Fest noch genießen. Wer übernimmt es morgen, Lucy zu sagen, was passiert ist?", fragte Schwenk.

„Ich!", sagte Siegfried, der blass zwischen den anderen saß.

„Berni!", rief Anne Mettenheimer überrascht.

Die meisten Köpfe auf den Stufen zum Altar drehten sich zu den etwas abseits wartenden Kommissaren. Erst verengte Siegfried die Augen, um besser sehen zu können, dann aber sprang er auf und rannte auf Anne Mettenheimer zu.

„Anne, nein, so ein Zufall!", rief er und umarmte sie mit Küsschen rechts und Küsschen links. Norbert Olmer hob verwundert die Augenbrauen und schob die beiden hinter sich, denn er wollte die Truppe noch sprechen, bevor sie auseinander ging. „Meine Damen und Herren, mein Name ist Olmer, ich bin der ermittelnde Hauptkommissar, und ich möchte Sie bitten, das Festspielgelände vorerst noch nicht zu verlassen. Unsere Leute werden Sie alle erst noch einzeln befragen. Ich bitte um Ihr Verständnis."

Einige nickten, andere tuschelten mit ihren Sitznachbarn, und eine Frau sagte laut: „Sind wir etwa verdächtig?"

„Eva, nun lass doch den Quatsch! Ihr sollt einfach von euren Beobachtungen berichten und auf die Fragen der Kommissare antworten, damit Jean-Pascals Tod schnell aufgeklärt werden kann!"

„Aber ich wollte noch nach Frankfurt auf ein Event!"

„Das wirst du mal schnell vergessen, klar?", donnerte der Intendant, wandte sich um und verließ die Versammlung mit schnellen Schritten.

Arm in Arm mit Siegfried hatte Anne Mettenheimer dem Wortwechsel gelauscht, doch nun konnte sie sich wieder dem Helden zuwenden. „Wie gehts dir, Berni?", fragte sie.

Siegfried lächelte und sagte: „Anne, es wäre mir ganz recht, wenn du mich hier nicht Berni nennen würdest. Ich bin hier für alle der Bernhard, weißt du."

„Oh!"

„Tja, was ich hier mache, ist ja irgendwie offensichtlich, aber was führt dich her? Ich wusste gar nicht, dass es auch abends Führungen hinter die Kulissen gibt."

Anne musste lachen: „Nee, Berni ... Bernhard, das ist es nicht. Das Theater ist auch gar nicht meine Welt, ich bin rein beruflich hier." Sie zückte ihren Ausweis und ließ Berni lesen.

„Na, da hast du ja auch ordentlich Karriere gemacht!", stellte er fest.

„Jedenfalls führt mich mein Job an die ungewöhnlichsten Orte, wie du merkst."

„Und? Wie siehts privat aus? Mann und Kinder, wie alle?"

„Stimmt. Ich bin seit ein paar Monaten verheiratet und hab auch zwei kleine Kinder."

Siegfried lachte auf und strich sich eine Strähne aus dem Gesicht. „Das hätte ich dir gar nicht zugetraut, Heiraten!"

„Manchmal kommts eben anders“, grinste Anne. „Und was ist mit dir?“

„Ach, Heiraten kommt für mich nicht infrage, sonst schmälere ich ja meine Chancen auf dem Markt.“

„Auch wieder wahr. Und Hagen? War das ernst mit seiner Lucy?“

„Ermittelst du jetzt?“

„Ich sollte wohl langsam damit anfangen.“

„Okay. Also, mit der Lucy war er schon fünf oder sechs Jahre liiert, soweit ich weiß. Aber ich hab den Lentz auch erst während der Proben hier näher kennengelernt.“

„Dann kannst du mir also nicht viel mehr über ihn erzählen?“

„Ich befürchte, nein. Du, aber lass uns doch mal privat treffen und die alten Zeiten aufleben. Wie wärs?“

„Klar“, stimmte Anne zu und gab Siegfried ihre Karte. „Du rufst mich einfach an, wenn du Zeit hast.“

„In Ordnung. Mensch, Anne, ich freu mich richtig!“, sagte der Held, küsste die Kommissarin nochmals auf beide Wangen und lief dann zu seiner eigenen Garderobe am anderen Ende der Kirche.

Merkwürdig, dachte sie, dass Bernhard Stahl sich so gut an sie erinnerte. Im Leistungskurs Deutsch damals hatte sie nie den Eindruck gehabt, dass Berni sich für sie interessierte, ja, sie überhaupt zur Kenntnis nahm.

Norbert Olmer ließ sich neben Anne auf die Treppenstufe fallen. „Was war das denn?“, fragte er.

„Berni.“

„Oh, danke für die ausführliche Erklärung!“

„Bernhard Stahl. Der diesjährige Siegfried. Mit dem bin ich zur Schule gegangen. Das ist irgendwie an mir vorbeigegangen, dass der dieses Jahr in seiner Heimatstadt mitspielt.“

„Der scheint dich ja sehr zu mögen.“

„Ach was, der ist einfach so. Extrovertierter Schauspieler eben. Das war in der Schule noch nicht so. Wie weit sind wir?“, lenkte Anne ab.

„Keiner kann sich vorstellen, wieso der Hagen gestorben ist. Es hat bislang auch noch keiner vermutet, dass sein Herzschrittmacher das Problem gewesen sein könnte. Offensichtlich weiß gar niemand davon."

„Na, das wird sich ändern, wenn morgen diese Lucy einfliegt!", meinte Anne.

„Es war auch alles wie immer, berichteten alle unisono. Keine anderen Requisiten, keine anderen Menschen auf oder hinter der Bühne, alles wie immer."

„Komisch!"

„Ja, aber wir werden schon etwas herausfinden!", sagte Norbert Olmer zuversichtlich.

Die Pressekonferenz am nächsten Morgen fand auf dem Festspielgelände statt, denn kein Saal im Rathaus hätte ausgereicht, um die Massen an angereisten Journalisten aufzunehmen, die mehr über Hagens Tod wissen wollten. Auf der Bühne stand ein Podium, an dem nach und nach der Intendant, der Regisseur, der städtische Kulturkoordinator, der Oberbürgermeister und Martin Sommer, der leitende Kriminalrat, Platz nahmen. Rechts daneben stand ein mannshohes Porträtfoto von Lentz als Hagen mit einer schwarzen Trauerbinde um den Rahmen.

„Wir müssen", sagte Walter Schwenk statt einer Begrüßung, „uns damit abfinden, dass der großartige Jean-Pascal Lentz nicht mehr unter uns weilt. Es ist tragisch, verkörperte er doch wie kein Zweiter die unbändige Wut, die grenzenlose Kraft und die durchtriebene Schläue des Tronjers. Wir haben einen Kollegen von Weltgeltung verloren. Meine Damen und Herren, ich bitte um eine Gedenkminute für Jean-Pascal Lentz!"

Verwirrt erhoben sich die anderen Herren am Podium nach Schwenk, denn das war nicht abgesprochen gewesen. Der Oberbürgermeister hatte sogar darum gebeten, die Veranstaltung extrem sachlich zu halten, denn schließlich ging es hier um reine Information. Trauerfeiern würden später ohnehin noch folgen. Nun aber stand ein Heer von Zeitungsschreibern, Fotografen und

Kameraleuten mit gesenktem Köpfen auf der Tribüne und wartete auf das erlösende Ende der Schweigeminute.

„Ich danke Ihnen!", hauchte der Intendant ins Mikrofon, bevor er sich ergriffen auf seinen Stuhl fallen ließ und mit einer Handbewegung das Wort abgab.

„Wir werden alles tun, um den Tod von Herrn Lentz schnell aufzuklären!", nutzte der Oberbürgermeister die Gelegenheit. „Uns ist daran gelegen, die Festspiele weiterlaufen zu lassen. Natürlich in aller Ehrfucht vor dem Andenken des Schauspielers Lentz."

„Ist er denn nun an einer Überdosis gestorben oder was?", rief ein Reporter laut dazwischen.

„Ich verbitte mir derlei Spekulationen!", schrie Schwenk. Er hatte zu schwitzen begonnen und musste sich mit dem Halstuch den roten Kopf abwischen. „Jean-Pascal Lentz mit Drogen in Verbindung zu bringen, ist eine perfide Unterstellung!"

„Dass ich nicht lache!", rief der Reporter zurück, und in den Reihen um ihn herum gab es lautes Gekicher. Es war seit Jahren ein offenes Geheimnis gewesen, dass Lentz besonders auf Promi-Parties gern mal kokste. Die Yellow Press wusste ein Lied davon zu singen.

„Vielleicht sollten wir uns erst einmal anhören, was die ermittelnden Behörden zu sagen haben", schlug der Bürgermeister vor.

Martin Sommer straffte sich leicht, bog das Mikrofon etwas um und sagte leise, aber deutlich: „Der Leichnam des Herrn Lentz wird zur Stunde in der Gerichtsmedizin in Mainz obduziert. Jegliche Spekulation über die Todesursache wäre also verfrüht und kontraproduktiv. Ich kann Ihnen aber versichern, dass all unsere Ermittler fieberhaft daran arbeiten, herauszufinden, warum Herr Lentz gestorben ist."

„Was sagt Lucy dazu? Wie geht es ihr?", rief eine junge Journalistin mit Notizblock in der Hand.

„Ich bitte um Verständnis, dass wir zum persönlichen Umfeld des Herrn Lentz noch nichts sagen möchten", meinte Sommer.

Es hagelte Fragen, doch die Herren auf dem Podium hatten

beschlossen, sich rein an die sachlichen Gegebenheiten zu halten.

„Ich bin nicht wirklich schlauer nach dieser dummen PK!“, murrte ein Redakteur der Wormser Zeitung, als er das Festspielgelände verließ.

„Nur, dass wir bessere Informanten vor Ort haben werden als die andere Presse“, lachte der Fotograf neben ihm.

„Dein Wort in Gottes Ohr! Das war ja komplett nichts eben! Dass er tot ist, wussten wir auch vorher schon, dass wie wild ermittelt wird, dachten wir uns, und der Rest war doch Pipifax. Jetzt spielt halt dieser Pjotr Piontek den Hagen, aber das wollten wir doch alle gar nicht wissen. Hat Lentz zu viel gekokst? Gesoffen? Hat seine Pumpe das wilde Leben nicht mehr mitgemacht? Hat seine Geliebte ihn um die Ecke gebracht? Das wären die Themen gewesen, auf die wir alle gewartet haben!“, schimpfte der Redakteur in seiner Wut.

„Lass mal“, besänftigte ihn der Fotograf. „Das kriegen wir schon noch raus. Wer, wenn nicht wir!“

Zur selben Zeit fand im Wormser K1 eine Besprechung zur Lage im Fall Lentz statt.

„Bevor wir hier anfangen, muss ich euch noch etwas sagen“, begann Norbert Olmer. Er legte seine Papiere mit Bedacht auf den Tisch im Besprechungszimmer. „Gestern Abend war, da bin ich mir fast hundertpronzentig sicher, auch Jeremy Bloom bei den Festspielen.“

„Wow! Der schon wieder! Und, war er allein?“, fragte Anne Mettenheimer.

„Er hatte Rosemarie Blum bei sich.“

„Dann werde ich ihn nachher gleich mal zu seinem Alibi befragen!“, beschloss Rolf Iben.

„Gut, das kannst du tun.“

„Erzähl doch mal, wie das da so war, bevor der Hagen umgekippt ist!“, forderte Anne ihren Chef auf.

„Ach, ihr ahnt es nicht: Enge Stühle, eiskalter Abendwind. Riesige Einkaufstüten voll knisternder Regencapes und Sitzpolster, ein einziges Glas Sekt vier fünfzig, der Dom angestrahlt in blaurot, herrje!"

Anne lachte: „Du kannst wirklich große Kunst einfach nicht genießen, Norbert!"

„Ja, ist ja gut, ich bin und bleibe ein Mann aus dem Volk. Und ich bin stolz darauf. Mein Vater ist noch jeden Tag zu Fuß von Herrnsheim bis zu den Heylschen Lederwerken gelaufen, warum soll ich da tun, als sei ich was Besseres!"

„Also war der Abend eine Quälerei?"

„Nein, versteht mich nicht falsch, es war nur so ungewohnt, als hätte ich viel zu große Schuhe an, wisst ihr. Das ist nicht meine Welt. Das Stück an sich war absolut fesselnd, ich habe gebannt auf die Bühne gestarrt, obwohl ich immer geglaubt habe, diese alte Klamotte könnte mich nicht mehr begeistern. Aber was die daraus gemacht haben, wunderbar! Auch die Atmosphäre auf der Tribüne war atemberaubend: Es gab einen Moment, da habe ich von meinem Platz aus auf den majestätischen Dom direkt vor mir geblickt und mich gefreut, dass ich so was mal erleben darf."

„Gut, und was tun wir nun?", fragte Dieter Wiesen. Er war wenig an den Gefühlen seines Vorgesetzten beim Theaterbesuch interessiert. Er wollte lieber endlich an die Arbeit.

„Ja, das ist so: Wir werden natürlich in alle Richtungen weitermachen, aber federführend wird eine andere Gruppe sein: Anne, ich habe da was für dich! Dieser Lauer vom LKA hat angerufen und gesagt, dass jetzt eine Soko eingerichtet werden soll. Da wirst du als Ansprechpartnerin aus Worms dabei sein."

„Ihr anderen nicht?"

„Du wirst offiziell dabei sein, wir machen derweil mit der Hintergrundarbeit zu den Fällen in unserem Revier weiter. Ich habe auch so genug zu tun und muss mich nicht dauernd mit einer Soko treffen. Um elf ist die erste Besprechung in Mainz."

„Okay. Sagst du dem, dass ich komme?"

Olmer lachte: „Anne, das ist nicht die Frage! Du bist angefordert worden. Du hast dort zu sein! Es ist aber gut, dass du freiwillig hinwillst."

„Klar doch! Das ist doch seit Wochen mein Thema, und endlich kommt Bewegung in die Sache!", rief Anne aufgeregt.

„Schatz, bist du das?"
„Natürlich, du hast mich ja angerufen. Wer sonst soll an mein Handy gehen?"
„Hast du auch schon gehört, dass er tot ist?"
„Hab ich."
„Furchtbar, nicht?"
„Nein. Gar nicht."
„Wie kannst du so herzlos sein?"
„Hatte er jemals Herz?"
„Stand bei euch schon etwas mehr in der Zeitung?"
„Nein, es hat ihn ja spät abends erwischt, das hat die Presse nicht mehr schnell genug hingekriegt."
„Ach, ich dachte, vielleicht ..."
„Ist noch was? Ich müsste wieder an die Arbeit."
„Ja, natürlich. Dann machs gut, mein Schatz!"
„Ja, du auch."

Die Soko traf sich in einem Besprechungszimmer des Landeskriminalamtes am Mainzer Valenciaplatz. Anne kannte niemanden außer Max Lauer, der ihr beim Betreten des Raumes freundlich zugenickt hatte. Nicht einmal den Staatsanwalt kannte sie. Der musste neu sein. Lauer verkündete nach der Begrüßung aller Kollegen, dass die Soko „Herz" von ihm geleitet werde und dass er drei Bereichsleiter benennen wolle, die jeweils die regionalen Gegebenheiten besser kannten und daher die Fälle in ihrem Beritt federführend betreuen sollten. „Zu den zwei bislang bei Alzey aufgefallenen Herztoden ist das KHK Liebermann, für das Gebiet um Mainz und die zwei Fälle dort KHK Sattler und für die Wormser Region, wo bereits vier ungeklärte Herztode für Unruhe sorgen, wird KOK Mettenheimer zuständig sein. Die örtlichen Kommissariate werden jeweils Zuarbeit leisten und eng mit der Soko verzahnt, denn Ortskenntnisse werden bei diesen Fällen immens wichtig sein“, sagte Max Lauer und berichtete von ersten Ergebnissen, die zum Teil noch spät in der Nacht gewonnen worden waren:

„Mit Jean-Pascal Lentz haben wir nun das erste prominente Opfer des sogenannten Winzerfluchs, denn sein Fall ist einzureihen in die Serie der ungeklärten Tode in der Region. Diesmal aber überschreitet der Täter, falls es denn nur einer ist, eine Schwelle, er wird mutiger: Er hat den Kick gesucht, in aller Öffentlichkeit zu morden. Das Medieninteresse und unsere relative Machtlosigkeit werden ihn darin bestärken, dass er gut war. Also haben wir keine Zeit zu verlieren.

Die Fälle haben alle gemeinsam, dass das Opfer männlich war und einen Herzschrittmacher trug. Ansonsten waren kaum Krankheiten bekannt. Ein Opfer hatte zwar Krebs, aber noch im Anfangsstadium. Es gab also eigentlich keinen Grund, weshalb die Männer hätten sterben können. Wir wissen mittlerweile, dass es sich bei allen um das selbe Fabrikat des Schrittmachers handelte, mal eine etwas ältere, mal eine ganz aktuelle Baureihe. Immer jedoch Geräte, die ansonsten problemlos funktionieren. Alle wurden zudem im Herzzentrum Mainz eingesetzt. Auch das Gerät von Hagen. Das war im vergangenen Jahr, als er ein Engagement in Frankfurt hatte. Wir sollten also unbedingt der Spur nachgehen, dass Manipulation vorliegt. Das muss irgendwo ab dem Vertrieb geschehen sein, denn werksseitig wurden die Geräte von unterschiedlichen Angestellten auf ihre Qualität hin überprüft, bevor sie die Firma verließen. Vielleicht haben wir es auch mit Manipulation in der Klinik zu tun, oder aber noch viel später mit einem Täter, der sich einfach nur gut auskennt.“

„Oder es ist ein bislang unbekanntes Phänomen!“, rief ein älterer Mann mit grauem Lockenkopf dazwischen.

„Wie meinen Sie das, Kollege Liebermann?“

Aha, dachte sich Anne, das ist also der Alzeyer.

„Na, wenn bisher einfach noch nie aufgefallen ist, dass Herzschrittmacher der Firma XY aus den Produktionsjahren von X bis

Y immer dann ausfallen, wenn ihre Träger neben einem Motor mit mehr als X PS Leistung stehen. Oder wenn sie unter einer Stromleitung herumlaufen, die mehr als X-Tausend Volt Spannung führt. Da sind doch Dutzende Dinge möglich, oder?", fragte Liebermann.

„Stimmt leider!", seufzte der Staatsanwalt, der neben Lauer saß und pausenlos mit seinem Kugelschreiber gespielt hatte, bis Liebermann ihn fasziniert und abgelenkt hatte.

„Wir sollten dann zunächst dort beginnen, wo wir verlässliche Daten haben: Im Krankenhaus und beim Hersteller."

Nun rief Anne Mettenheimer dazwischen: „Ich hab für heute Nachmittag zufällig einen Termin beim Leiter des Herzzentrums!"

Lauer nickte. Er blätterte kurz in seinen Unterlagen und sagte dann: „Anne, das ist gut. Aber ich möchte, dass einer von uns Mainzern den Termin wahrnimmt. Du vielleicht, Peter?"

Während der Angesprochene nickte, fuhr Lauer bereits fort: „Mit dir, Kollegin, habe ich etwas anderes vor: Der Hersteller der Herzschrittmacher ist die Firma CuorTec in Ludwigshafen. Es handelt sich um ein florierendes Unternehmen, das nun natürlich große Angst hat, dass sein Ruf beschädigt wird. Gerade in dieser Branche ist da nichts mehr zu retten, da kann man nicht mit Rabatten und Werbegeschenken zufriedengestellt werden, wenn das eigene Leben bedroht ist. Zum Firmenchef habe ich mittlerweile Kontakt, und es ist so, dass die Geschäftsleitung ebenso dringend daran interessiert ist wie wir, mögliche Manipulationen aufzudecken und zu beenden. Absolut diskret natürlich! Und genau da kommst du, Kollegin Mettenheimer, ins Spiel: Ich würde dich gern als Praktikantin in den Betrieb einschleusen, damit du dich etwas umsiehst. Du wirst morgen den Dienst antreten und als Lena Pelzer vorgestellt, die nach der Babypause zum Wiedereinstieg in den Beruf ein Praktikum in der Marketingabteilung absolviert. Diese Abteilung besteht nur aus einer Mitarbeiterin, die aber gerade längerfristig erkrankt ist, weshalb deine Mithilfe dort absolut plausibel begründbar ist. Der Geschäftsführer und gleichzeitige Firmeninhaber wird dich direkt einweisen, es wird keine Zwischenstufen geben, um größte Geheimhaltung zu wahren. Alles klar, Frau Pelzer?"

Anne Mettenheimer nickte und fragte: „Aber wie komme ich bis morgen an ein paar standesgemäße Business-Klamotten?"

Sie spürte zuerst, bevor sie es auch sah, dass mehrere Kolleginnen und Kollegen angesichts dieser Frage ihr Grinsen nur mühsam verbergen konnten: ausgerechnet Anne Mettenheimer im damenhaften Kostüm als Assistentin der Geschäftsleitung? Schwer vorstellbar für die meisten.

„Guck dich in unserem Fundus um. Das kriegst du schon hin. Es ist ja nur für ein paar Tage."

Während Anne noch aufgeregt überlegte, ob sie diesen neuen Job wirklich glaubhaft schaffen würde, fuhr Lauer fort: „Gehen wir doch zuerst die möglichen Motive durch. Was haben wir da?"

„Wenig", seufzten Liebermann und Sattler unisono, und Anne ergänzte: „Bei unseren toten Winzern ist es eher so, dass die Familien einen Nachteil daraus haben, dass die Männer gestorben sind. Also, mal rein finanziell gesehen!"

„Das kann ich nur bestätigen", nickte auch Kollege Sattler. „Da gehen jetzt alte Familienbetriebe den Bach runter, weil der Winzer nicht mehr existiert. Und einen fertigen Winzer einzustellen ist viel zu teuer, also ist der Betrieb so oder so ruiniert."

„Das könnte natürlich auf die Konkurrenz hinweisen", schob Lauer ein.

„Ach was!", schimpfte Liebermann. „Wenn du dir die Betriebe genauer ansiehst, sind die ganz solide, aber keine Leuchten. Gelegentlich eine bronzene Kammerpreismünze, aber das wars auch schon. Keine Geheimtipps aus dem Gourmetmagazin, die wirklich gestört hätte. Überhaupt nicht!"

„Ich finde auch, wir sollten uns auf Hagen konzentrieren", sagte Anne Mettenheimer. „Gerade diese ganz neue Qualität des sozusagen geplanten Herztodes vor großem Publikum und an einem Prominenten, da würde ich was draus ableiten."

„In Ordnung“, meinte Max Lauer. „Stellen wir also Jean-Pascal Lentz ins Zentrum der Ermittlungen. Wer hätte ein Motiv gehabt, Lentz auszuschalten?“

„Das wird uns spätestens morgen die Presse in allen Einzelheiten erklären, befürchte ich“, sagte der Staatsanwalt leise. Dann fragte er: „Kollegin Mettenheimer, haben Sie da eventuell schon erste Erkenntnisse? Sie waren doch gestern Abend gleich vor Ort.“

Anne nickte. „Lentz wird durch einen Schauspieler namens Pjotr Piontek ersetzt. Der hatte in den letzten Jahren nicht gerade viele Engagements, aber der Intendant hat ihn in irgendeinem kleinen Theater gesehen und fand wohl, er sei es wert, eine Chance zu bekommen.“

„Das wäre ja schon mal ein ganz gutes Motiv!“, befand Lauer. „Einer aus der zweiten Reihe, der nur zum Zuge kommt, wenn die Nummer Eins aus dem Weg geräumt wird. Und notfalls wird das eben auf eigene Faust erledigt. Da müssen wir uns drum kümmern!“

„Haben wir denn schon etwas zum Privatleben von Lentz?“, fragte der Staatsanwalt.

„Haben wir“, nickte Anne. „Seine Freundin Lucy soll gestern in London den Geburtstag ihrer Schwester gefeiert haben. Sie war definitiv nicht vor Ort.“

„Trotzdem müssen wir sie natürlich durchleuchten.“

„Klar!“

„Meine Güte, ich muss los!“, rief Lauer plötzlich. „Professor Orbis wartet bestimmt schon! Er hat sich den Hagen höchstpersönlich reserviert. Das geht gleich los. Also dann, an die Arbeit, Kollegen!“

Anne Mettenheimer fuhr relativ nervös zurück nach Worms. Da sollte sie nun also morgen früh in einer völlig fremden Firma in einem ihr gänzlich unbekannten Arbeitsbereich beginnen. Ob das gutgehen konnte? Andererseits: Sollte sie sich dämlich anstellen, müsste der Chef sie eben entlassen. Nur die Kleiderfrage beunruhigte sie wirklich noch. Aus dem Fundus des LKA war Anne reichlich mit schicken Kostümen und Hosenanzügen eingedeckt worden, sogar zwei Paar passende Pumps hatte sie bekommen, aber wie sie sich darin bewegen sollte, war ihr absolut nicht klar. Sie müsste unbedingt das Autofahren mit den Dingern mit Absatz üben, sonst wäre die Katastrophe morgen vorprogrammiert.

„Hallo?"

„Schatz, ich muss dich nochmal sprechen deswegen!"

„Weswegen? Ich verstehe nicht."

„Na, weil er doch tot ist."

„Darüber haben wir doch schon einmal gesprochen!"

„Aber da musstest du so plötzlich wieder an die Arbeit."

„Also gut, was ist los?"

„Ich begreife das nicht, dass er tot ist."

„Wieso? Sei doch froh!"

„Aber warum sollte ich froh sein, wenn jemand gestorben ist?"

„Du bist ihn los! Werd endlich mutiger, befrei dich von ihm! Du hängst seit Jahren, ach was: Jahrhunderten an ihm und kannst dich nicht lösen, dabei kümmert es ihn einen feuchten Dreck, wie es dir geht!"

„Das darfst du nicht sagen!"

„Doch! Genau ich darf das!"

„Aber er ist tot."

„Ja, das hast du jetzt schon mal gesagt. Leg dich hin, es ist schon spät. Ruh dich aus und denk nicht mehr an ihn."

„Aber ..."

„Gute Nacht!"

An der Landstraße zwischen Westhofen und Gundersheim bewirtschafteten die Eltern Mettenheimer seit Jahren einen riesigen alten Garten, der alljährlich und schon so lange sie denken konnte Annes Mitarbeit erforderte. Sie konnte sich noch an Sommerferien erinnern, die sie vom Gefühl her komplett in der elterlichen Küche beim Entrappen von Dutzenden Eimern Johannisbeeren verbracht hatte. Inzwischen war es ihr gelungen, der Küchenarbeit zu entfliehen und nur noch zu Ernteeinsätzen eingeteilt zu werden. Diesmal hatte sie besonderes Glück: Ihre Mutter, die ansonsten mit Argusaugen über den ordentlichen Ablauf von Ernte und Verarbeitung wachte, hatte bereits mit dem Einkochen begonnen und war zu Hause unabkömmlich, weshalb Anne nun zu einer der seltenen Gelegenheiten kam, allein mit ihrem Vater im Grünen zu sitzen.

„Und, was machen die Banditen?", fragte Hermann Mettenheimer.

Anne saß mitten in einem Pflaumenbaum und hatte das Gesicht mit geschlossenen Augen in die durch die Blätter strahlende Abendsonne gehalten, öffnete nun aber die Augen und sagte: „Papa, frag doch mal was anderes!"

„Wieso? Nach Emma und Lukas brauche ich wohl nicht zu fragen, die hast du bestimmt heute noch nicht gesehen. Im Gegensatz zu mir."

„Ach!"

„Paul war heute morgen hier und hat mir geholfen. Den Baum da drüben hat er ganz allein geschafft."

„Und die Kinder?"

„Die waren auch dabei und haben wahrscheinlich die nächsten Tage ein bisschen Dünnschiss, weil sie die ganze Zeit über auf dem Boden herumgesucht haben, was sich essen lässt. Und das waren nun mal ausschließlich überreife Pflaumen."

Schweigend arbeiteten Vater und Tochter weiter, bis Anne sagte: „Ich wollte seit Wochen in Sachen Winzerfluch ermitteln. Erst haben mich alle ausgelacht. Wenn der Leitende mir nicht geglaubt hätte, wäre ich gar nicht an die Fälle rangekommen. Mittlerweile arbeiten wir allesamt am Winzerfluch, und jetzt auf einmal wird sogar eine Soko eingerichtet. Da musste erst ein Promi tot umkippen!"

„So ist das nun mal", sagte Hermann Mettenheimer. „Glaubst du, für einfache Leute würde eine Sonderkommission eingerichtet? So ein riesiger Tross an Polizisten kostet ja schließlich auch Geld!"

„Außerdem ist der politische Druck jetzt endlich groß genug, dass man den Winzerfluch ernst nimmt, der auch die Nibelungen befallen hat", brummte Anne und griff nach der nächsten Pflaume.

Mit einem großen Eimer voll mit reifen, lila Früchten fuhr sie später nach Hause und traf Paul in großen Nöten an: „Die Kinder haben beide Durchfall. Wahrscheinlich haben sie schon wieder so ein blödes Virus erwischt. Dabei machen sie eigentlich einen ganz fitten Eindruck."

Anne lachte: „Papa hat gesagt, die beiden hätten heute Morgen sämtliches Fallobst gegessen. Wundert dich da noch die beschleunigte Verdauung?"

„Ach je, da hab ich noch gar nicht dran gedacht!"

„Siehst du, dann ist das Problem morgen bestimmt erledigt."

„Vorausgesetzt, ich lass sie nicht noch an den Eimer hier", seufzte Paul. „Was machen wir bloß mit dem ganzen Obst? Es ist ja nicht so, dass ich nicht heute früh schon welches mitbekommen hätte."

„Man müsste es brennen."

„Da fehlen uns aber noch ein paar Kilo, meinst du nicht?"

„Klar. Aber das gäb keinen Durchfall."

„Zumindest nicht bei den Kindern", grinste Paul.

„Anne, bist du schon in Ludwigshafen?", fragte Max Lauer.

„Nein. Ich mach mich gerade strafbar, weil ich beim Autofahren ohne Headset telefoniere."

„Oh, na, dann mache ich es kurz. Weißt du, was ein Cardiodoc ist?"

„Nö."

„Das ist ein Gerät, das Träger von Herzschrittmachern auf Gefahren hinweisen soll. Wenn man sich also Stromquellen, magnetischen Feldern und so weiter nähert, fängt das Gerät an zu piepsen, sobald eine bedenkliche Situation eintritt."

„Aha. Stellt CuorTec so was auch her?"

„Nein, aber deshalb rufe ich auch gar nicht an. Wir haben herausgefunden, dass Lentz so ein Ding besaß."

„Ja, und? Hat es versagt?"

„Tragischer! Er hat es, um die Aufführung nicht zu stören, in seinem Auto liegen gelassen, bevor er zur Vorstellung ging. Da konnte es ihn natürlich nicht warnen."

„Falls der Täter das gewusst hat, blieb ihm ja quasi nur der Mord vor Publikum, sonst wäre Lentz immer gewarnt gewesen, oder?"

„Nein, das glaube ich nicht. Schließlich reicht ein kurzer Impuls, um das Herz aus dem Takt zu bringen. Da kann der Apparat piepen, wie er will, denn vor dem Auslösen des Impulses konnte er die Gefahr ziemlich sicher gar nicht erkennen."

„Was hat eigentlich die Obduktion ergeben?", fragte Anne.

„Nichts, wie erwartet. Oder eben das Bekannte. Eindeutig Tod durch Manipulation am Herzschrittmacher."

„Gut, das ist ja schon mal was."

„Ich bin heute Morgen mit der Lebensgefährtin von Lentz verabredet. Mal sehen, ob ich da noch Neuigkeiten erfahre."

„Bestimmt! Ach ja, und ich hätte eventuell auch noch was beizusteuern, aber dazu müsste ich in Ludwigshafen mal frei nehmen."

„Aha, und was wäre das?"

„Ich kenne den Siegfried. Auf der pesönlichen Schiene kommt da bestimmt mehr raus als bei einer offiziellen Befragung, meinst du nicht?"

„Doch, klar! Verabrede dich doch heute Abend mit ihm!"

„Max, das geht doch nicht! Der hat doch Vorführung."

„Ach so, logisch! Aber dann guck, dass du ihn zeitnah triffst. Und viel Erfolg im neuen Job!", sagte Max Lauer noch, bevor er das Telefonat beendete.

Anne Mettenheimer steuerte ihren Dienst-Opel in die Ludwigshafener Innenstadt. An einer der großen Ausfallstraßen standen mehrere Mehrfamilien-Wohnblocks aus den Sechzigern, die in den letzten Jahren mit einigem Aufwand aufgehübscht worden waren. Hier sollte eine marktführende Firma logieren? Anne sah nach, ob sie auch die notierte Adresse angefahren hatte, aber sie stimmte. Im Hof des Hauses, das die richtige Nummer trug, parkte sie das braune Gefährt zwischen den weit moderneren Schlitten ihrer zukünftigen Kollegen, schlüpfte aus den Turnschuhen und quälte sich in die Pumps. Autofahren mit den Dingern wäre lebensgefährlich geworden, das wusste Anne Mettenheimer. Die feinen Damenschuhe hatten zwar auf dem Papier die richtige Größe, aber derlei feines Schuhwerk waren ihre Füße einfach nicht gewohnt, sodass die Zehen sich schon beim ersten Kontakt mit der schmalen Spitze schmerzhaft beschwerten. Sie kam heil und ohne Umknicken am Hauseingang an und besah sich die Klingelschilder. Auf allen sechs Schildern stand CuorTec. Anne klingelte bei einem mittleren Schild und wurde eingelassen. In der Hochparterre rechts stand groß „Geschäftsleitung" an der Wand. Die Wohnungstür daneben ließ sich ohne weiteres Klingeln öffnen und Anne betrat den Flur, der mit beigem Teppichboden ausgelegt war. Im ersten Zimmer links fand sie die Küche, im ersten rechts eine Sekretärin, die das Diktat des Chefs gerade per Kopfhörer abtippte. Das zweite Zimmer rechts war ein leeres Büro, aber im dritten Raum hatte Anne endlich Glück: Ein schlanker Mann um die sechzig in einem gut geschnittenen Anzug stand neben seinem Schreibtisch und blätterte in einer Akte. Er sah auf, als er Anne bemerkte.

„Guten Morgen, mein Name ist Pelzer."

Der Mann legte den Ordner auf den Schreibtisch und schüttelte Annes ausgestreckte Hand. „Frau Pelzer, das freut mich! Ich bin Richard Herzer, der Geschäftsführer und Inhaber von CuorTec."

„Herzer?", fragte Anne verdattert.

Er lachte. „Das wundert die Leute immer. Aber dann sage ich: Der Name ist Programm. Ist ja auch so. Kommen Sie, ich zeige Ihnen Ihr Büro gleich nebenan."

Er führte Anne in den bislang leeren Büroraum. „Nicht, dass wir wirklich jemanden bräuchten, der unseren Vertrieb noch ankurbelt. Wir sind im Prinzip voll ausgelastet und haben Bestellungen komplett für die kommenden zwei Jahre vorliegen. Das Marketing ist eigentlich nur dazu da, Kundenanfragen zu beantworten und Neuerungen bekannt zu machen. Ich will nämlich trotz des guten Absatzes nicht expandieren, sondern zufrieden sein mit dem, was gut läuft. Zu viele sind schon abgestürzt, nur weil sie immer mehr wollten, wissen Sie. Warum also soll ich größenwahnsinnig werden und all das hier aufs Spiel setzen?"

Anne nickte und fragte nach ihrer Vorgängerin. „Ja, unsere Marketingfachfrau hat einen Trümmerbruch im Arm, der nur schleppend verheilt. Sie fehlt uns seit sechs Wochen, da bin ich heilfroh, dass Sie den Wiedereinstieg bei uns wagen, Frau Pelzer!", sagte Herzer übertrieben laut und zwinkerte Anne zu. Er schien gewusst zu haben, welche Wirkung seine Sätze haben würden, denn direkt danach betrat die Sekretärin den Raum. „Na, haben wir da eine neue Kollegin?", fragte sie.

„Lena Pelzer, guten Morgen!"

Die Frau nickte Anne zu. „Michalski, Sekretärin und Empfangsdame. Kaffee gibt es in der Küche, kostet zwanzig Cent die Tasse. Übrigens: Die braune Tasse ist meine!" Und damit verschwand sie wieder nach nebenan. Richard Herzer lächelte und bat Anne in sein Büro. Dort schloss er die Tür, bevor er Anne einen Kaffee aus der Thermoskanne anbot: „Völlig gratis!", grinste er. Anne lachte zurück, ließ sich einen schwarzen Kaffee eingießen und meinte: „Die Frau Michalski, die hat den Laden also im Griff!"

Herzer nickte: „Das können Sie laut sagen! Ich habe sie gleich zu Anfang, als ich diesen Betrieb aufgebaut habe, eingestellt, weil ich dachte, dass es bei einer Sekretärin allein aufs Schreibtempo ankommt. Na ja, nun hab ich sie halt, und gute Arbeit macht sie ja auch, aber ihre Art ist manchmal etwas anstrengend. Heißer Tipp: Sprechen Sie sie gelegentlich mal auf ihre Perserkatzenzucht an, dann wird sie zugänglich. Die beiden Kollegen aus der Buchhaltung, die im Büro Ihnen gegenüber sitzen, werden Sie übrigens erst morgen kennenlernen, denn die sind heute zu einer Fortbildung unterwegs."

Anne Mettenheimer hätte am liebsten die Pumps von den Füßen gestreift. Sie hatte nicht mehr das Gefühl, als würden ihre Füße noch irgendwie durchblutet.

„Kommen wir zur Sache", meinte sie dann. „Alle Herzschrittmacher, die nachweislich manipuliert wurden, stammen aus Ihrer

Fabrikation. Leider auch die, bei denen die Manipulation noch gar nicht nachgewiesen ist, wo es sich also bislang nur um überraschende Todesfälle handelt, die aber nicht als ungeklärt eingestuft wurden. Was ich liebend gern ändern würde. Das muss insgesamt noch nichts mit Ihrer Firma zu tun haben, denn die Herzschrittmacher wurden auch allesamt in derselben Klinik, dem Herzzentrum Mainz, eingesetzt. Das bedeutet für uns, dass wir diese zwei Orte genauer unter die Lupe nehmen möchten, um auszuschließen, dass eventuell einer der Mitarbeiter zu den Verdächtigen gehört."

Herzer seufzte: „Frau Pelzer, machen wir uns nichts vor: Es muss jemand mit einer ordentlichen Portion Sachverstand sein, und so jemanden finden Sie entweder hier oder in der Klinik. Ich bin darauf vorbereitet, dass jemand von meinen Leuten ein Saboteur ist. Ich frage mich nur, warum, denn ich bilde mir ein, für ein ganz gutes Arbeitsklima zu sorgen. Außerdem zahle ich übertariflich und schütte am Jahresende eine Gewinnbeteiligung aus."

„Na ja, es gibt auch andere Gründe."

Herzer lachte laut: „Klar, meine ganzen enttäuschten Liebschaften hier im Laden! Nein, glauben Sie mir, an solche Dinge habe ich auch schon gedacht, aber es fällt mir nichts Plausibles ein. Soll ich Ihnen mal die Firma zeigen?"

„Oh, gern! Ich muss nämlich gestehen, dass ich ganz schön verwirrt war, als ich hier vorgefahren bin. Ich hätte niemals eine Firma in diesen Wohnblocks vermutet."

Wieder lachte der Firmenchef. „Ja, das geht vielen Leuten so. CuorTec residiert in insgesamt sechs ehemaligen Wohnungen. Das war für mich die praktischste Lösung, weil ich das Haus kurz vor der Firmengründung geerbt habe. Unten die Büroräume, im ersten Stock die Fertigung, im zweiten Stock Fertigung und Forschung, unter dem Dach und in den Garagen das Lager."

„Und das reicht?", fragte Anne, während sie neben Herzer die Treppen empor stieg.

„Das reicht. Sie glauben gar nicht, wie viele Arbeitsplätze man in einem solchen Haus unterbringen kann! Wir haben es ja quasi auch nur mit Kleinkram zu tun. Außerdem habe ich noch einen reinen Fertigungsstandort in Tschechien. Aber die Geräte von dort sind ausschließlich für den außereuropäischen Bedarf gedacht."

Im ersten Stock bekam Anne die Produktionsräume zu sehen, die sie teilweise wegen der Sauberkeit gar nicht betreten durfte. Es fiel ihr aber auf, dass die Mitarbeiter ausnahmslos erfreut schienen, ihren Vorgesetzten zu sehen. Er stellte überall Lena Pelzer und den Grund ihres Neuanfangs in der Firma vor, alle nickten ihr freundlich zu und arbeiteten dann konzentriert weiter. Auch in der zweiten Etage wurden sie wohlwollend aufgenommen. In der kleinen Forschungsabteilung bastelten drei Männer und eine Frau an ihren Plätzen an neuen Ideen. Als die junge Frau mit dem schwarzen Pagenkopf und den dunklen Knopfaugen gehört hatte, wen der Chef da mitbrachte, stand sie auf und schüttelte Anne die Hand: „Luisa Cortini, freut mich! Ich hoffe, wir verbringen die Mittagspausen miteinander."

Anne lachte und stimmte spontan zu. Frau Cortinis direkter Tischnachbar stellte sich als Manfred Laubinger vor, schien aber weniger an engerem Kontakt interessiert zu sein. Schweigend widmete er sich gleich wieder seiner Arbeit. Die anderen beiden, Sven Ross und Dr. Erwin Meckel, waren zwar in ihre gemeinsame Arbeit am Computer vertieft, gaben der neuen Kollegin aber dennoch die Hand und wünschten einen guten Start. Bevor Herzer und Anne wieder nach unten gingen, hatte Luisa Cortini sich ein gemeinsames Mittagessen gegen eins gesichert. „Ist die immer so munter?", fragte Anne.

„Frau Cortinis Vorfahren stammen aus Italien. Deren Temperament hat sie eindeutig geerbt. Aber sie ist eine ganz hervorragende Wissenschaftlerin. Ich muss gestehen, die Frau kostet mich so richtig Geld."

„Aber das ist bestimmt gut investiert."

„Oh ja, keine Sorge. Sie arbeitet absolut innovativ. Und stellen Sie sich mal vor, wie das ankommt, wenn diese kompetente und gleichermaßen attraktive Frau unsere neuen Produkte präsentiert. Ich kann nicht klagen nach solchen Veranstaltungen.

Gar nicht. Frau Cortini war ein Glücksgriff für meine Firma."

„Sind die vier alle aus der Forschung?"

„Nur Cortini und Dr. Meckel haben studiert, aber Ross und Laubinger sind mittlerweile hoch spezialisierte Techniker, die sich unter den Kollegen einen Namen gemacht haben. Das ist ein Team von Weltklasse, das Sie da eben gesehen haben."

Unten angekommen meinte der Chef: „Vielleicht möchten Sie sich jetzt ein wenig einarbeiten in Ihren Bereich? Ich lasse Sie einstweilen allein, aber wenn Sie Fragen haben, bin ich natürlich jederzeit zu Auskünften bereit. Und vergessen Sie nicht Ihre Verabredung um eins!"

Lachend verschwand Herzer im eigenen Büro.

Anne lief bis zum Fenster und sah auf die stark befahrene Straße hinaus. Wie unsicher sie sich hier fühlte! Es fing schon damit an, dass sie nicht einschätzen konnte, ob es in Ordnung wäre, die Bürotür zu schließen, oder ob das Misstrauen bei Frau Michalski hervorrufen könnte. Anne beschloss, dieses Risiko einzugehen, denn sie musste unbedingt Norbert Olmer sprechen. Nachdem sie die Zimmertür leise geschlossen hatte, ließ sie sich auf den gut gepolsterten Drehstuhl fallen und befreite ihre Füße aus den Schuhen. Vorsichtig wackelte sie mit den Zehen. Das wenigstens funktionierte noch! Auf dem Handy rief sie Olmer an, der nicht einmal fragte, wie es ihr ging, sondern gleich mit Neuigkeiten ankam: „Wir haben den Piontek festgenommen."

„Hat er gestanden?"

„Aber Anne, was glaubst du denn! Lass mich doch erst mal erzählen!"

„Natürlich."

„Also: Wir haben von mehreren Zeugen gehört, dass Piontek, der während der Vorstellung ja im Prinzip frei hat und sich nur zur Verfügung halten muss, falls der Erstbesetzung die Stimme ausfällt oder ähnliches, die ganze Zeit in den Kulissen herumgelaufen ist und fotografiert hat. Das ist den Zeugen aufgefallen, weil er sonst nur selten vor Ort war und sich den Abend meist im Catering-Zelt um die Ohren geschlagen hat."

„Eine Kamera als Versteck für einen Störsender? Das ist natürlich auch gut!", staunte Anne.

„Nun lass mich doch erst mal fertigreden!", verlangte Norbert Olmer unwirsch. „Dauernd unterbrichst du mich!"

„Sorry!"

„Pjotr Piontek sei mit einem Fotohandy herumgelaufen und habe währen der gesamten Vorstellung Bilder gemacht. Auch vom sterbenden Hagen. Wir konnten aber weder in seinem Hotelzimmer noch in seinen Sachen auf dem Festspielgelände ein Handy mit Fotofunktion finden. Nur ein ganz normales. Das hat Matthes längst demontiert. Es war ohne jeglichen Zusatz. Er leugnet auch den Besitz eines zweiten Geräts. Er habe nur viel telefoniert gestern, mehr war aus ihm nicht herauszubekommen. Allerdings ergab der Verbindungsnachweis, dass er sein Handy nur zwei Mal benutzt hat und nicht dauernd, wie die Zeugen beobachtet hatten. Da passt noch einiges nicht zusammen, weshalb wir ihn erst mal hier behalten, so lange es eben geht. Vielleicht lässt er sich ja doch noch zu einem Geständnis erweichen. Wenn wir nur das Fotohandy finden könnten!"

„Das kann er ja sonst wo hingeworfen haben in der Zwischenzeit!"

„Genau."

„Ach, schade. Dann muss ich hier ja weiter im Kostümchen rumhocken, während ihr die wirklich spannenden Jobs macht!"

Olmer lachte: „So schlimm?"

„Na klar! Ich habe heute Abend total verbogene Füße, das sag ich dir!"

„Halt durch, Anne, und sag dir immer, dass es für eine gute Sache ist!"

„Du hast gut reden!"

Nach dem Telefonat widmete sich Anne Mettenheimer dem Aktenstudium: Ihre Vorgängerin hatte gute Arbeit geleistet und die Firma weltweit bekannt gemacht. Zwei dicke Ordner aus der Buchhaltung mit der Aufschrift „Zahlen Geschäftsbericht" lagen auf einem Schrank an der Wand und zogen Annes Aufmerksamkeit auf sich. Die Verkaufszahlen zeigten, dass Krankenhäuser aus ganz Europa und zum Teil sogar aus arabischen und afrikanischen Ländern oder selbst aus Kanada und den USA regelmäßig Produkte der Firma CuorTec orderten. Erstaunt stellte sie fest, dass die Materialien zwar nicht ganz billig waren, die Gewinnspanne pro Herzschrittmacher aber ganz enorm hoch war. Und niemals schien die Firma Rabatte zu gewähren oder spezielle Verträge auszuhandeln. Richard Herzer schien der Prototyp eines selbstbewussten Unternehmers zu sein, und die Qualität seiner Erzeugnisse wurde offensichtlich so geschätzt, dass er sich das auch leisten konnte.

Pünktlich um ein Uhr stand Luisa Cortini im Türrahmen und erwischte Anne Mettenheimer barfuß vor dem Aktenschrank. „Na, neue Schuhe?“, fragte sie.

„Ja“, gestand Anne. „Ich dachte, für den Wiedereinstieg in den Beruf sollte ich mich schon etwas aufbrezeln. Aber jetzt zwickts erbärmlich.“

„Du siehst auch nicht gerade so aus, als würdest du dich in deinem schicken Outfit wirklich wohlfühlen. Ist doch okay, wenn ich du sage, oder?“

„Klar!“

„Ich würde wetten, zu Hause läufst du in Jeans und Turnschuhen rum!“

„Du hast eine erstaunliche Menschenkenntnis!“

„Ach, das war ein Zufallstreffer. Aber mach dir keine Sorgen: Der Chef ist zwar immer wie aus dem Ei gepellt, aber von uns erwartet er das nicht. Er hat noch nie was gesagt, wenn der Meckel in seinen alten, ausgeleierten Anzughosen, die er bestimmt schon von irgendjemandem geerbt und seitdem nie gebügelt hat, hier aufkreuzt. Und guck mich an, weiße Bluse und dunkle Hose. Heute bin ich auch eher fein hier, aber sonst tuts auch mal ’ne Jeans.“

Anne schob die Füße wieder in die engen Schuhe, griff nach ihrer Umhängetasche und folgte Luisa Cortini nach draußen. „Jesus, das musst du aber auch noch üben, damit wir unfallfrei bis ins Lokal kommen!“, lachte diese über Annes Gang.

„Ja, ich weiß. Ich hab auch noch ein paar Turnschuhe im Auto, aber das sieht dann absolut bescheuert aus, wenn ich mit Kostüm und Turnschuhen rumlaufe."

„Stimmt!", bestätigte Luisa. „Dann musst du da jetzt durch. Ich werde dir jedenfalls einen Rettungswagen rufen, solltest du dir auf dem Weg die Füße brechen."

„Zu gütig, vielen Dank!", brummte Anne angestrengt.

Das Lokal, das Luisa ausgesucht hatte, entpuppte sich als schattiger Biergarten unter alten Kastanien ganz in der Nähe. Die Speisekarte wies jedoch zu Annes Freude nicht die biergartentypischen Kulinaria wie Weißwurst und Leberkäse auf, sondern eine Vielzahl an bunt zusammengestellten Salaten und Pasta in allen möglichen Variationen.

Nachdem die beiden bestellt hatten, fragte Anne: „Wie lange bist du schon bei Herzer?"

„Das werden jetzt bald drei Jahre. Und ich hoffe, es folgen noch viele. Herzer ist ein echt fairer Chef. Wir haben in unserer Abteilung alle Freiheiten und bekommen jegliche Unterstützung. Andere Firmen gehen da ganz anders mit ihren Leuten um oder unterhalten erst gar keine eigene Forschungsabteilung, sondern kaufen sich das Know-how von irgendeiner Uni ein."

„Ich hab heute Morgen nur gestaunt, als ich das Gebäude sah."

„Klar, das wirkt rein äußerlich alles unglaublich spießig, aber das täuscht. Oh, ich glaube, da kommt mein Salat!"

Kurz darauf fragte Luisa: „War das eigentlich dein erstes Kind?"

„Hm?", fragte Anne verwirrt zurück.

„Na, Herzer sagte, du wolltest ein Praktikum nach dem Erziehungsurlaub machen."

„Ach so. Nein, ich habe gleich zwei Kinder bekommen, Zwillinge." Erleichtert beschloss Anne, hier einfach bei der Wahrheit zu bleiben. Je mehr sie sich ausdachte, desto leichter würde sie sich verstricken als blutige Anfängerin im Undercover-Einsatz.

„Oh, toll! Zwei Jungs, zwei Mädchen?"

„Eins von jeder Sorte. Und du, hast du auch Kinder?"

Luisa schüttelte den Kopf. „Krieg ich wohl auch nie. Wenn du einmal aus der Forschung raus bist, kommst du so leicht nicht mehr rein, da ist der Zug dann einfach abgefahren. Außerdem hab ich im Moment nicht mal einen Mann zum Kind. Und zusätzlich sowieso Schwierigkeiten mit dem Thema Familie."

„Wieso?", fragte Anne ungeniert.

„Ach, weißt du, ich habe meinen Vater nie kennengelernt. Das war nicht nur für mich, sondern auch für die Familie daheim in Brindisi ein großes Problem. Aber genau dieser italienische Teil meiner Familie hat es mir ermöglicht, eine gute Schulausbildung zu genießen und später sogar zu studieren, erst in Mannheim, dann in Harvard."

„Harvard?" Anne war ungeheuer beeindruckt. Sie kannte bisher noch niemanden, der an einer amerikanischen Nobel-Universität studiert hatte. Stimmte dieser Ruf des Erstklassigen eigentlich wirklich oder hielten sich da nur seit Jahrzehnten sorgfältig gepflegte Legenden? Im Prinzip war es ja völlig egal, wo man studierte. Hauptsache, man verstand sein Metier hinterher. Nur weil sie selbst aus kleinen Verhältnissen stammte, musste sie doch nicht ehrfürchtig zu jemandem aufblicken, der in Harvard oder sonst wo an vermeintlich wichtigen Orten gewesen war! Und Anne beschloss, nicht weiter beeindruckt zu sein. Obendrein war Luisa viel zu nett, um vor Ehrfurcht distanziert zu bleiben.

„Kommst du eigentlich gut mit deinen Kollegen klar? Sind ja schließlich alles Männer!", meinte Anne und musste sich auf die Zunge beißen, um kein „Wie bei mir im K1" nachzuschieben.

„Doch, kein Problem!", sagte Luisa. „Sven ist schwer in Ordnung, Manfred ein bisschen brummig, aber auch okay, und beim Meckel muss man sich halt an die Macken gewöhnen, dann gehts. Weißt du, der packt zum Beispiel jeden Morgen erst mal das Foto von seinen Kindern aus und stellt es auf den Schreibtisch. Abends packt er es dann wieder ein. Als wollte einer von uns die lieben Kleinen klauen! Dabei sehen die alle drei ganz furchtbar aus, spätpubertär und picklig. Die Weinberge im Hintergrund hätte er in den Vordergrund nehmen sollen, der

Erwin! Na ja, aber vermutlich will er den Tag über wissen, wofür er arbeitet."

„Wieso?"

„Ach, unser Dr. Meckel hatte letztes Jahr eine extrem teure Scheidung. Seine Frau hat ihm sogar das gemeinsame Haus irgendwo im Alzeyer Raum abgeluchst, sodass er jetzt in einer Zweizimmerwohnung in einem Weinkaff in der Nähe seiner Frau wohnt. Die drei Kinder studieren mittlerweile, sodass er die auch voll finanzieren darf, weil Madame gar keine Zeit hat, arbeiten zu gehen. Und Erwin findet das auch noch in Ordnung! Dabei war sie es, die sich einen Liebhaber zugelegt hat!"

Anne lachte, beschloss aber, sich zu merken, dass sie Meckel überprüfen wollte.

Sie und Luisa hatten eben noch einen Espresso zum Abschluss bestellt, als Annes Handy klingelte.

„Pelzer!"

„Anne, hier ist Max. Kannst du reden?"

„Nein."

„Okay, dann hör zu: Wir haben Jean-Pascal Lentz' Hotelzimmer durchsucht, eine Menge Papierkram mitgenommen und dabei Interessantes gefunden: Einen Erpresserbrief, den Lentz zwischen den hinteren Seiten eines alten Textbuchs versteckt hatte."

„Und worum gehts dabei?"

„Ich weiß, dass du einen Herzschrittmacher hast. Wenn du die Premiere überleben willst, liegen dann und dann da und da soundsoviel Euro in einer Plastiktüte im Mülleimer neben der Damentoilette. So in dem Stil. Details werde ich dir mailen."

„Und?"

„Lentz hatte keinen größeren Geldbetrag abgehoben, falls du das meinst. Euer Matthes Horrweiler untersucht den Brief gerade nach Spuren und weiteren Anhaltspunkten."

„Klingt gut", sagte Anne.

„Geht aber noch weiter! Wenn man sich die Zeiten ansieht, zu denen die Winzer gestorben sind, also alle, die du auf deiner Liste hast, und nicht nur die, bei denen wir schon wissen, dass die

Herzschrittmacher manipuliert wurden, dann fällt etwas auf."
„Und das wäre?"
„Sie starben meistens entweder abends oder am Wochenende. Nur einer starb an einem Vormittag. Sonst immer nach Dienstschluss oder freitags nach fünf."
„Ach. Das ist interessant." Obwohl Anne spontan einfiel, dass der Osthofener Winzer an einem Montagmorgen gestorben war. Aber das konnte sie jetzt ja nicht laut sagen. Außerdem konnte sich der Täter den Winzerfestmontag ja auch freigenommen haben – wie alle anderen eben.
„Genau", sagte Max. „Halt mal die Augen offen in deiner neuen Firma, ja?"
„Bin gerade dabei. Jetzt kommt mein Espresso. Machs gut, Schatz!"
„Schatz?"
Aber Anne hatte das Gespräch schon beendet.
„Dein Mann?", fragte Luisa Cortini.
„Ja. Er wollte fragen, ob wir am Wochenende zur Einkehr in eins von unseren Weingütern gehen."
„Du klangst nicht gerade begeistert."
„Die alljährlichen Theatervorstellungen, die er so gerne sieht, langweilen mich ohne Ende. Außerdem ist der Wein dort nicht besonders", log Anne ungeniert und kippte ihren Espresso hinunter.
Zurück in der Firma ging Anne zu Richard Herzer.
„Hat Frau Cortini Sie über alles Wissenswerte aus der Forschungsabteilung informiert?", fragte er lächelnd.
„Ach, da gibt es wohl noch eine ganze Menge. Einstweilen bin ich nur über das Privatleben von Dr. Meckel im Bilde."
„Gut, das hat ja sicher die ganze Mittagspause ausgefüllt. Womit kann ich Ihnen jetzt dienen?"
„Darf ich mal die Personalakten ... ?"
„Aber natürlich. Die sind bei Frau Michalski unter Verschluss. Vielleicht wäre es besser, wenn wir warten, bis sie um vier nach Hause geht, sonst fällt das schon auf, wenn ich nach Monaten des

Desinteresses auf einmal alle Personalakten gleichzeitig einsehen will."

„Gut, so lange kann ich mich noch mit anderen Dingen beschäftigen", sagte Anne und nahm sich vor, erst einmal alles zu notieren, was sie schon über CuorTec und seine Mitarbeiter wusste.

Am späten Nachmittag überreichte Richard Herzer seiner neuen Mitarbeiterin einen Schlüssel: „Der ist für den Aktenschrank. Die blauen Ordner sind die mit den Personalbögen. Bitte bringen Sie mir den Schlüssel dann zurück, wenn Sie fertig sind."

„Ist gut, vielen Dank!"

Anne Mettenheimer beschloss, dass sie genauso gut barfuß Akteneinsicht nehmen konnte, jetzt, wo Frau Michalskis kritischer Blick nicht mehr zu befürchten war. Sie streifte die Pumps erneut ab, freute sich über die Freiheit für ihre Füße und nahm sich die blauen Ordner vor. Die Angestellten aus der Fertigung wollte sie sich später vornehmen, einstweilen schienen ihr die Leute zwischen Geschäftsführung und Fertigung wichtiger. Das konnte ein Trugschluss sein, aber irgendwie musste sie ja beginnen, schließlich hatte CuorTec allein in Ludwigshafen über dreißig Mitarbeiter.

Erhard Abele aus der Buchhaltung arbeitete seit dem ersten Tag des Bestehens der Firma für Herzer. Er hatte seine Lehre bei der BASF gemacht und war dort geblieben, bis CuorTec ihn als Chef der Buchhaltung eingestellt hatte. Es gab kaum interessante Unterlagen über den Mann außer ein paar Zertifikaten über Fortbildungen zu Themen, die Anne allesamt nichts sagten, in denen aber immer Begriffe wie „Kostenstellenrechnung" oder „Bilanzierung" vorkamen.

Ihre neue Freundin Luisa Cortini war, wie Anne schon wusste, in Brindisi geboren, obwohl die Mutter damals schon in Deutschland lebte. Zur Schule war sie in Mannheim gegangen, wo sie später auch Medizin studiert hatte. Nach einigen Semestern hatte der Wechsel nach Harvard geklappt, wo Luisa mit Auszeichnung abgeschlossen hatte, für ein Jahr einen Folgevertrag an der dortigen

Klinik bekommen hatte und dann wieder nach Deutschland kam, um bei einem von Herzers Konkurrenzunternehmen zu arbeiten. Zwei Jahre später war sie zu CuorTec gewechselt, wo sie nun seit drei Jahren in der Forschungsabteilung saß. Bobenheim-Roxheim war als ihr Wohnort angegeben.

Der Mann, den Luisa als brummig beschrieben hatte, der Techniker Manfred Laubinger, hatte eine Reihe von Belobigungsschreiben in seiner Akte: Offensichtlich kannte er sich wie kein Zweiter in der Materie aus und wurde bundesweit immer wieder bei schwierigen Fällen um Rat gefragt. Er hatte sich vor einigen Monaten, was Anne sich gleich notierte, im Frühling für drei Monate freistellen lassen, um eine „private Auszeit" zu nehmen, wie es in seinem Antragsschreiben hieß. In drei Monaten konnte man gut jede Menge Störsender bauen. Sie musste auch hier noch heraus bekommen, wie Laubinger diese Monate verbracht hatte. Sicher nicht nur zu Hause in Oggersheim! Andererseits würde einer wie er vermutlich gar keine Auszeit benötigen, um Experimente zu machen.

Ein völlig unbeschriebenes Blatt war Kevin Lutz, der zweite Mann aus der Buchhaltung. Er hatte erst im letzten Sommer seine Lehre beendet und nach einigen Monaten bei einer Zeitarbeitsfirma den Job bei CuorTec angetreten.

Dr. Erwin Meckel hatte in Marburg studiert und dort auch seinen Doktortitel erworben. Die Dissertation befasste sich zwar mit einem Thema aus der Chirurgie, doch später hatte er noch seinen Facharzt in Kardiologie gemacht. Als Herzspezialist hatte er mehrere Jahre in verschiedenen Kliniken gearbeitet und auch einmal für ein halbes Jahr an einem Austauschprogramm in den USA teilgenommen. Anne las „School of Medicine at the University of Miami" und musste schlucken: Genau dort hatte doch auch Jeremy Bloom gearbeitet! Eilig notierte sie sich die Daten, suchte weiter und fand aber keine zusätzlichen Angaben über den Aufenthalt in den USA. Darüber müsste sie einmal mit Meckel in irgendeiner ruhigen Minute ganz unverfänglich sprechen. Auch das Schreiben Meckels, in dem er seinen Chef um eine Gehaltserhöhung bat, fand Anne interessant: Er begründete die Bitte nicht nur mit überdurchschnittlichen Leistungen und hohem Arbeitseinsatz, sondern auch mit seiner geänderten familiären Situation und führte die Kosten für alle drei Kinder an deren drei verschiedenen Studienorten an. Ob Herzer ihm die Erhöhung gewährt hatte, konnte sie nicht aus der Akte erkennen. Jedenfalls wusste sie nun, dass er in Wahlheim, einem Örtchen bei Alzey, eine kleine Wohnung gemietet hatte.

Frau Michalskis Akte besah sich Anne mit besonderem Vergnügen, obwohl sie nicht glaubte, dass sie die mögliche Saboteurin sein konnte. Aber wer wusste schon, welchen technischen Sachverstand eine moderne Schreibraft heutzutage zu bieten hatte! Schon der Vorname amüsierte sie: Friedlinde, wie überaus passend. Frau Michalski hatte ihre Karriere wie ihr Kollege Abele bei der BASF begonnen. Kunststück, bei über 32.000 Beschäftigten allein in Ludwigshafen! Von verschiedenen Stellen war sie immer wieder ob ihres Fleißes gelobt worden, bis sie schließlich über eine Stellenanzeige, die noch in der Akte zu finden war, bei CuorTec gelandet war.

Der letzte in Annes Reihe war Sven Ross, der Techniker, der am Morgen mit Dr. Meckel zusammengearbeitet hatte. Er stammte aus Sachsen und hatte Meckel bei einem Kongress in Berlin kennengelernt. Als es sich bei CuorTec ergab, dass eine neue Techniker-Stelle ausgeschrieben wurde, hatte Meckel Ross darauf aufmerksam gemacht und auch bei Herzer ein gutes Wort für den Kollegen eingelegt, der ihm durch seine außerordentliche Sachkenntnis aufgefallen sei, wie es im Empfehlungsschreiben hieß. Ross schien immer noch in Sachsen zu wohnen, denn im Adressbogen war lediglich der Name einer Ludwigshafener Pension angegeben. Schwer vorstellbar, dass Ross sich unter diesen Umständen in Rheinhessen tummelte und Winzer über die Klinge springen ließ.

Anne Mettenheimer kniff die schmerzenden Augen zusammen. „Feierabend!“, sagte sie sich, stellte die blauen Ordner ordentlich wieder in den Schrank und drehte den Schlüssel im Schloss. Dann lief sie zu Herzers Büro und traf ihn kaffeetrinkend vor seinem Computer an. „Möchten Sie auch noch einen?“, fragte er.

„Nein, danke, ich guck lieber, dass ich zu Hause was Gutes zu essen und trinken bekomme“, meinte Anne.

„Haben Sie denn schon etwas herausgefunden?“

„Nichts Griffiges. Aber wer weiß, vielleicht ist ja auch alles blinder Alarm und die Sabotage ist in der Klinik passiert. Abwarten!“, sagte Anne. „Morgen früh komme ich übrigens etwas später, denn ich habe noch einen wichtigen Termin.“

„In Ordnung, Frau Pelzer. Dann einen schönen Feierabend und bis morgen. Und vergessen Sie nicht, Ihre Schuhe mitzunehmen!“

Mit knallrotem Kopf stellte Anne fest, dass sie die ganze Zeit über barfuß vor ihrem neuen Chef gestanden hatte.

„Soll ich noch bei dir vorbeikommen?“, fragte sie gleich darauf ihren wirklichen Chef, Norbert Olmer, der auch immer noch im Büro saß. Anne selbst stand neben ihrem Auto auf dem Parkplatz hinter dem Firmengebäude.

„Lass nur, es ist schon so spät, du solltest auch mal wieder zu Hause reinschauen!“, meinte Olmer nur. „Alles, was du wissen musst, sage ich dir jetzt: Wir haben Piontek laufen gelassen. Rechtzeitig zur Vorstellung heute Abend. Wir können ihn nicht festhalten, wenn nichts Konkreteres nachzuweisen ist. Immerhin ist er ganz sicher nervös genug, um Fehler zu machen. Rolf und Dieter werden nun Piontek im Auge behalten.“

„Ach, schade, dass der nicht gleich geplaudert hat!“, bedauerte Anne die Freilassung des Verdächtigen. „Nun muss ich morgen wieder feingemacht zur Arbeit.“

„Alles für die Gerechtigkeit, meine Liebe! Nun jammer nicht dauernd!“

Anne lachte. „Gut, einverstanden. Aber was gibts noch Neues?“

„Jeremy Bloom war heute den ganzen Tag nirgends zu erreichen. Wir wissen also noch nicht, warum er gerade am Abend von Hagens Tod Karten für die Festspiele hatte.“

„Dann fragt ihn auch gleich noch, ob er einen Dr. Erwin Meckel kennt!"

„Aha, und warum?"

„Meckel ist hier in der Forschungsabteilung und hat vor ein paar Jahren an der gleichen Uni gearbeitet wie Bloom. Du weißt doch, diese Klinik in Miami."

„Na, das ist doch schon mal ein erster Erfolg. Siehst du, Anne, so was hätten wir doch noch nicht rausgefunden, wenn du dich nicht geopfert hättest. Dann mach mal weiter so! Und gute Nacht auch!"

Olmer legte auf und Anne startete den Wagen. Erstaunlich, wie gut die Strecke bis Osthofen zu fahren war, wenn die großen Verkehrsströme des Tages erst versiegt waren. Lediglich ein paar Ampeln im Wormser Industriegebiet hielten sie auf, aber das war sie gewohnt: Die schienen einfach immer rot zu sein, ganz egal, ob jemand aus den Nebenstraßen kam oder nicht.

„Maa-Ma!" war das erste, was Anne Mettenheimer zu hören bekam, als sie an diesem Abend das Hoftor öffnete. Emma saß auf der Schwelle des Hauses und winkte fröhlich.

„Was machst du denn noch hier?", fragte Anne mehr rhetorisch, denn so weit reichte der Wortschatz ihrer Tochter nun wirklich noch nicht, dass sie eine Antwort hätte erwarten können. Anne setzte sich neben Emma und genoss es, dass das Kind sofort an ihr hochkletterte, um einen nassen Kuss auf ihre Lippen zu drücken. Diskret wischte sie sich die Kinderspucke aus dem Gesicht und fragte Emma nach Lukas. „Naa da!"

„Er ist nicht da?"

„Uga da!"

„Er ist doch da?"

„Naa da!"

Anne gab auf. Sie rief hinter sich ins Haus: „Paul, bist du da?"

„Hier oben! Komme gleich!", tönte es aus dem ersten Stock. Anne stand mit Emma auf dem Arm auf und ging in die Küche. Erst jetzt merkte sie, dass der ebenso leckere wie gesunde Salat am

Mittag längst nicht mehr vorhielt und sie problemlos wie Obelix ein halbes Wildschwein hätte verspeisen können. Sie setzte Emma ab, die auch gleich ein paar Spielsachen unter dem Küchentisch fand, und nahm sich zwei Scheiben Brot aus dem Schrank. Kurz darauf saß sie mit zwei dicken Käsebroten am Tisch und biss entschlossen in das erste hinein. Es mussten doch gar nicht immer raffinierte Gaumengenüsse sein: wie glücklich so ein einfaches Käsebrot machen konnte! Sie war schon beim zweiten Brot angekommen, als Paul in der Küche ankam. „Ich hatte gehofft, wir könnten noch in die Traube gehen", sagte er.

„Und die Kinder?"

„Ja, das ist es eben. Lukas hats gerade geschafft, aber Emma will absolut nicht schlafen. Dabei habe ich über Tag genug mit ihnen unternommen, sie müsste längst fix und fertig sein."

„Wart ihr mit der Henriette unterwegs?"

„Ach, Anne, nun frag doch nicht so hintenrum!"

„Wieso hintenrum?"

„Du willst doch bloß wissen, ob ich wieder die Barbara getroffen habe."

„Quatsch! Und, hast du?"

„Ja. Ich hatte nämlich die Henriette heute hier, weil die Barbara sich ein paar neue Kleider kaufen musste. Ab Montag geht sie wieder arbeiten."

„So schnell schon?"

„Ja, die suchten zwar erst ab September jemanden, aber nun wird eine Krankheitsvertretung gebraucht, da kann sie schon früher einsteigen."

„Und das Kind bleibt solange hier?"

„Keine Sorge, am Wochenende kommt ein Au-pair-Mädchen."

„Na, dann hast du ja ganz frischen Ersatz für die Barbara!"

„Du nervst! Habe ich dich je gefragt, was du in deiner reinen Männer-Abteilung so interessant findest?"

„Nein, aber ich kanns dir sagen."

Eilig winkte Paul ab: „Das will ich gar nicht wissen. Aber ich will auch endlich meine Ruhe vor deiner blöden Eifersucht haben. Sonst musst du halt wieder aussteigen und den Job hier selbst machen. Außerdem finde ich, du bist viel zu oft außer Haus. Die Tatsache, dass ich Elternzeit genommen habe, entbindet dich nicht gleich von allen Pflichten zu Hause. Gelegentlich dürfte es dich durchaus interessieren, wie es uns allen geht, ob wir noch Klopapier einkaufen müssen und wann die Mülleimer rausgestellt werden müssen. Aber für dich zählen wir im Moment gar nicht mehr! Im Kühlschrank sind übrigens auch noch ein paar Radieschen."

„Hm, lecker!" Dankbar für Pauls Themenwechsel stellte Anne die Schüssel mit den Radieschen vor sich auf den Tisch. Gleich darauf kletterte Emma auf einen der Stühle und rief aufgeregt: „Da! Hmm! Da!"

„Willst du eins?"

Die Frage erübrigte sich, weil Emma schon in die Schüssel gelangt und zwei Radieschen herausgegriffen hatte. Eines fiel herunter und kullerte auf den Küchenboden, das andere stopfte sie sich sofort in den Mund. Drei Sekunden später brüllte Emma wie am Spieß, ohne jedoch das zerkaute Radieschen auszuspucken. Sie lief ebenso rot an wie das Gemüse, begann zu schwitzen und schlug mit beiden Händen auf die Tischplatte. Anne angelte ihrer Tochter die Radieschenreste aus dem Mund und beförderte sie in den Biomüll, während Paul, der gerade die Spülmaschine ausräumte, lachend zusah. „Wieder was gelernt, oder?", kicherte er amüsiert.

„Wenn auch auf die harte Tour", sagte Anne. Während sie nebenan im Wohnzimmer mit Paul die Post durchging, schnappte sich Emma die restlichen Radieschen aus der Schüssel und warf sie einzeln und sehr wütend durch die Küche. Der Boden war schließlich voll mit einem guten Dutzend roter Kugeln, und Emma stapfte immer noch zornig ins Wohnzimmer, wo sie sich auf dem Sofa zusammenrollte und binnen zwei Minuten eingeschlafen war.

„Hast du gerade Zeit?"
„Ach, du bist das. Ja, dann erzähl mal!"

„Ich wollte gar nichts erzählen, ich wollte nur mal hören, wie es dir geht."

„Das ist aber nett, Schatz. Ich habe mich beinahe nicht mehr getraut, deine Nummer zu wählen."

„Komm, so schlimm war ich nun aber nicht."

„Aber immer musstest du arbeiten oder es war zu spät oder ich habe genervt."

„Hast du ja auch!"

„Vielen Dank!"

„Gerne. Die Wahrheit muss man sagen!"

„Hör mal, hast du in der Zeitung gelesen, dass er Drogen genommen haben soll? Vielleicht ist er deshalb gestorben?"

„Blödsinn! Er hat schon ewig gekokst, erinnere dich daran! Davon stirbt man nicht gleich."

„Aber es stand immer noch keine Todesursache in der Zeitung."

„Es war sein Herz."

„O Gott, woher weißt du das?"

„Ich weiß es eben."

„Du klingst, als wärst du es gewesen ..."

„Was?"

„Na, als hättest du etwas mit seinem Tod zu tun."

„Gute Idee. Und wenn?"

„Schatz, jetzt sag mir aber klar und deutlich, dass du scherzt!"

„Ich hätte allen Grund gehabt."

„Aber nein, gar nicht."

„Doch. Schon, um dich endlich zu befreien. Ich finde übrigens, du klingst schon viel besser als neulich."

„Ich habe jemanden kennengelernt, weißt du."

„He, toll!"

„Du bist nicht eifersüchtig oder wenigstens erstaunt?"

„Ich? Aber wieso denn? Ist doch klasse, wenn du jetzt jemanden hast! Genieß es!"

„Das werde ich tun. Bis bald, mein Schatz!"

„Ja, bis bald. Ich freue mich!"

Früh am nächsten Morgen ging Anne Mettenheimer joggen. Das hatte sie nur selten getan, seit sie die Kinder hatte. Mittlerweile war es unvorstellbar für sie, dass sie einmal für den Mainz-Marathon trainiert (dabei hatte sie immerhin Paul kennengelernt) und sogar am Jungfrau-Marathon in der Schweiz teilgenommen hatte. Nichts als Beruf und Kinder im Moment! Manchmal hatten Paul und sie sich schon dabei ertappt, wie sie sich vornahmen, dies oder jenes endlich einmal zu tun, „wenn die Kinder mal aus dem Haus sind". Anne musste lachen bei der Vorstellung dieser Situationen, aber in anderen Dimensionen schien es gerade gar nicht mehr zu gehen. Sie keuchte schon, als sie am sogenannten Schnapp die Abbruchkante des rheinhessischen Hügellandes hochlief. Der Schnapp als wahre Prüfung, unglaublich! Das war früher quasi nur eine erste Schwelle gewesen auf dem Weg durch die Weinberge. Jetzt fing wahrscheinlich das Alter an, seufzte sie, freute sich aber dennoch, dass ihr Termin mit Berni Stahl erst gegen zehn angesetzt war. So kam sie mal wieder zum Joggen an einem ganz normalen Werktag, an dem nicht alle möglichen Wochenend-Sportler ihren Weg kreuzten in der hauptsächlichen Absicht, ihre modischen Outfits auszuführen. Im Gegenteil, heute begegnete ihr nicht einmal ein Winzer auf dem Traktor. Völlig allein lief Anne Mettenheimer erst im Halbrund um Osthofen herum und dann über die Hochebene der Morgensonne entgegen. Irgendwann fiel ihr ein, wie beruhigend es war, dass sie jetzt, so völlig solo mitten in der Natur, keinen Herzschrittmacher trug.

Polizei kommt nicht weiter – Hagens Tod ungesühnt

WORMS. Die Kripo tut sich schwer mit der Aufklärung des Todesfalls bei den Nibelungen-Fsestspielen. Hagen alias Jean-Pascal Lentz war vor wenigen Tagen mitten in der Vorstellung tot zusammengebrochen. Die Pressekonferenz am Morgen danach ergab absolut nichts Neues. Man ermittle, man wolle keine übereilten Rückschlüsse ziehen, man wolle sachlich bleiben, hieß es. Doch was ist das Ergebnis? Die Öffentlichkeit ist bis heute nicht annähernd über die Sachlage informiert. Irgendetwas wird verheimlicht, vertuscht, verschleiert. Dabei ist es ein offenes Geheimnis, dass der Schauspieler seit längerem Kokain konsumierte und obendrein Herzprobleme hatte. Auch die Beziehung zu seiner jungen Freundin soll konfliktreich gewesen sein. Sie war jedoch seit dem Tod ihres Partners für niemanden zu sprechen und hält sich derzeit angeblich auch nicht in Worms auf. Und so bleibt Presse und Öffentlichkeit nur die Spekulation über den plötzlichen Tod des Mimen: Hat er eine Überdosis genommen? Hat ihn jemand in den Tod getrieben? War es gar Mord? Wir wissen es nicht.

Die Sonne schien schon heiß, seit sie hinter dem Odenwald aufgegangen war. Und so waren die edlen gelben Sonnenschirme auf dem Deck des „Fürst" auch längst aufgespannt, als Anne Mettenheimer und Berni Stahl sich dort zum Frühstück trafen. Der Fürst war jahrzehntelang eine im Rhein schwimmende Badeanstalt mit Restaurationsbetrieb gewesen, eine Wormser Institution, die mindestens beim Backfischfest besondere Bedeutung für all diejenigen bekam, die morgens um vier aus dem Weinzelt gekehrt wurden, denn hier ging es nahtlos mit Frühstück zu allen möglichen Tages- und Nachtzeiten weiter. Ein Gastronom hatte vor einigen Jahren versucht, das zweistöckige Ponton-Café zu restaurieren und an Ort und Stelle direkt an der Rheinpromenade zu belassen, doch dann musste er die Segel streichen und ein finanziell potenterer Investor hatte den Fürst in den Floßhafen schleppen lassen, aufwendig instand gesetzt und wieder eröffnet. Die alte Klientel vom durchfeiernden Teenie über den Tagestouristen bis zur tortenessenden Großmutter war allerdings längst vertrieben. Das Flair war nobler geworden, die Gäste damit auch.

Bernhard Stahl saß auf einem blassgelb gepolsterten Teakholzstuhl und hatte einen Arm lässig über die Reling des Oberdecks gehängt. Als er Anne die Stufen zum Deck hochkommen sah, sprang er auf und begrüßte sie wieder mal mit Küsschen rechts, Küsschen links. „Anne, wie wunderbar!", rief er aus. „Gut siehst du aus! Kein bisschen verändert seit damals!"

„Komm, keine Komplimente, Berni", lachte Anne. Sie orderte ein Frühstück „Sylt" mit Lachs und Rührei, Bernhard Stahl die Variante „Saint Tropez“ mit frischen Früchten und Baguette. Zwei Gläser Sekt kamen zuallererst, und als Anne mit Berni anstieß, fragte sie: „Hast du dich eigentlich wirklich noch an mich erinnert oder hast du in der Abizeitung nachlesen müssen?“

„Nein, nein!“, entrüstete sich Stahl. „Ich wusste sofort, wer vor mir steht, glaub mir!“

„Aber ich hatte früher wirklich den Eindruck, als hättest du mich kaum wahrgenommen. Was hab ich mir im Leistungskurs Interpretationen einfallen lassen, nur damit mich überhaupt irgendjemand bemerkt, aber du warst definitiv nicht dabei.“

„Dann habe ich ja den richtigen Beruf ausgesucht“, lächelte der braun gebrannte Siegfried der Nibelungenfestspiele. Er schob eine blonde Strähne aus der Stirn und gestand: „Ich fand dich total süß damals, so rebellisch und entschlossen und auch so ganz anders als diese ganzen Modepüppchen in der Jahrgangsstufe.“

„Und warum hast du mir das nie gesagt?“

„Na hör mal!“ Stahl lachte laut auf. „Ich war schließlich auch erst siebzehn! Jedenfalls habe ich meine Bewunderung für dich ja wohl schauspielerisch versiert versteckt gehalten. Dabei ist mir jedes Mal heiß und kalt geworden, wenn wir bei irgendeiner Gruppenarbeit miteinander zu tun hatten.“

„Ach, übertreib nicht!“

„Doch, ernsthaft!“

„Berni, nun lass mal!“ Anne wurden die Liebesbezeugungen langsam unangenehm. „Die Vergangenheit verklärt sich ja manchmal auch ganz gewaltig, oder!“

„Also, bei mir nicht“, sagte Bernhard Stahl. „Sei ganz beruhigt, heute stehe ich sowieso nicht mehr auf diesen Typ. Aber damals hat mein Herz ganz schön gelitten wegen dieses coolen Mädchens. Ich musste neulich beinahe lachen, weil du immer noch in diesen Karohemden und alten Jeans rumrennst. Willst du nicht mal mehr aus dir machen?“

Anne grinste. „Noch mehr?“

„Okay, es hat keinen Zweck, ich sehs ein. Aber hast du mal ein schickes Kostüm oder so probiert?“

„Lach nicht, das trage ich nachher wieder dienstlich."
„Ehrlich? Legt dein Chef Wert auf so was?"
„Nein, gar nicht. Aber die Situation erforderts im Moment."
„Das musst du mir erklären!"
„Sorry, aber das erfährst du erst, wenn der Fall rund um Jean-Pascal Lentz aufgeklärt ist."
„Oh, dann kommt jetzt also der dienstliche Part unseres Dates?"
„Nicht zwangsläufig. Kann ich mal ein Stück Ananas bei dir klauen?"
„Ja, mach ruhig!"
„Hast du die Lucy vom Lentz mittlerweile mal gesprochen?"
Stahl nickte: „Ja. Aber sie hat natürlich mit seinem Tod nicht das Geringste zu tun. Im Gegenteil: Sie hat furchtbar geheult, als sie es erfahren hat, weil Jean-Pascal sie vor ein paar Wochen nach mehreren Jahren zusammen endlich gefragt hat, ob sie ihn heiraten will. Und nun hatten sie nicht mal mehr ihre Verlobung bekannt geben können!"
„Und wie macht sich der Piontek als neuer Hagen?"
„Ein bisschen blass noch, aber ich denke, das bekommt er in den nächsten Tagen in den Griff. Es ist ja auch so, dass ihn jeder jetzt besonders beobachtet, wie er die Rolle ausfüllt, wie er damit klarkommt, als zweite Wahl nach vorn gerutscht zu sein und so weiter. Er ist ein guter Schauspieler, aber es ist bei ihm wie mit einem Schmetterling: Er muss die Flügel noch entfalten, bis er die Rolle ganz ausfüllt."

Auf der Toilette des Fürst zwängte Anne sich in das zweite der ausgeliehenen Kostüme und stopfte ihre Jeans und die gestreifte Bluse in die mitgebrachte Tasche. Äußerlich völlig verwandelt verließ sie den Ponton und stieg in ihr Auto, um zum neuen Arbeitsplatz in Ludwigshafen zu fahren.

Frau Michalski steckte den Kopf zur Zimmertür heraus, als Anne den Flur betrat. „Ach, so was nennt man motivierten Wiedereinstieg? Gleich am zweiten Tag zu spät kommen?", fragte sie schnippisch. Anne schluckte noch, aber Richard Herzer war hinter sie getreten und sagte: „Aber, aber, Frau Michalski! Frau Pelzer war netterweise gleich am zweiten Arbeitstag bereit, einen schon lange gebuchten Termin ihrer Vorgängerin wahrzunehmen. Ist alles glatt gelaufen?"

„Ich denke schon."

„Dann berichten Sie mir gleich mal davon! In zehn Minuten in meinem Büro?"

„Gern", sagte Anne und bemerkte noch den abschätzigen Blick der Sekretärin.

Im Herzzentrum Mainz stand Kriminalhauptkommissar Peter Sattler an einem Kaffeeautomaten und fluchte. Es war wie in einem schlechten Film, in dem man schon weiß, was passieren wird, noch bevor die Handlung begonnen hat: Er hatte noch eine gewisse Skepsis der Maschine gegenüber gehabt, dann aber doch seinen Euro fünfzig hineingeworfen, und nun tropfte die braune Brühe durch das Gitter in das Auffangbecken, ohne dass ein Becher aus dem Apparat gekommen wäre. So ein Mist! Dabei hätte er einen Kaffee so dringend nötig gehabt!

Peter Sattler, ein kleiner, drahtiger Mann mit dunklen Haaren und dezenter Brille, war erst achtundvierzig, fühlte sich heute aber, als habe er schon fünfzig Jahre nicht geschlafen: Er hatte mit einer Kollegin zusammen in den letzten Tagen und Nächten sämtliche Mitarbeiter des Herzzentrums befragt, die irgendwie mit den Herzschrittmachern, den Patienten oder auch nur der Annahme der Lieferungen zu tun hatten. Die allermeisten Angestellten erfuhren die Namen der Patienten gar nicht erst. Außer den Operateuren und Anästhesisten wusste lediglich das Pflegepersonal, wer einen Herzschrittmacher bekommen hatte. In unzähligen Gesprächen während der Frühschicht, der Spätschicht und der Nachtschicht hatten Sattler und seine Kollegin das Personal befragt und mittlerweile auch sämtliche Menschen, die an den Operationen beteiligt waren. Niemand kannte eines der Opfer persönlich, und niemand kannte jemanden, der vielleicht ein Opfer persönlich gekannt hatte. Sattler lehnte sich resigniert mit der Stirn an den Kaffeeautomaten. Er hatte schon als kleiner Junge davon geträumt, bei der Polizei zu arbeiten, aber dass er nun tagelang Leute in weißen Kitteln ausquetschen musste, die ohnehin nichts zu sagen hatten, davor hatte ihn niemand gewarnt. Wenn er doch wenigstens wach genug gewesen wäre, um noch klar zu denken! „Na, isser mal wieder im Eimer?“, fragte plötzlich eine Stimme neben Sattler. Zunächst bezog er diese Frage direkt auf sich und wollte sich schon aufregen, dann aber begriff Sattler, dass der Automat gemeint sein musste. Er stieß sich schwerfällig von der bunten Außenhaut der Maschine ab, zuckte mit den Schultern und sagte: „Kennt man ja!“

„Hasst man aber trotzdem“, lachte eine kräftige Krankenschwester in den Fünfzigern, die die Arme in die Seite gestemmt hatte und Sattler musterte. „Herr Kommissar, Sie sehen wirklich so aus, als könnte nicht mal mehr Koffein Sie retten. Kommen Sie mal mit!“ Energisch wies sie Sattler den Weg zu einem Kämmerchen am Ende des Krankenhausflurs, an dessen Tür ein Schild mit der Aufschrift „Zutritt nur für Personal!“ hing. Eine schmale Liege mit einem Kopfkissen und einem Laken stand in der fensterlosen Kammer. „Das ist unser Not-Schlafsaal“, erklärte die Schwester. „Legen Sie sich hin und ruhen Sie sich aus!“

„Aber ich muss doch noch ...“

„Keine Widerrede! Anweisung!“

Die Krankenschwester beförderte den beinahe wehrlosen Sattler auf die Liege, deckte ihn sogar noch zu, löschte das Licht und sagte: „Angenehme Ruhe!“

Sattler notierte im Geiste, was er noch alles an die Soko melden wollte, bevor er Pause machte: Dass keiner der Operateure zu dem Zeitpunkt frei gehabt hatte, an dem einer der von ihm operierten Männer gestorben war. Dass auch die Krankenschwestern ausnahmslos Alibis durch Arbeit oder familiäre Termine für die Zeiten hatten, als die Opfer starben. Dass die meisten sich nicht mal an die Opfer erinnern konnten. Dass ...

„Danke für die Rettung aus den Fängen des Drachen", sagte Anne Mettenheimer, als sie zehn Minuten nach ihrem verspäteten Eintreffen bei CuorTec tatsächlich das Büro ihres Chefs betrat. Richard Herzer lächelte und bat Anne Platz zu nehmen. „Den Kaffee wieder ganz schwarz?", fragte er. Anne nickte.

Er stellte die dampfende Tasse vor Anne ab und fragte: „Haben Sie sich schon einen ersten Eindruck verschaffen können?"

„Doch, ja. Aber ob unter Ihren Leuten ein Saboteur ist, kann ich Ihnen natürlich noch nicht sagen."

„Klar. Auch wenns zu schön gewesen wäre, Klarheit zu haben!"

„Aber ich hätte ein paar Fragen."

„Nur zu!"

„Abele und Lutz, haben die technische Grundkenntnisse oder irgendein Hobby, das in unsere Richtung interessant sein könnte?"

„Abele und Lutz? Sie machen Witze! Abele lebt für die Buchhaltung und den FCK. Mit Technik hat der meines Wissens nichts zu tun. Aber man weiß ja nie! Und Kevin Lutz, ach, wenn Sie den heute kennenlernen, werden Sie merken, dass der zwar ganz gut rechnen kann, aber zwei linke Hände hat. Ich bin überzeugt, Lutz kann nicht mal sein Fahrrad selbst aufpumpen, falls er überhaupt eins besitzt."

„Und wie ist das mit Frau Michalski?"

„Ich sagte ja schon, fragen Sie sie mal nach ihren Perserkatzen. Sie und ihr Mann gehen komplett darin auf, diese langhaarigen Katzen zu züchten. Dafür reisen sie durch halb Europa."

„Gut, das sind die absolut unverdächtigen Leute, würde ich sagen."

„Und die anderen?", fragte Herzer.

„Na ja, Sven Ross könnten wir wohl auch noch ausschließen, der hätte am Wochenende ja gar keine Zeit, sich irgendwo auf die Lauer zu legen, denn er scheint ja jeden Freitag gleich nach der Arbeit nach Sachsen zur Familie zu fahren."

„O ja, und das ohne Ausnahme. Für die Festanstellung hier nimmt er das in Kauf, weil er zu Hause eine junge Frau samt

Säugling sitzen hat. Aber seine Frau möchte wohl auf keinen Fall hierher umziehen. Ross arbeitet meist unter der Woche abends bis spät, um freitags früher fahren zu können. Das ist ja auch völlig in Ordnung, aber er hat wirklich keine Gelegenheit, sich noch zusätzlich in den rheinhessischen Weinbergen herumzutreiben."

„Zumal das nicht ausreicht", meinte Anne.

„Wieso?"

„Na, wenn man einen Herzschrittmacher mittels Störsender außer Gefecht setzen will, muss man schließlich erst mal wissen, wer einen solchen trägt und wann er wo auftaucht. Es gehört also einiges an Vorarbeit dazu, bis man ein Opfer gefunden und getötet hat."

Herzer nickte und stierte in seine leere Kaffeetasse. „So genau habe ich mir das noch gar nicht überlegt."

„Tja, so ganz leicht hat es unser Täter nicht, das steht fest. Aber machen wir mal weiter: Warum hat Manfred Laubinger im Frühjahr drei Monate Freistellung beantragt?"

Herzer blickte auf und lächelte: „Oh, das waren ganz romantische Gründe: Er hatte sich in den Weihnachtsferien auf den Kanaren in eine Gastwirtin verliebt und wollte ihr zeigen, dass er es ernst mit ihr meint. Nach den drei Monaten kam er geknickt und traurig zurück, weil sie ihm wohl erklärt hat, dass sie ihn auch ganz gern hat, aber mehr eben nicht."

„Das hätte ich dem gar nicht zugetraut!"

„Ja ja, der Laubinger, der wirkt immer so muffig, aber wenn er gut gelaunt ist, kann er ein richtiger Charmeur sein. Behauptet zumindest Kollegin Cortini."

Anne lachte. „Dann bleiben wir doch gleich bei Luisa! Sie hat in den USA studiert und danach bei Ihrer Konkurrenz gearbeitet. Können Sie sicher sein, dass sie nicht eingeschleust wurde, um Ihnen zu schaden?"

„Ach je, Frau Pelzer, meinen Sie?"

Anne zuckte mit den Schultern. „Warum nicht? Ich finde Luisa absolut sympathisch und bin kurz davor, sie in meinen Freundeskreis aufzunehmen, aber was weiß ich schon sicher über sie?"

„Nein, da kann ich Sie beruhigen: Frau Cortini kam zu Cuor-Tec, weil sie mit ihrem Chef dort nicht klarkam und weil ihr die Entlassung drohte, obwohl sie eine hervorragende Wissenschaftlerin ist. Und nur der Vollständigkeit halber: Ihr ehemaliger Arbeitgeber ist längst von einem Unternehmen aus England aufgekauft worden und produziert in Deutschland überhaupt keine Herzschrittmacher mehr. Der Konkurrenzgedanke kann also vernachlässigt werden."

„Bleibt Dr. Meckel. Der wohnt sogar nahe an allen Tatorten."

„Aber ich bitte Sie, da wohnt er doch schon seit seiner Geburt! Er ist nur von Alzey in den Nachbarort gezogen, weil er sich eben von seiner Frau getrennt hat. Aber ernsthaft weiter weg hat der meines Wissens noch nie gewohnt."

„Aber", ergänzte Anne, „Meckel hat ausgerechnet an der Universität von Miami gearbeitet, an der ein weiterer Verdächtiger auch tätig war. Das kann doch kein Zufall sein!"

„Die Welt ist manchmal klein!", seufzte Richard Herzer.

„Wo treibt sich der Kerl rum?", schimpfte Max Lauer, als er mit eiligen Schritten durch den Flur des Herzzentrums ging.

„Junger Mann, wenn Sie Ihren Kollegen meinen, der ist in Sicherheit."

„In Sicherheit?" Ungläubig sah der Leiter der Soko „Herz" die resolute Krankenschwester an. „Ist er in Gefahr? Ist etwas passiert?"

„Das kann man wohl sagen! Der arme Mann ermittelt hier seit Tagen. Seine Kollegin ist ja in der Zwischenzeit mehrfach zu Hause gewesen und hat sich ausgeruht, aber er scheint hier unabkömmlich zu sein und rennt rund um die Uhr auf unseren Fluren herum. Der Herr Kommissar ist kaum noch zurechnungsfähig, glauben Sie mir!"

„Und da haben Sie ihn in Sicherheit gebracht?", schmunzelte Lauer.

„Kommen Sie mit!"

Grinsend blickte der Soko-Leiter auf einen selig schlummernden Hauptkommissar der Kripo, der zusammengerollt auf einer schmalen Pritsche lag und ganz sanft schnarchte. Vorsichtig schloss er die Tür wieder von außen.

„Und ich habe mich schon gewundert, wieso der nicht an sein Handy geht!"

„Das habe sowieso ich kassiert!", sagte die Schwester.

„Wieso das?"

„Ja, glauben Sie, der kriegt ein Auge zu, wenn das dauernd bimmelt? Hier haben Sie es", sagte sie, zog das Handy aus der Tasche ihres Kittels und drückte es dem verdutzten Lauer in die Hand.

„Ich wecke ihn gegen eins, alles andere wäre Körperverletzung."

„In Ordnung!", lachte Lauer. „Und dann soll er kommen und sich bei mir melden."

„Pelzer."

„Hallo, oh, guten Tag, entschuldigen Sie bitte, ich glaube, ich habe mich verwählt!"

„Rolf, bist du das?"

„Äh, ja."

„Mann, Rolf, hier ist Lena Pelzer."

„Ach du lieber Gott, Anne, da bin ich also doch richtig!"

„Klar. Was gibts, Rolf?"

„Ich habe endlich Bloom angetroffen. Er sagte, er habe die Festspielkarten von einem Freund geschickt bekommen, der selbst aber nicht dort war. Das habe ihn sehr verwundert, denn im Begleitschreiben zu den Karten habe gestanden, er freue sich auf ein Wiedersehen im Theater."

„Lass mich mal raten, wer der Freund war."

„Es war dieser Dr. Meckel, auf den du gestern schon hingewiesen hast. Bloom hat mir sogar das Schreiben gezeigt, ein sehr netter Brief, der auf die alten Zeiten anspielt. Er hat versucht, diesen Meckel anzurufen, als der nicht zu den Festspielen kam, aber die Nummer auf dem Anschreiben und auch im Telefonbuch stimmte nicht mehr. Komisch, oder?"

„Klingt beinahe, als habe er gar nicht erreicht werden wollen."

„Genau. Bloom klang ziemlich enttäuscht. Er sagte, er werde nicht weitersuchen, ob er Meckel finde, weil der ja schließlich seine Adresse habe und sich melden könne. Das mit den Festspielen fand er, sei eine noble Geste gewesen, und es habe ihm ausnehmend gut gefallen, bis die Vorstellung abgebrochen wurde."

„Das ist ja alles sehr merkwürdig!"

„Ich bleibe weiter dran. Und wie geht es dir so bei der Arbeit?"

Anne lief zur Bürotür und schloss sie leise. Es musste ja niemand mitbekommen, dass sie gerade als Anne Mettenheimer telefonierte. „Mir ist total langweilig. Ich habe hier halt nichts zu tun, muss aber immer so tun, als sei ich eingedeckt mit Aufgaben. Die Leute sind bis auf wenige Ausnahmen total nett. Vorhin war ich im Vertrieb und in der Fertigung, weil ich da noch niemanden kannte, aber die sind alle absolut glücklich, dass sie hier arbeiten können, weil Bezahlung wie auch Betriebsklima unvergleichlich gut seien. Ich bin relativ ratlos hier. Außer dieser alten Connection Meckel – Bloom habe ich eigentlich keinen Fitzel, der verdächtig wäre."

„Dann mach doch Schluss bei CuorTec!"

„Das muss ich erst mal mit der Soko besprechen. Die trifft sich heute Abend noch."

„Ich weiß, wir sind nämlich auch da. Große Runde ist angesagt."

„Ach, schön, dann seh ich euch ja mal wieder!"

„Du klingst, als hättest du einen monatelangen Auslandseinsatz hinter dir."

„Ist ja auch so, Rolf. Dann bis heute Abend!"

„Halt durch, Lena Pelzer!"

„Haa – haa!"

Die Lagebesprechung der Soko „Herz" fand beim LKA in Mainz statt. Anne Mettenheimer war heilfroh, dass sie ihre Wechselkleidung noch im Auto gehabt hatte. Das fehlte noch, dass sämtliche Kollegen sie in der feinen Büro-Montur erlebt hätten!

Rolf Iben winkte schon von Weitem, als Anne den Gang zum

Besprechungszimmer entlanglief, und sogar Norbert Olmer ließ sich zu einem kameradschaftlichen Schlag auf die Schulter hinreißen. „Schön, dich zu sehen!"

Max Lauer stand am Kopf des Besprechungstisches, um den herum in Zweier- und Dreierreihen hintereinander schon Dutzende Beamte saßen, die irgendeine Verbindung zur Soko hatten. Lauer nickte Anne und Olmer zu, als sie vor Iben und Wiesen den Raum betraten und sich Sitzplätze suchten. Wenige Augenblicke später begrüßte Lauer auch schon die versammelten Kollegen und bat um den Sachstand.

Der Erpresserbrief, der bei Lentz gefunden worden war, enthielt keinerlei verwertbare Spuren. Das Papier war handelsüblich, die Druckerfarbe ebenfalls.

Ein Heer an Polizisten hatte sämtliche Festspielbesucher des fraglichen Abends, das komplette Ensemble und selbst das Personal an Eingängen und Getränkeständen abgeklappert und die Handys überprüft. Die ergebnislose Aktion hatte immerhin den Nebeneffekt, dass mittlerweile geklärt war, dass kein weiterer Besucher außer Norbert Olmer eine Herzattacke gehabt hatte. „Vermutlich also ein Schuss ins Blaue, der ausgerechnet Sie traf", sagte Max Lauer.

„Na, schönen Dank!", beschwerte sich Olmer. „Sie ahnen gar nicht, welche Todesangst man da plötzlich verspürt!"

„Ach, übrigens: Die exakte Strahlrichtung müssen wir uns auch noch mal genauer ansehen!", verlangte Rolf Iben. „Wo genau stand Hagen, wo saß Norbert, wer hätte an beide herankommen können." Olmer nickte und Lauer machte sich Notizen dazu.

Auch die Befragung des Ensembles inklusive Lentz' Freundin Lucy hatte keine neuen Anhaltspunkte geliefert. Außer natürlich der bekannten Tatsache, dass Pjotr Piontek von einigen gesehen worden war, wie er mit einem Handy in den Kulissen herumlief. „Das reichte zu einer vorläufigen Festnahme, aber da wir kein kritisches Gerät bei ihm finden konnten und er den Besitz eines solchen auch leugnet, sind wir machtlos. Es passt nur noch nicht zusammen, dass er sein Handy den Abend über dauernd benutzt haben soll und nur zwei Telefonate auf der Abrechnung stehen hat. Wir bleiben weiter an ihm dran, auch wenn das bislang völlig sinnlos war: Er geht zu den Vorstellungen, dann schnell nach Hause, morgens eine Runde Joggen, Mittagessen meist allein irgendwo in der Stadt, dann schon wieder ab in die Maske. Wie auch immer, da müssen wir abwarten. Nun zu hoffentlich erfolgreicherer Ermittlung: Kollegin Mettenheimer, was macht die Recherche in Ludwigshafen?"

Anne berichtete von ihrer Arbeit bei CuorTec, konnte aber auch noch keine wirklich griffigen Ergebnisse vorlegen. „Da bleibst du weiter dran!", sagte Lauer hinterher.

„Muss ich?"

„Aber unbedingt!", befand Lauer. „Kommen wir jetzt zum Herzzentrum. Ich sehe den Kollegen Sattler nicht, wo steckt der?"

Niemand wusste etwas, weshalb eine Kaffeepause beschlossen wurde, in der Lauer versuchen wollte, mit Sattler Kontakt aufzunehmen; er konnte sich einfach nicht vorstellen, dass Sattler immer noch schlief. Die ersten Beamten erhoben sich gerade, da öffnete sich die Tür zum Besprechungsraum und ein völlig verknautschter Peter Sattler trat ein.

„So eine Überraschung!", rief Max Lauer. „Kollege Sattler! Was führt dich her?"

„Ja, haben wir denn keine Lagebesprechung?"

„Doch, schon, allerdings seit einer Dreiviertelstunde."

„Entschuldigung, aber ich konnte nicht früher."

„Ich habs geahnt! Dann machen wir jetzt wirklich Pause. Und es möge bitte jemand dafür sorgen, dass unser Sattler einen dreifachen Kaffee eingeflößt kriegt, bis es weitergeht!"

Nach der Pause hatte Kommissar Sattler bestimmt der Hälfte aller Kollegen schon erzählt, dass er im Kämmerchen in der Klinik schlicht und einfach verschlafen hatte und ihm das ziemlich peinlich sei. Dann aber berichtete er im Plenum über die Überprüfung der technischen Abläufe und des Arbeitsklimas. Beides sei ohne jegliche Verdachtsmomente gut. „Ich schlage mir da die Nächte um die Ohren, aber es hilft uns nicht weiter. Nirgendwo ist ein Leck zu entdecken", schloss Sattler seine Ausführungen.

Lauer nickte Sattler zu und fragte in die Runde: „Sind die Patienten gecheckt?"

„Gemeinsamkeiten, Umfeld, mögliche Motive, alles durchkämmt!", vermeldete ein Kommissar, der sich mit einem Ellbogen auf der Fensterbank des Raumes abgestützt hatte.

„Ja, und?" Lauer war die Ungeduld anzumerken.

„Die kannten sich alle nicht untereinander. Also, nicht näher. Denn ob sich die Winzer irgendwann mal bei einer Verkostung zufällig getroffen haben oder so, das haben wir nicht herausfinden können."

„Gab es keinerlei Motive? Geldnöte? Krankheitsbedingte Rückschläge im Berufsleben oder privat?"

„Gar nichts. Heile Welt überall."

„Wie steht es mit entlassenen und überhaupt allen ehemaligen Mitarbeitern von CuorTec und Herzzentrum?", warf Norbert Olmer ein. „Gibt es da irgendwelche Klagen oder Prozesse aus dem Umfeld?"

„Absolut nichts!" Eine Beamtin ganz hinten am Besprechungstisch schüttelte resigniert den Kopf. „Das haben wir in tagelanger Arbeit im Team recherchiert, aber in beiden Betrieben sieht es, so komisch das klingt, nach allerbesten Arbeitsbedingungen und sehr zufriedenen Mitarbeitern aus."

Max Lauer ergriff das Wort: „Dann haben wir im Prinzip nur den vagen Verdacht, dass dieser Dr. Meckel seine Finger im Spiel hat, zumal er mit Jeremy Bloom Kontakt aufgenommen hat, den er von früher aus der Herzklinik Miami kennt. Als Motiv könnte Geldnot infrage kommen, weil Meckel eine Scheidung hinter sich hat und mehrere Kinder in Ausbildung finanzieren muss. Doch dazu müssen wir ihm erst einmal nachweisen, dass er den Erpresserbrief an Lentz verfasst und verschickt hat."

„Es ist zum Verzweifeln!", flüsterte Anne Norbert Olmer zu.

„So geht es dir doch immer, wenn wir gerade mal feststecken", sagte Olmer lächelnd. Er kannte die Ungeduld seiner Oberkommissarin nur zu gut. „Geh du mal morgen wieder in deine neue Firma und tu was fürs Marketing."

„Hoffentlich geht der Laden meinetwegen nicht ein!", unkte Anne und stellte fest, dass sie hundemüde war und dringend nach Hause wollte.

Mehrere Tage vergingen, an denen Lena Pelzer tatsächlich etwas über Marketing lernte. Zur Freude ihres Chefs überarbeitete sie alte Pressetexte so gut, dass er sie für die aktuelle Werbung einsetzen konnte. Anne gefiel sich in der Rolle der Lena zunehmend besser, fragte sich aber gleichzeitig, wie lange sie ihre zweite Identität noch ausbauen konnte, ohne irgendwann mit gespaltener Persönlichkeit aufzuwachen. Die Mittagspausen verbrachte sie ausnahmslos mit Luisa Cortini, die stets munter von ihren neuesten Eroberungen auf dem Single-Markt der Region berichtete. Dabei hatte sie offensichtlich den Bogen raus, Männer für eine Nacht abzuschleppen, aber niemals ein zweites Rendezvous mitzumachen: Das würde ihr alles viel zu eng, behauptete sie. Gelegentlich bedauerte sie Anne, dass diese „so vergeben" sei, sonst hätte sie sie gern zu ihren Treffen mitgenommen. Anne hingegen bedauerte das kein bisschen. Sie fühlte sich abends viel zu müde, um auch noch auf Tour zu gehen, so nett Luisa auch war. Wie anstrengend die neue Rolle war, hätte sie niemals gedacht! Außerdem hatte sie Angst, sich, je privater die Gespräche wurden, doch noch zu verraten. Also lehnte sie freundlich lachend alle Dates ab.

Im „echten" Privatleben hatte sich dennoch etwas getan: Ihre Freundin Julia verlangte nach einem gemeinsamen Abend in der Traube, und Anne sagte zu, weil sie sich schon lange nicht gesehen hatten.

„Das Übliche?", fragte Erich Kurz statt einer Begrüßung, als Anne abends das Lokal betrat.

Sie nickte, dankbar über diese Art von Service, die ihr in keiner Stadtkneipe jemals zuteilgeworden wäre. Julia Weißbach saß bereits am gewohnten Tisch hinten in der Ecke und stand nicht einmal auf, als Anne zu ihr kam. Sie biss bereits auf knackigen

Salatblättern herum, hob nur kurz das Messer und nuschelte ein „Hallo!“ beim Kauen.

„Und, wie?“, eröffnete Anne ihr Treffen mit der urtypisch-rheinhessischen Variante, auf die Julia wie von selbst einging: „Und selbst?“

„Ei, so halt.“

„Jo, alla!“

Damit waren die Formalitäten abgehakt. Julia legte ihr Besteck neben den Teller und entschuldigte sich: „Ich hatte so einen Bärenhunger, da habe ich schon mal angefangen. Außerdem bist du ja auch zu spät!“

„Sorry!“

„Gabs wieder so viel zu ermitteln?“

„Julia, du weißt doch ... !“

„Laufende Ermittlungen, Top Secret, natürlich! Und was gibts nun Neues in deinem Fall?“

„Hörst du mir eigentlich zu?“

„Na klar. Aber ich erzähl doch nix weiter, das weißt du doch.“

„Ach komm!“

„Okay, dann machen wir mal wieder einen Tauschhandel: Ich kann dir was über einen Verdächtigen sagen.“

„Einen Verdächtigen? Woher willst du wissen, dass wir einen haben?“

Julia lachte und trank einen Schluck Wein, bevor sie antwortete: „Weißt du, deine beiden Kollegen haben jetzt lang genug vor der Eulenmühle gestanden und sind immer ganz diskret weggefahren, wenn der Verwandte von der Rosemarie Blum auch losgezogen ist. Da redet ganz Osthofen drüber.“

„Ach, Mist!“

„Nein, wieso? Macht doch nichts.“

„Gut, also: Was hast du mir anzubieten?“

„Dieser Jeremy Bloom, der hat ja Ahnung von Herzschrittmachern.“

„Was du nicht sagst!“

„Ja, doch! Glaubs mir!“

„Julia, das wissen wir seit Ewigkeiten."

„Ach!" Enttäuscht griff Dr. Weißbach doch wieder zur Gabel und stocherte im Salat herum.

Anne schmunzelte und widmete sich ihrerseits dem Essen. Nach einer Weile sagte Julia: „Ich hab aber noch mehr."

„Lass hören!"

„Bloom und Blum waren bei den Festspielen. Und, Achtung, jetzt kommts, genau an dem Abend, als dieser Schauspieler gestorben ist."

„Aha."

„Wie, mehr nicht? Anne, wo der auftaucht, gibt es Tote! Ich sag dir, der steckt hinter dem Winzerfluch!"

„Nur dass Hagen kein Winzer ist."

„Mach dich nicht über mich lustig! Aber das ist doch kein Zufall!"

„Okay, Julia, ich glaube, so viel kann ich dir sagen: Das ist uns auch schon aufgefallen. Und da ich in beiden Fällen ermittle, habe ich den Bloom natürlich auf meiner Rechnung."

„Also absolut nichts Neues für dich?"

„Nichts."

„Ach, herrje! Jetzt rückst du natürlich auch nicht weiter raus, oder?"

„Bingo!"

„Das ist aber auch ein Drama, aus dir was rauszukriegen!", schimpfte Julia Weißbach. Dann rief sie laut: „Erich, ich brauch noch einen Weißherbst!"

„Kommt!", schallte es quer durch das Lokal zurück. Aber selbst als auch dieses Glas geleert war, konnte Julia sich nicht darüber beruhigen, dass Anne Mettenheimer diesmal einen Wissensvorsprung hatte. Sonst war doch immer sie es gewesen, die der Kripo entscheidende Hinweise gegeben hatte. Sie musste sich einfach wieder mehr auf das dörfliche Leben konzentrieren, beschloss sie, und weniger auf die häuslichen Pflichten bei Gisbert und in seiner Apotheke im Nachbarort. Dort ging einfach zu viel an ihr vorbei. Derart in Gedanken, erschrak sie beinahe, als sich plötzlich ein braun gebrannter und überaus gut aussehender Mann an ihren Tisch setzte, lächelte und schwieg.

Julia wollte sich gerade entrüsten, dass er ja wenigstens einmal hätte fragen können, ob der Platz noch frei sei, da hob Anne Mettenheimer den Blick vom Salat und musterte den Mann. Da sie sofort grinste, verkniff sich Julia die Entrüstung und sagte nur: „Stellst du mich vielleicht mal vor?"

„Also, Julia, dies ist Henning Selzer. Henning, das ist Julia. Dr. Julia Weißbach."

Julia gab Henning die Hand und murmelte ein beeindrucktes „Angenehm!"

Der Mann nahm zu deren Leidwesen kaum Notiz von Julia, sondern richtete seine strahlend blauen Augen allein auf Anne. „Du hast mich noch nicht angerufen", sagte er.

„Bin ich noch nicht zu gekommen", antwortete Anne zwischen Fleisch und Gemüse. Beharrlich widmete sie sich weiter ihrem Essen, was Julia Weißbach ungeheuer wurmte: „Hätte einer von euch die Freundlichkeit, mir zu erzählen, warum Henning bei uns am Tisch sitzt?"

Endlich sah Henning sie direkt an. Diese Augen! Julia spürte ein Flattern in der Magengegend.

„Ich treff Anne halt öfter mal, und ich hatte ihr vorgeschlagen, dass wir mal einen Wein zusammen trinken. Aber bisher hat sie sich noch nicht gerührt."

„Na hör mal, sie ist schließlich verheiratet!"

„Na und? Weiß ich doch. Umso besser, dass sie heute hier sitzt!"

„Was willst du eigentlich von ihr?"

Nun legte Anne das Besteck beiseite: „Julia, ich glaube, das ist jetzt genug. Lass Henning sich doch zu uns setzen, da ist doch nichts dabei. Bist du öfter hier?"

Henning schüttelte den Kopf. „Zum ersten Mal. Ich bin mit zwei Freunden hier, und da seh ich dich plötzlich. Hätte ich das gewusst, wäre ich schon längst mal hergekommen. Ich muss dich ja nicht immer nur sehen, wenn wieder einer dran glauben musste!"

„Ach, ihr kennt euch also beruflich!“, stellte Julia beinahe erleichtert fest.

„Hm. Henning ist der Notarzt, der mir dauernd Arbeit macht.“

„Aber hallo, das klingt, als würde ich die Typen immer umlegen!“

„Das wäre auch noch eine Überlegung wert“, stellte Anne fest. „Dich haben wir noch gar nicht auf der Liste der Verdächtigen. Aber im Prinzip könntest du es auch jedes Mal gewesen sein.“

„Oh ja“, lachte Henning jetzt. „Schließlich habe ich nur eine befristete Stelle, da muss ich ordentlich was tun, dass die über den Termin hinaus gesichert bleibt, oder?“

„Ein klasse Motiv!“

„Was hat das mit dem Hecker in Westhofen denn ergeben?“

„Henning, ich kann doch hier nicht über unsere Ermittlungsergebnisse plaudern!“

„Oh, ist Julia nicht auch aus deinem Betrieb?“

„Ich bin Geologin und ansonsten nur Annes beste Freundin!“

„Ach so, na, dann muss ich das alles mal fragen, wenn du auf dem Klo bist, schätze ich. Schließlich interessiert es mich, was aus meinen Leichen geworden ist“, sagte Henning zu Julia.

„Ich störe also!“, knurrte diese.

„Quatsch!“, sagte Anne.

„Ha, ich merks doch! Ich bin im Weg!“

„Nun sei doch nicht so beleidigt“, versuchte Anne die Wogen zu glätten, während Henning sich zurücklehnte und die Szene belächelte.

Irgendeinen Wortwechsel hatte er, ganz in Gedanken, wohl verpasst, jedenfalls stand Julia Weißbach plötzlich auf, nahm ihre Jacke vom Stuhl und sagte: „Schönen Abend noch!“, und stürmte davon. An der Theke knallte sie Erich Kurz einen Schein aufs Tablett und verließ ohne auf das Wechselgeld zu warten das Lokal.

„Na klasse!“, war das erste, was Anne Mettenheimer anschließend einfiel.

„Ist die immer so zickig?“

„Eigentlich gar nicht. Ich versteh das nicht!"

„Kommst du mit zu uns da drüben an den Tisch?"

„Gerne. Nimmst du den Brotkorb mit rüber?"

Als Anne eine Stunde später von der Traube aus nach Hause in die Tempelgasse lief, wunderte sie sich immer noch über die spontane Vertraulichkeit von Henning Selzer. Hatte sie den irgendwie ermutigt? Aber doch nicht zwischen Herztod und Spurensicherung! Immerhin, stellte sie fest, hatte sie einen neuen, intelligenten und schrecklich gut aussehenden Freund gewonnen.

Paul lag zu Hause vor dem Fernseher. Er winkte müde, als Anne den Raum betrat. „Komm, setz dich zu mir!", sagte er.

Anne ließ sich auf die Polster fallen und rutschte an Pauls Seite.

„Na, wie wars?", fragte er.

„Nett."

„Nun gesteh schon: Wer war der Typ?"

„Spionierst du mir nach?"

„Quark!" Paul lachte. „Aber Julia hat hier angerufen und sich tierisch aufgeregt, dass du sie wegen eines Wunders von einem Mann völlig abgeschrieben hättest, und ich solle sofort in die Traube gehen und dich da rausholen."

„Hat sie die noch alle?"

„Also, ich glaube, sie hat sich ganz spontan in den Mann verknallt. Sie klang nämlich eigentlich nur eifersüchtig."

„Ach je, das ist mir gar nicht aufgefallen!"

„Wie sollte es auch, wo du doch angeblich nur Augen für den schönen Notarzt gehabt hast!"

„Diese Schlange!"

„Bloß eine harmlose Blindschleiche, nicht aufregen!"

„Oh Mann, wie kriege ich das nur wieder gerade gebogen mit der Julia!", seufzte Anne auf dem Weg ins Bad.

Max Lauer simste, was das Zeug hielt: Er liebte derlei Informationsverteilung, weil er kurz und prägnant in den Äther schicken konnte, was er wollte, ohne dass ihm jemand dazwischenquatschen konnte. „Treffen 9 Uhr Rathaus Worms. Pünktlich!“ ging an Anne Mettenheimer und ihre Kollegen Liebermann und Sattler. Es war gerade halb neun, und Anne kam wegen des langen Abends eben erst unter der Dusche hervor, als Paul ihr das piepsende Handy reichte. „Ach du je, wie soll ich das denn schaffen?“, schimpfte sie.

„Schaffst du. Worms ist ja gleich nebenan, und der Kaffee steht schon unten.“

„Wenn ich dich nicht hätte!“

„Ja, sag das ruhig mal! Obwohl es klingt, als würde Großmutter mit Großvater reden. So weit ist es schon gekommen mit uns. Noch kein Jahr Ehe und alles läuft wie auf Schienen.“

„Och, findest du?“

„Na ja, manchmal. Immer öfter. In letzter Zeit eigentlich nur noch, wenn ich ehrlich bin.“

„Paul, ich sag dir was: Wenn dieser Fall hier erledigt ist, packen wir die Kinder und unser Zelt ins Auto und hauen ab.“

„Mal so richtig wieder auf jung machen? Ungewaschen am Strand zelten? Neben einem Gitarre spielenden Weltenbummler betrunken im Sand einnicken?“

„Warum nicht?“

„Mit den Kindern?“

„Vati, du wirst spießig!“

„Ja, Mutti, und du hast nur noch zwanzig Minuten.“

Es war genau fünf Minuten nach neun, als Anne Mettenheimer völlig abgekämpft und mit noch feuchtem Haar die Treppen im Wormser Rathaus hochrannte. Die Dame am Empfang hatte ihr offensichtlich schon angesehen, wohin sie wollte, denn sie hatte sofort, als Anne das Foyer betrat, „erster Stock, geradeaus!“ gerufen. Zum Glück stand dort die Tür noch offen. Kommissarin Mettenheimer bremste ab und versuchte ruhig in den Raum zu gehen, doch ihr Keuchen machte allen klar, dass die Kommissarin einfach zu spät dran war.

„Anne, gut, dann können wir ja anfangen!“, begrüßte sie Max

Lauer. Anne fiel auf, dass er seine Muskelpakete heute tatsächlich in ein dezent gestreiftes Hemd gequetscht hatte. Erstaunlich, dass es für diese Oberarme noch Ärmel gab!

Peter Sattler aus Mainz sah endlich einmal wieder wacher aus als bei den letzten Malen. Er hatte wohl einiges an Schlaf nachholen können und zwinkerte Anne zu. Der Alzeyer Kollege Liebermann nickte kurz, und dann erst registrierte Anne in ihrer Hektik, wer noch im Raum saß: Den Oberbürgermeister kannte sie spätestens seit der Pressekonferenz nach Hagens Tod vom Sehen, aber auch sonst war er ja regelmäßig in der Zeitung zu bewundern. Neben ihm saß ein Mann im dunklen Anzug, bei dem sich Anne sicher war, sie würde ihn niemals wiedererkennen: Nicht besonders groß oder klein, keine auffallende Haarfarbe, eine ganz normale Frisur, blaugraue Augen, nicht einmal ausgefallene Schuhe. So ein Typ perfekter Täter, den niemand genau beschreiben konnte, fiel Anne gerade auf. Dann erinnerte sie sich doch an das Gesicht: Das musste der Verwaltungschef der Nibelungen-Festspiele sein, und sie rückte ihn vorsichtshalber weit weg von ihrer Vorstellung des Täters. Neben diesem Mann saß – ungeduldig auf die Tischplatte trommelnd – Walter Schwenk! Wenn der Intendant den Weg hierher gefunden hatte, musste es wichtig sein. Die drei saßen gegenüber ihren Kollegen von der Soko „Herz". Man hatte also klar getrennte Positionen.

„Meine Dame, meine Herren, ich habe Sie hierhergebeten, um den Sachstand zu besprechen", begann der Oberbürgermeister. „Es geht nicht an, dass wir seit Tagen von der Presse, und zwar von der internationalen Presse, wohlgemerkt, negative Schlagzeilen bekommen."

„Wir tun unser Bestes!", antwortete Max Lauer.

„Das reicht nicht! Wir brauchen endlich einen Täter oder wenigstens eine Verhaftung."

„Wie stellen Sie sich das vor?", fragte Anne. „Jemanden einsperren, nur, damit die Öffentlichkeit zufrieden ist?"

Der OB musterte sie ernst. „Natürlich muss es jemand ohne

Alibi und mit denkbarem Motiv sein, aber das brauche ich Ihnen ja wohl nicht zu sagen!"

Nun ergriff auch der Intendant das Wort: „Die Festspiele werden besudelt, Sie müssen den Täter endlich fangen!"

Max Lauer seufzte. „Natürlich. Wir ermitteln derzeit sogar undercover, aber so was dauert nun mal."

„Dann machen Sie dem ein Ende und schlagen Sie zu!", rief der Intendant und schlug seinerseits auf die Tischplatte. „Mein Ensemble ist in völliger Aufruhr, so geht das nicht weiter!"

„Och, den Eindruck hatte ich nun aber gar nicht", sagte Anne leise. Alle Köpfe drehten sich zu ihr. „Sie zweifeln an meiner Aussage?", fragte Schwenk.

„Ich kenne jemanden aus Ihrer Truppe und habe mich mit ihm getroffen, und er selbst war ganz ruhig, und dass seine Kollegen in Aufruhr wären, nein, so klang er nun nicht."

„Wer zur Hölle ist das?" Der Intendant raufte sich den Lockenkopf.

„Also bitte, Herr Schwenk! Das ist aber meine Privatsache!"

„Wie auch immer", ergriff der OB das Wort. „Hier, die Sun aus England: German Hero Killed On Stage. Und im Text: But what could one expect of a city called Worms. Nothing but a graveyard scenery. Ich bitte Sie, das ruiniert unser komplettes Bild in der Presse!"

„Ja, glauben Sie, eine Festnahme richtet das wieder? Wieso stehen Sie nicht einfach über diesem Müll?", fragte Anne Mettenheimer.

„Worms ist auf dem Weg in die erste Liga. Was die Festspiele angeht, sowieso. Wir können uns solche Schlagzeilen nicht leisten!"

„Gut, das verstehe ich. Aber wir können auch nicht übereilt jemanden festnehmen, nur damit Sie jemanden haben, mit dem Sie die Presse beruhigen können", sagte Max Lauer.

„Aber was ist denn mit diesem Mann, der schon für einen Tag in Haft saß? War dem denn wirklich gar nichts nachzuweisen?", fragte der Stadtchef.

„Wehe!“, rief nun der Intendant. „Wagen Sie es nicht, sich noch einmal an Piontek zu vergreifen! Ich habe keinen weiteren Hagen, Herr Bürgermeister. Wenn Sie den Hagen verhaften, fallen die Festspiele ab sofort aus, damit Ihnen das mal klar ist!“

„Dann brauchen wir jemand anderen!“

„Aber natürlich!“

Plötzlich stand Anne Mettenheimer auf. „Meine Herren“, sagte sie, so freundlich es eben ging, „ich höre mir dieses Kasperletheater nicht weiter an. Draußen läuft wahrscheinlich ein Mörder herum, und wir müssen hier diskutieren, was die Yellow Press über Worms denkt und ob man jemanden verhaften darf, nur damit wir irgendjemanden haben, weil sonst die Zeitungen noch mehr Futter bekämen.“

Die drei Herren gegenüber schnappten nach Luft, doch die Kommissarin ließ sie nicht zu Wort kommen: „Außerdem ist noch nicht einmal bewiesen, dass Lentz ermordet wurde. Was, wenn eines Ihrer elektronischen Geräte auf der Bühne nicht einwandfrei funktionierte und den Mann außer Gefecht gesetzt hat? Wollen Sie das wirklich aufgedeckt wissen? Können Sie haben! Ich gehe jedenfalls jetzt zurück an meine Arbeit. Wiedersehen!“

Und damit ließ sie die verdutzten Männer sitzen und verließ eilig den Raum. Draußen vor dem Rathaus traf sie auf einen jungen Mann, der sich gerade eine Zigarette anzündete. „Kann ich eine haben?“, fragte sie.

„Klar“, sagte der Mann und hielt ihr auch das Feuerzeug hin. Mit zitternden Fingern inhalierte Anne die ersten Züge, bevor sie sich langsam entspannte.

„Auch so aufgeregt?“, fragte der Mann.

„Ja, total. Ich werde wahrscheinlich gerade rausgeschmissen, aber das wars wert!“

„Ach so, ich dachte, du heiratest heute auch.“

„Nee. Du?“

„Hmm. Aber sie kommt wohl zu spät.“

„Ach, du Armer!“

„Sie wird schon noch kommen.“

„Aber du bist ganz allein hier. Keine Familie?“

„Nein, die wohnen alle weit weg, die kommen erst nächste Woche zur kirchlichen Trauung.“

In diesem Moment flog die Tür des Rathauses auf und der Alzeyer Kollege Liebermann ging forsch auf Anne zu. Der ansonsten ruhige Endfünfziger fuhr sich durch seine grauen Locken und ergriff dann Annes Hände. „Wunderbar, Anne, einfach wunderbar!“

„Na guck, haste ja doch einen zum Heiraten!“, lachte der junge Bräutigam, bevor er endlich seine Braut am Straßenrand inmitten ihrer Familie entdeckte und eilig auf sie zulief.

„Was hats denn noch gegeben da drinnen?“, wollte Anne wissen.

„Die haben der Reihe nach gepumpt wie die Frösche, aber mach dir keine Gedanken, wir haben alle fest hinter dir gestanden. Auch wenn du dich natürlich im Ton vergriffen hast gegenüber den hohen Herren. Aber schon dafür danke ich dir. Es war göttlich!“

Verlegen grinste Anne und schnipste die Zigarettenkippe in den Ascher neben der Rathaustür. „Meinst du, ich kann jetzt einfach so gehen?“

„Ich glaube schon. Max hat noch irgendwas wegen einer Videoüberwachung da drinnen zu klären, und bevor der Intendant und der Festspielmanager durch diese Tür kommen, wäre ich an deiner Stelle weg.“

„Da hast du recht!“

Eilig drückte Anne Liebermann die Hand und verschwand zu Fuß durch den Innenhof des Rathauses und auf seiner Rückseite um die Ecke, wo sich gleich gegenüber die Polizeidirektion befand.

„Na, das wird ja zur schönen Regelmäßigkeit, dass Sie zu spät kommen!“

„Ich hatte noch einen Außentermin, Frau Michalski.“

„Soso.“

„Aber bei so was können Sie ja nicht mitreden, nicht wahr?“

Anne hatte beschlossen, sich nichts mehr gefallen zu lassen. Die Frau nervte ganz einfach.

„Sie, werden Sie mal nicht frech!"

„Sie aber auch nicht, liebe Kollegin!", sagte Anne und schloss die Tür zu ihrem Büro zwischen sich und Frau Michalski.

Mittlerweile hatte sie sämtliche Bestellungen und Versanddaten mit denen, die Peter Sattler aus der Mainzer Klinik geschickt hatte, abgeglichen. Nirgends konnte Manipulation entdeckt werden. Diese Variante konnte nun endlich ausgeschlossen werden. Sie war Anne ohnehin nicht sonderlich plausibel erschienen. Also blieb allein die Möglichkeit der Manipulation direkt vor Ort, und folglich musste der Mörder wissen, wer einen Schrittmacher trug und wo er sich jeweils aufhielt. Deshalb stellte Anne im Lauf des restlichen Vormittags eine Liste mit Angestellten von CuorTec und dem Herzzentrum Mainz zusammen, die Rolf Iben und Dieter Wiesen im Wormser Bereich und weitere Kollegen im restlichen Rheinhessen den Familien aller möglichen Winzerfluch-Opfer vorlegen sollten. Vielleicht kam ja irgendjemandem ein Name bekannt vor. Getrennt davon erstellte sie eine Kartei von Fotos dieser Personen. Garantiert würden die meisten den Chefarzt wiedererkennen, der operiert oder wenigstens die Visite geleitet hatte. Auch diverse Krankenschwestern würden als bekannt eingeordnet, aber möglicherweise gab es noch weitere Treffer.

Rolf und Dieter versprachen Anne am Telefon sofortige Erledigung.

„Und sag mal, Anne, was war eigentlich heute Morgen los? Matthes war drüben im Rathaus, um sich irgendeine Infobroschüre zu holen, und er sagt, er hätte den OB laut schimpfend hinter dem Lauer über den Gang stürmen sehen."

„Keine Ahnung", log Anne.

„Ja, ich denk, du warst auch dabei?"

„Da war ich wohl schon weg", sagte sie diesmal wahrheitsgetreu.

„Aber wenn du was rauskriegst, sagst dus mir, ja?"

„Jaja, Rolf, bestimmt." Anne war dieses Thema mehr als unangenehm. Wenig später rief auch Max Lauer an: „Ich hätte ja gedacht, du meldest dich bei mir, aber da ich umsonst gewartet habe, ruf ich dich eben an."

Anne schwitzte spontan und sagte: „Ja, sorry, ich glaube, das ist vorhin nicht so übermäßig gut gelaufen."

„Nicht so übermäßig gut? Anne, du bist knapp an der Suspendierung vorbeigeschrammt. Kannst du dir nicht mal deine Worte vorher überlegen? So was kann man trainieren, und in deinem Alter sollte das langsam sitzen!" Lauer klang extrem wütend.

„Tut mir ja leid. Ehrlich."

„Mir auch! Du glaubst gar nicht, wie sehr sich der OB aufgeregt hat! Ich musste ihm versprechen, dass ich dich nicht mehr mitbringe, wenn wir uns treffen."

„Ist wahrscheinlich auch besser so."

„Das kannst du laut sagen!"

„Dann tu mir jetzt wenigstens den Gefallen und fang den Täter höchstpersönlich, das könnte einiges wieder gutmachen."

„Okay, das werd ich tun!"

„Heute Nachmittag hast du übrigens einen Termin."

„Nicht, das ich wüsste. Wieso?"

„Norbert Olmer kommt dich besuchen, er wird ganz offiziell herumfragen, wer wen kennt, wer schon mal im Herzzentrum war und so weiter. Du kannst danach dann die Ohren offen halten, was das Firmen-Getratsche so hergibt. Irgendwie müssen wir ja mal was anstoßen. Also fall ihm bloß nicht um den Hals vor Wiedersehensfreude!"

„Traust du mir so was zu?"

„Nach der Show heute Morgen traue ich dir alles zu, Anne. Machs gut!"

Anne Mettenheimer fühlte sich deutlich unwohl in ihrer Haut, während Lena Pelzer ja eigentlich nichts zu jammern hatte. Im Gegenteil: Lena Pelzer würde heute endlich in die Offensive gehen, um bereits vor Kommissar Olmers Besuch griffige Ergebnisse über die Forschungsabteilung vorzulegen.

Das Mittagessen von Lena und Luisa Cortini fand wieder in

dem idyllischen Biergarten statt, in den Luisa ihre neue Kollegin bereits am ersten Tag entführt hatte.

„Ich frag mich ja immer, was so einer wie der Meckel den ganzen Tag macht, jetzt, wo er keine Familie mehr hat“, eröffnete Lena das Gespräch, nachdem beide bestellt hatten.

„Wie kommst du jetzt auf den?“, fragte Luisa.

„Weiß nicht, der fiel mir gerade so ein. Tut mir irgendwie leid, der Mann.“

„Na, dann kümmer dich am Wochenende doch ein bisschen um ihn“, lachte Luisa. „Der freut sich bestimmt! Und du gehst ja sowieso nicht mit zu meinen Dates, also kannst du ihn aus lauter Mitleid auch mal in deine Familie einladen.“

„Du hast mal erzählt – oder wars der Herzer? – dass Meckel sogar in den USA gearbeitet hat. Meinst du, er hat noch Kontakte dahin?“

Luisa Cortini sah Lena Pelzer mit wachen Augen an. „Wieso willst du so was wissen?“

Lena Pelzer schluckte. „Na, das ist doch super interessant!“

„Also, ich war ja auch in den USA, und natürlich erhält man sich seine internationalen Connections! Wär gerade in unserer Branche ja auch absolut bescheuert, solche Verbindungen nicht zu pflegen! Ich denk schon, dass Meckel noch mit den Leuten von damals in Kontakt steht, schließlich ist er ja nicht rausgeworfen worden oder so.“

Die Salate wurden serviert und Lena und Luisa aßen eine Weile schweigend.

Dann fragte Luisa Cortini: „Du fragst heute sehr merkwürdige Dinge. Was soll das?“

Lena Pelzer war froh, gerade mehrere Salatblätter im Mund zu haben, sodass sie erst mal ausgiebig kauen konnte, bevor sie eine Antwort parat haben musste.

„Ich finde, ich arbeite jetzt schon lang genug hier, und ich bekomme überhaupt keinen Kontakt zu den Leuten. Außer natürlich zu dir. Und zu Frau Michalski, aber darauf könnte ich notfalls auch verzichten.“

Luisa lachte. Offenbar reichte ihr die Erklärung. Doch Lena Pelzer wollte noch mehr wissen: „Warst du eigentlich schon mal bei den Festspielen bei uns in Worms?“

„Nein. So was interessiert mich überhaupt nicht.“

„Aber von dem mitten in der Vorstellung umgefallenen Schauspieler hast du gehört, oder?“

„Der tote Hagen. Doch, das habe ich mitbekommen.“

„Es geht ja das Gerücht, der sei nicht einfach zusammengeklappt, sondern da sei Mord im Spiel.“

Luisa runzelte die Stirn. „Mord? Aber das geht doch gar nicht. Der Mann stand doch auf der Bühne, als er starb.“

„Keine Ahnung, was die Polizei da rausgefunden hat, jedenfalls wird mittlerweile ganz offen davon gesprochen, wo auch immer du hinkommst.“

„Na klasse, das kennt man doch, wie Gerüchte sich verbreiten. Aber selbst wenn es ein Mord war, das kann doch niemand beweisen.“

„Wieso nicht?“

„Weil ... na ja, sonst hätten die doch längst jemanden festgenommen.“

„Vielleicht lässt es sich nur noch nicht so richtig beweisen?“

„Das kann natürlich sein. Aber dann werden sie nie jemanden festnehmen.“

„Es sei denn, jemand ist beobachtet worden und wird verraten. Oder jemand kann mit seiner Schuld nicht mehr leben und spricht darüber.“

„Stimmt. Ach, da fällt mir was ein: Dein lieber Dr. Erwin Meckel, der hatte übrigens Karten für die Festspiele, hat er erzählt.“

„Und, wie fand ers?“

„Ich habe keine Ahnung, wir haben nicht darüber geredet. Aber so genau interessiert mich das auch gar nicht.“ Luisa Cortini legte ihr Besteck beiseite und rief nach der Bedienung: „Zahlen, bitte!“

Kaum waren die beiden Frauen wieder bei CuorTec angekommen, bat Richard Herzer die Forschung, die Buchhaltung, das

Marketing und sein Sekretariat zu sich ins Büro. Es wurde einigermaßen eng, aber Herzer wollte allen gemeinsam bekannt geben, dass noch am selben Nachmittag ein Kommissar der Kriminalpolizei die Firma besuche. Es gehe um einen Mordfall in Worms, zu dem er technische Fragen habe. Außerdem wolle er sich auch generell in der Firma umsehen.

„Was heißt das denn?", fragte Sven Ross. „Generell, das klingt, als sei jemand aus unseren Reihen in den Fall verwickelt."

„Dazu kann ich nichts sagen", meinte Herzer schulterzuckend. „Das müssen Sie den Kommissar dann selbst fragen. Ich bitte also um Unterstützung der Arbeit dieses Herrn!"

Es war klar, dass Herzers Ankündigung die Angestellten beunruhigte. Nur Luisa Cortini und Lena Pelzer beteiligten sich nicht am Getuschel, das ausbrach, als alle wieder Herzers Büro verlassen hatten. Sie hatten ja schon beim Essen genügend Kriminelles besprochen.

„Also, zurück an die Arbeit!", forderte Cortini dann auch die anderen auf. „Soll er doch kommen, dieser Polizist!"

Noch bevor sie aufgestanden waren, erschreckte alle ein Geräusch von draußen: Eine Amsel war gegen die Scheibe von Herzers Bürofenster geflogen. Die meisten nahmen den Vorfall nicht weiter zur Kenntnis und verließen das Büro, doch Herzer öffnete das Fenster und sah nach dem Tier. „Ich glaube, der Flügel ist gebrochen", sagte er zu Luisa und Lena Pelzer, die im Raum geblieben waren.

„Lassen Sie mal sehen!", meinte Luisa. Sie beugte sich nach draußen, griff mit einer Hand nach dem Vogel, der im Blumenkasten zu liegen gekommen war, und besah ihn sich kurz. Dann nahm sie den Kopf des Vogels in die andere Hand und drehte ihn mit einem leisen Knacken um. Herzer versteinerte in diesem Moment geradezu, und auch seine Marketing-Fachfrau musste heftig schlucken.

„Der hätte sowieso nicht überlebt!", konstatierte Cortini mit einem sicheren Lächeln und legte die Amsel wieder im Blumenkasten ab. Dann verließ auch sie das Büro, während Richard

Herzer noch das Fenster schloss und still auf den Vogel blickte.

Norbert Olmer kam allein. Normalerweise arbeitete die Kripo, anders als in allen Fernsehkrimis, nie allein, schon wegen der Verwertbarkeit der Ergebnisse vor Gericht. Aber heute sollte Norbert Olmer ja auch nur etwas Unruhe stiften. Anne Mettenheimer durfte danach dienstlich alle Äußerungen belauschen – leider ebenfalls allein. Bei Lena Pelzer hielt er sich nur kurz auf. Das Erste, was er zu hören bekam, war eine Bemerkung über seine Krawatte: „Norbert, musste das sein?"

„Was denn?"

„Diese fürchterlich bunten Blumen an dir!"

„Ach, du weißt doch, Gertrud."

„Und wann ziehst du dich endlich mal alleine an?"

Olmer lachte: „Bist du sicher, dass das besser würde?" Dann kam er zum Dienstlichen: „Hör mal, bei dir bleibe ich jetzt nur ganz kurz, denn du kannst mir ja offiziell noch gar nichts sagen, weil du erst nach dem Mord an Lentz hier angefangen hast. Außerdem hast du von der Technik natürlich keine Ahnung. Ich werde gleich da oben in der Forschungsabteilung etwas länger brauchen und denen ganz offen sagen, dass wir von einer Manipulation des Herzschrittmachers ausgehen. Ich werde mich informieren lassen, wie so was geht. Du hältst dann bitte hinterher alle Ohren offen. Geh mit einer Kanne Kaffee und einer Packung Kekse rauf und lass sie alle erzählen."

„Erzählen? Ach, die meisten sind schrecklich wortkarg."

„Ich werde denen aber sagen, dass nur jemand, der die Materie beherrscht, der Täter sein kann, und dass da nicht so sehr viele Menschen infrage kommen. Ich denke, das wird reichen, um die ersten nervös zu machen und auch in den Lebensläufen der Kollegen nach Motiven zu suchen."

„Wie du meinst. Wir treffen uns dann heute Abend um sechs, oder?"

„Um sechs in meinem Büro. Bis dahin!"

Die Sonne machte Pause über Rheinhessen. Dunkle Wolken hingen über dem Dom, und Anne Mettenheimer war sich beinahe sicher, dass die heutige Vorstellung bei den Nibelungen-Festspielen ins Wasser fiele. Es gab zwar mehrere Ausweichtermine, aber bis dahin müssten Schauspieler wie Zuschauer schon einiges durchhalten, denn nur in der größten Not wurde abgebrochen. Julia hatte sogar einmal gesehen, wie die damalige Kriemhild-Darstellerin auf regennasser Bühne ausgerutscht war und schließlich barfuß weitergespielt hatte, um nicht noch einmal hinzufallen. Bei diesem Wetter machte es wenig aus, dass ihr Arbeitstag noch längst nicht beendet war, fand Anne und winkte dem Kollegen an der Pforte der Polizeidirektion zu, bevor sie bis in den dritten Stock stieg und durch die blau gerahmte Glastür den Flur zu den Büroräumen des K1 betrat. In Olmers Büro saß auch Max Lauer. Genauer gesagt, er hatte Anne Mettenheimers Schreibtisch okkupiert. Als sie den Raum betrat, machte er jedoch sofort Platz für sie und zog sich einen der Besucherstühle heran.

„Wollen wir dann?", fragte Norbert Olmer.

„Gern", sagte Lauer.

Doch niemand ergriff das Wort.

Kurz darauf begriff Lauer: „Norbert, hier ist dein Revier, also lass dich durch meine Anwesenheit nicht ausbremsen!"

„Gut, dann fangen wir am besten mit den aktuellsten Dingen an: Anne, was hat Kollegin Pelzer gehört, nachdem die Kripo das Haus verlassen hatte?"

„Wenig", meinte Anne. „Luisa Cortini hat sich aufgeregt, dass sie sich gefühlt hätte, als sei sie eine Verdächtige. Dr. Meckel hat gebrummt, was die Polizei bloß mit diesen Festspielkarten gehabt habe, und alle gemeinsam haben sich gewundert, warum ausgerechnet einer von ihnen in der Lage sein sollte, Herzschrittmacher zu manipulieren."

„Da sind die aber verdammt naiv!", brummte Dieter Wiesen.

„Nein, das kann doch auch keiner offen zugeben, dass er ganz leicht so was hinbekäme!", lachte Anne.

„Schade, dass es nicht mehr gebracht hat!", sagte Rolf Iben.

„Wartets ab!", schaltete sich nun Max Lauer ein. „Wir können mittlerweile ja alle außer Meckel und Cortini von unserer Liste streichen, und diese beiden werden heute und in den nächsten Tagen ein bisschen genauer beobachtet."

„Luisa? Aber wieso denn?", rief Anne.

„Tja, Rolf Iben hat herausgefunden, dass Luisa Cortini auch schon mal eine Facharbeit über die Risiken extracorporaler Energie-Immissionen auf Herzschrittmacher geschrieben hat. Wusstest du das?"

„Nein!"

„Siehst du, und das hat sie auch niemandem bisher erzählt. Nicht mal dir, und das, obwohl ihr ja weiß Gott jeden Mittag viel miteinander zu tun habt."

„Ich habe sie heute auch mal direkt auf den Mordverdacht in Worms angesprochen, aber sie weiß von nichts, sagt sie."

„Wir sollten sie auf der Liste behalten. Sie hätte unbedingt Zeit und Know-how genug."

„Aber was ist mit dem Motiv?"

„Das müssen wir eben noch herausfinden. Das ist ja auch bei Meckel noch die Frage. Lediglich Pjotr Piontek hätte ein wunderbares Motiv, aber dem können wir auch noch nichts nachweisen. Ich hoffe bloß, wir kriegen das alles raus, bevor die Festspiele rum sind und die Truppe wieder in alle Winde verschwindet."

„Dann wollen wir jetzt mal berichten", sagte Rolf Iben. „Wir haben also allen Winzerfamilien getrennt voneinander die Namensliste und die Fotokartei vorgelegt und auch die Ergebnisse der Soko-Kollegen aus den Bereichen Alzey und Mainz-Bingen bekommen. Fast alle Leute kannten Chefarzt und Oberärzte des Herzzentrums. Die meisten allerdings erkannten die Oberschwester wieder. Die Bilder von den CuorTec-Leuten sagten niemandem etwas, und Pjotr Piontek erkannten drei von ihnen, allerdings wussten sie nicht, wo sie ihn schon gesehen hatten. Eine Frau tippte auf das Fernsehen. Das ist möglich, aber ich gehe einfach davon aus, dass die breit gestreute Werbung für die Festspiele auch mal Probenbilder beinhaltete, die Piontek zeigten."

„Und die Namen?", fragte Anne.

„Nichts. Höchstens dämliche Vermutungen. Luisa Cortini, so hieße ein Modelabel. Dr. Erwin Meckel sei unser Außenminister. Lauter so ein Blödsinn."

Matthes Horrweiler schüttelte wie alle anderen den Kopf, aber dann sagte er: „Ich habe von Rolf doch den Brief bekommen, den Jeremy Bloom als Einladung zu den Festspielen von Meckel geschickt bekam. Den habe ich mittlerweile quadratmillimeterweise abgesucht, aber außer den Fingerabdrücken von Bloom und Rolf nichts gefunden. Das ist äußerst ungewöhnlich für einen ganz normalen Brief unter alten Freunden, dass man den offensichtlich nur mit Handschuhen anfasst!"

„Na, das ist doch mal was!", freute sich Max Lauer.

„Warst du nicht heute bei dieser Lucy?", fragte Norbert Olmer.

„Genau!" Lauer blätterte in seinen Unterlagen und zog einen Notizzettel hervor. „Lucy Brickhampton hat sich ebenfalls die Namensliste und die Bilder angesehen. Klar erkannte sie Piontek, aber bei Luisa Cortinis Foto hat sie nichts gesagt."

Noch während das K1 mit Max Lauer in Worms tagte, tat sich in Rheinhessen Spannendes: Zum einen verzogen sich die dunklen Wolken am Himmel ganz plötzlich, sodass am frühen Abend wieder Sommer herrschte. Zum anderen meldeten sich sowohl die Kollegen, die Luisa Cortini beobachteten, als auch die, die Dr. Meckel im Visier hatten, bei Lauer. Cortini war nach Worms gefahren und sprach gerade mit Pjotr Piontek, der schon fertig geschminkt mit ihr neben einem Zelt stand und heftig debattierte. Dr. Meckel hingegen war erst nach Hause, dann aber nach Osthofen gefahren, wo er nun vor der Eulenmühle stand. „Es sieht aus, als traue er sich nicht, auszusteigen und zu klingeln", berichtete der Beamte der Überwachung.

Norbert Olmer entschied schnell: „Okay, dann machen wir das jetzt so: Anne geht nach Hause, weil die ja als Lena Pelzer hier nicht erkannt werden darf. Schönen Feierabend! Wir anderen teilen uns auf: Max und ich zu Fuß zu den Festspielen und Rolf und Dieter nach Osthofen."

„In Ordnung", nickte Max Lauer.

„Und ich?", fragte Matthes Horrweiler.

„Du gehst auch nach Hause. Deine Frau freut sich bestimmt."

Vier Kommissare verließen eilig das Büro, nur Anne und Matthes blieben zurück. „Wie gehts Leonie?"

„Danke, ganz gut, glaube ich."

„Wie, du bist dir nicht sicher?", fragte Anne irritiert.

Matthes lachte: „Ja, mach nur deine Witze! Ich weiß ja, wie sehr ich euch alle genervt habe beim letzten Mal, als ich auf den Tag genau wusste, wie die Schwangerschaft abzulaufen hat. Sogar Leonie hat sich darüber aufgeregt. Endlich habe ich etwas mehr Gelassenheit."

„Das ist doch prima!"

„Genau. Und deshalb fahre ich jetzt auch nach Hause. Bis morgen, Anne!"

„Ja, vielleicht. Mal sehen, wie lange ich noch diesen Bürojob in Ludwigshafen machen muss."

„Ich bins. Wo warst du?"

„Ich war unterwegs."

„Aber sonst hast du nie dein Handy aus, Schatz."

„Diesmal hatte ich es eben aus."

„Geht es dir gut?"

„Natürlich, warum fragst du das dauernd?"

„Weil es mich eben interessiert. Ich habe eben im Fernsehen gesehen, dass die Polizei immer noch nicht herausbekommen hat, warum er sterben musste."

„Das ist mir so was von egal!"

„Aber das sollte es nicht!"

„Ist es aber, und dir sollte es auch seit Jahrzehnten egal sein! Gute Nacht!"

„Ja, gute Nacht."

„Moon over Bourbon Street" summte Anne Mettenheimer, allerdings weit entfernt von Stings Version, als sie an diesem Abend nach Hause fuhr. Die schmale Mondsichel am klaren und noch immer hellen Abendhimmel hatte sie auf die Idee gebracht. Dabei hatte Rheinhessen ja nun so gar nichts mit New Orleans gemein - außer vielleicht der feuchten Schwüle heißer Sommertage. In der Tempelgasse parkte sie ihr Auto direkt vor dem Haus und sah Paul auf dem Hof die Kübelpflanzen gießen.

„Na", sagte er zur Begrüßung. „Wieder ein Tag ohne Kinder?"

Anne zuckte mit den Schultern. „Du weißt doch, wie das ist. Wir hatten um sechs noch eine Besprechung."

„Ist aber trotzdem schade."

„Finde ich ja auch. Aber Kommissarin in Teilzeit, das ist total lächerlich. Da machst du höchstens die Schreibtischarbeit. Stell dir das nur mal vor: Sorry, Leute, aber die Kita macht gleich zu, ich bin dann mal weg. Ihr könnt aber gern meine Knarre dabehalten."

Paul lachte. Dann zeigte er auf den Durchgang zum Garten. „Ich bring dir was zu essen, aber krieg keinen Schrecken, da hinten sitzt schon jemand."

„Wer denn? Julia etwa?"

„Nein, die hast du ja wohl vergrault. Ich habe dir doch davon erzählt, dass Barbara den Job bekommen hat. Da hat sie ganz schnell jemanden für die Henriette gebraucht und glücklicherweise direkt ein Au-pair bekommen."

Anne ging durch die Scheune in den Garten. Ein Kinderwagen mit der schlafenden Henriette stand unter dem Apfelbaum. Auch in der Hängematte lag jemand. Anne räusperte sich. Rasant änderte die Hängematte ihre Form und ein junger Mann in Shorts und Basketballhemd schnalzte in einer klappmesserähnlichen Verrenkung aus ihr heraus.

„Madame!"

„Hallo, ich bin Anne."

„Oh, Madame! Isch bin Raoul. Die Opeer von Madame Barbara." Raoul freute sich auf Deutsch darüber, Anne endlich kennenzulernen, denn Paul habe ihm bereits berichtet, was sie tagsüber arbeite: „Sie aböön sischer eine ser fassinonte Böruff!" Das konnte

Anne so stehen lassen und machte sich hungrig über Oliven, Tomaten und Käse her, die Paul brachte. Dazwischen gab sie dem südländisch aussehenden Raoul immer wieder bereitwillig Auskunft über ihren Alltag bei der Kripo und amüsierte sich heimlich über seine Bewunderung. Das tat doch auch mal gut! Als sie mit dem letzten Weißbrot das Olivenöl vom Teller wischte, vibrierte ihr Handy.

„Mettenheimer."

„Ja, Stahl hier. Anne, es ist eilig!"

„Hallo Berni! Was denn?"

„Ich habe einen Verdacht! Du musst sofort herkommen!"

„Erzähl mir doch erst mal, was los ist!"

„Lucy hat einen anderen!"

„Lucy Brickhampton?"

„Natürlich die. Und du ahnst ja nicht, wer es ist!"

„Nun machs aber mal nicht so spannend, Berni!"

„Ich sags dir nicht! Aber du wirst es sehen. Mit eigenen Augen. Die knutschen vor versammelter Mannschaft herum. Ich sage dir, wenn das auch schon vor Jean-Pascals Tod gelaufen ist, dann haben da zwei ein glasklares Motiv!"

„Mann, Berni, nun sags schon!", knurrte Anne ins Handy. „Außerdem sind Kollegen von mir sowieso gerade vor Ort."

„Nichts zu machen, Chérie. Komm her und ich zeigs dir. Deine Kollegen sehen die beiden nämlich nicht. Die sind wahrscheinlich schon wieder weg. Außerdem muss ich gleich auf die Bühne. Wir sehen uns in der Pause!"

„Okay, du Erpresser, du hast gewonnen. Bis gleich!"

„Sag nichts!", meinte Paul nur. „Du musst noch mal los und du weißt nicht, wie lange es dauern wird, aber es ist wichtig für den Erhalt der Menschheit."

„So ungefähr."

„Du kannst ja versuchen, dich zu beeilen, damit du mich nachher noch wach antriffst."

„Das werde ich tun, Paul!", sagte Anne und küsste ihren Mann zum Abschied. „Nacht, Raoul, es war mir ein Vergnügen!"

„Oh, Madame!“

Anne fuhr wieder auf der Landstraße zwischen Osthofen und Herrnsheim. Der Himmel glühte inzwischen rötlich lila und der Mond stach hell heraus. Wer brauchte da noch New Orleans, stellte Anne zufrieden fest.

Irgendwie hatte es Luisa Cortini geschafft, durch die Absperrungen zu kommen. Das schien Max Lauer und Nobert Olmer gar nicht leicht angesichts Dutzender dunkel gekleideter Security-Kolosse und Festspiel-Personal an allen Ein- und Ausgängen.

Sie trug einen weißen Hosenanzug und war daher relativ leicht zu beobachten: Luisa Cortini leuchtete schon von weitem. „Tarnen wollte sie ihren Besuch hier also demnach nicht!“, stellte Max Lauer fest und fühlte sich etwas merkwürdig zwischen all den festlich gekleideten Menschen um ihn herum. Er trug heute zwar auch ein Hemd, aber kurzärmlig und bunt bedruckt schien ihm doch nicht passend für den Anlass. Norbert Olmer mit seinem einfarbigen Hemd und der – zugegeben extrem wild gemusterten – Krawatte schien da schon adäquater angezogen zu sein. Aber schließlich waren sie ja nicht als Zuschauer hier, rief Lauer sich zur Ordnung, sie hatten herauszufinden, warum Luisa Cortini so eilig mit Piontek Kontakt aufnehmen wollte. Noch standen die leuchtende Cortini, deren strenges dunkles Haar einen harten Kontrast zum Anzug bot, und der Recke im Kampfanzug am Rande des Heylshofparks und debattierten heftig. Die Umgebung schienen sie vergessen zu haben, denn gerade Piontek wurde mehrfach sehr laut und gestikulierte, als stünde er bereits am Burgunderhof. Außer einzelnen Wörtern, die leider nicht in Zusammenhang zu bringen waren, konnten die Kommissare dennoch nichts aufschnappen. Plötzlich sah der Schauspieler auf eine Taschenuhr, die er wohl die ganze Zeit über in der Hand gehalten hatte, und ließ Cortini einfach stehen. Sie rief ihm noch etwas nach, doch er drehte sich nicht einmal mehr um, als er eilig Richtung Schlossplatz rannte, von wo aus er hinter die Bühne gelangen konnte. Luisa Cortini ging wütend allen

Zuschauerströmen entgegen durch den Park und würdigte das festliche Ambiente keines Blickes.

Kurz vor den Stufen, die vom Park hinunter zu den großen, schmiedeeisernen Toren am Eingang vor dem Heylhshof führten, hatten Lauer und Olmer sie eingeholt. „Frau Cortini, so ein Zufall!“, keuchte Norbert Olmer.

„Zufall? Dass ich nicht lache!“ Cortini war immer noch aufgebracht. „Erst treiben Sie sich bei uns in der Firma herum und nun beschatten Sie einen auch abends noch. Und da reden Sie von Zufall, hören Sie auf!“

„Na gut“, gestand der Kommissar. „Wir haben erfahren, dass Sie sich hier mit Pjotr Piontek getroffen haben. Worum ging es bei diesem Treffen?“

Luisa Cortini warf den Kopf in den Nacken, lachte auf und blitzte Olmer danach aus ihren dunklen Augen an: „Sie glauben doch nicht wirklich, dass ich mit Ihnen darüber sprechen werde!“

Nun schaltete sich auch Lauer ein: „Da wir, wie Sie sicher wissen, Herrn Piontek schon einmal in Haft genommen hatten, interessieren wir uns sehr für ihn und sein Umfeld. Wir könnten Sie auch mitnehmen, wenn Ihnen das lieber ist. Dann bräuchten wir nicht hier so zwischen Tür und Angel und vor all den Leuten miteinander zu reden.“

„Ist ja gut!“, ruderte Cortini zurück. „Ich konnte ihn zwar kaum von seiner Freundin loseisen, aber ich habe mit ihm über die Karten gestritten, die er mir versprochen hatte und die er nun angeblich nicht mehr hat.“

„Karten? Für die Festspiele?“, fragte Olmer irritiert.

„Natürlich. Wofür denn sonst!“

Max Lauer schüttelte den Kopf. „Frau Cortini, das können Sie uns nicht erzählen, dass Sie sich um Karten gestritten haben.“

„Ist aber so.“

„Woher kennen Sie Piontek überhaupt?“

„Ich kenn ihn halt, wie man sich so kennenlernt manchmal im Leben. In irgendeiner Kneipe nach irgendeiner Aufführung hat er mit irgendeiner Frau an der Theke gesprochen. Mehr nicht, aber der Kontakt ist erhalten geblieben."

„Ach, wie einfach das klingt", meinte Lauer. „Trotzdem nehme ich Ihnen das nicht ab, dass es um Eintrittskarten ging. Wir werden Piontek ebenfalls dazu befragen."

„Tun Sie das", grinste Luisa Cortini böse. „Allerdings können Sie da erst mal ein paar Stunden warten. Eben kam die letzte Fanfare vor Beginn der Aufführung."

Enttäuscht zogen die Kommissare sich zurück. Es hatte keinen Zweck, Piontek noch zu befragen, das konnten sie morgen früh genauso tun.

Vor der Eulenmühle in Osthofen warteten Rolf Iben und Dieter Wiesen, ob sich etwas tat. Erwin Meckel hatte sich doch noch getraut zu klingeln und war, das hatten die observierenden Kollegen noch berichtet, herzlich aufgenommen worden. Mittlerweile war er auf dem Hof des schmucken Anwesens gelandet und saß mit Jeremy Bloom und Rosemarie Blum zwischen den stattlichen und allesamt üppig blühenden Oleanderbüschen, wo Rosemarie Blum eben Brezeln und Spundekäs, eine rheinhessische Spezialität zum abendlichen Wein, servierte. Der Seebach schlängelte sich von Westhofen kommend durch Felder und Wiesen, dann eng zwischen alten Häusern hindurch, bis das Haupthaus der Eulenmühle, ein Fachwerkbau von beachtlicher Größe, im Weg stand. Hier floss der Bach unter dem Haus hindurch, um auf dem Hof wieder ans Tageslicht zu kommen. Rolf Iben erinnerte sich noch daran, dass der erste Fall, den Anne Mettenheimer in Osthofen zu lösen gehabt hatte, mit dieser baulichen Besonderheit zu tun gehabt hatte: Im Wohnzimmer des Erdgeschosses befand sich eine Klappe, durch die eine Leiche entsorgt worden war und – zum Erstaunen selbst des Mörders – zum Entdecken eines zweiten Toten geführt hatte. Und nun hatte auch Rolf Iben endlich einmal in diesem geschichtsträchtigen Bau zu tun.

„Bitte, nehmen Sie doch Platz!", bat Rosemarie Blum die Kommissare an den Tisch. „Das ist aber eine reichlich ungewöhnliche Tageszeit für Ermittlungen, oder?"

„Schon", gab Dieter Wiesen zu. Dann fragte Rolf Iben: „Herr Dr. Meckel, wir wüssten gern, was Sie nach Osthofen führt."

„Mich? Aber das sehen Sie doch. Ich wollte Jeremy besuchen."

„Und wo Sie schon da sind", fügte Bloom an, „können Sie auch wissen, dass wir eben besprochen haben, wie das mit den Festspielkarten war."

„Genau", sagte Meckel. „Ich wollte endlich wissen, wieso alle Welt weiß, dass Jeremy Festspielkarten von mir bekommen hat, ich aber nichts davon weiß."

„Und stellen Sie sich vor, Erwin hat auch Karten bekommen. Für denselben Abend", sagte Frau Blum.

„Ich bin aber nicht hingegangen", sagte Meckel. „Ich war noch nie bei den Festspielen, und ohne Partnerin wäre das auch merkwürdig, finde ich. Ich wollte Jeremy lieber so wiedertreffen wie zum Beispiel heute Abend, und nicht in so großem Rahmen. Das habe ich ihm auch sagen wollen, aber ich hatte seine Adresse hier noch gar nicht. Die stand nicht auf dem Schreiben mit den Karten. Was ich übrigens recht merkwürdig finde. Aus all diesen Gründen bin ich nicht zur Aufführung gegangen und habe ein paar Tage gebraucht, bis ich Jeremys Adresse in Deutschland herausgefunden hatte. Na ja, und hier bin ich nun."

„Haben Sie denn so gar keine Ahnung, wer Ihnen die Karten geschickt hat?", fragte Rolf Iben.

„Aber nein!", sagte Bloom. „Wir rätseln schon länger, aber auch unsere gemeinsamen Überlegungen heute Abend haben uns noch nicht weitergebracht. Irgendjemand muss ein Interesse daran haben, dass wir zwei wieder Kontakt aufnehmen. Oder dass wir am selben Abend im Theater sitzen."

„O ja", ergänzte Meckel. „An dem Abend, als Hagen stirbt. Das kommt mir komisch vor, dass wir ausgerechnet für diesem Abend Karten bekamen."

Rosemarie Blum winkte ab: „Aber Erwin, dass der Schauspieler einen Herzanfall bekommt, das wusste doch niemand im Vorhinein!"

„Aber es ist doch auch merkwürdig, dass du und ich beim Winzerfest neben einem Mann stehen, der einen plötzlichen Herztod stirbt, und später zu einem Theaterstück eingeladen werden, bei dem es einem weiteren Mann so geht."

Jeremy Bloom redete in einem Stück und ohne Luft zu holen. Außer Atem fuhr er fort: „Sollen wir verdächtig sein oder sollen wir als Zeugen dienen? Ich meine, normalerweise erlebt man überhaupt nie im Leben, dass jemand neben einem stirbt, und wir erleben das in wenigen Wochen gleich zweimal. Das ist doch schon erstaunlich!"

„Eben", nickte Dieter Wiesen. „Und deshalb sind wir ja hier."

„Sie verdächtigen uns also schon wieder?", fragte Rosemarie Blum.

„Nein", sagte Rolf Iben. „Aber wir wüssten genauso gern wie Sie, wer hinter diesem Brief mit den Festspielkarten steckt. Ich nehme Ihnen allen mittlerweile ab, dass Sie nichts davon gewusst haben, aber irgendjemand weiß ja definitiv davon, und den würden wir gern sprechen, bevor noch ein Mann den Herztod stirbt, verstehen Sie."

„Klar!", nickte Dr. Meckel. „Sie können sich auf mich verlassen. Ich werde Ihnen alles mitteilen, was mir auffällt."

„Wir auch, nicht wahr, Jeremy?"

„Aber natürlich."

„Gut!", sagte Iben. „Und dann lassen wir Sie jetzt auch Ihren Wein allein weiter trinken. Entschuldigen Sie die Störung. Einen schönen Abend noch!"

Draußen vor dem Hoftor blickte Rolf Iben nachdenklich in das sprudelnde Wasser des Seebachs. „Wir kommen nicht weiter, Dieter."

„Heute sowieso nicht mehr. Ich muss heim, bin sterbensmüde. Fährst du mich?"

„Klar, Dieter. Ich hol schon mal den Wagen."

Anne Mettenheimer erreichte das Festspielgelände, als gerade die Pause begann. Zuschauerströme ergossen sich wie träge Lava in den Heylshofpark und verteilten sich in Zelte, an Stände und unter Bäume. Mühsam bahnte sich die Kommissarin den Weg in die andere Richtung, wobei sie sich nach Luisa Cortini umsah, denn der wollte sie nicht in die Arme laufen. Erst auf halber Strecke wurde ihr klar, dass der Zugang durch das Hauptportal des Doms wahrscheinlich eine ebenso einfache wie schnelle Möglichkeit gewesen wäre, Berni Stahl zu treffen. Aber das war nun zu spät, sie musste sich weiter durch die Menge schaufeln. Der kräftige Security-Mann vor dem Eingang zum abgesperrten Bereich zog die linke Augenbraue weit hoch, als er Annes Dienstausweis musterte. „Schon wieder wer von den Bullen!“, sagte er barsch. „Was ist denn heute los? Die letzten sind doch gerade erst gegangen!“

„Seh ich aus wie ein Bulle? Guck dich mal selbst an, du Schrank! Und jetzt lass mich gefälligst da rein!“

Anne Mettenheimer war ungehalten und wollte zu Berni Stahl, dessen Pause ja schließlich auch nicht ewig dauern würde. Endlich wurde sie von einer jungen Frau zur Garderobe des Siegfried eskortiert. Stahl saß müde auf seinem Sofa und starrte zu Boden.

Es dauerte einen Moment, bis er seinen Besuch bemerkte. Er sprang auf und küsste Anne auf die Wange. Jetzt wirkte er hellwach. „Eben sahst du noch völlig fertig aus!“, gestand Anne.

„Alles Technik!“, lachte Stahl. „Ich versuche abzuschalten, um mich zu entspannen. Ich bin heute extrem müde und muss aufpassen, dass ich nicht auf der Bühne einschlafe, weißt du.“ Dann zog er Anne am Arm aus der Garderobe und mitten ins Kirchenschiff hinein. „Da drüben, siehst du?“, fragte er flüsternd.

Auf den Stufen zum Hauptaltar, auf denen sich am Abend von Hagens Tod das gesamte Ensemble versammelt hatte, um auf die Polizei zu warten, saßen nun ganz am Rand zwei Menschen, die von ihrer Umgebung nicht viel mitbekamen. Ein Mann küsste eine junge Frau dermaßen innig, dass Anne befürchtete, gleich eine komplette Liebesszene zu sehen zu bekommen. Seine Hände fuhren vom Kopf der Frau den Hals hinunter, beschrieben Kreise auf ihrem Rücken, trafen sich mittig am Gesäß und wanderten anschließend wieder nach oben.

„Der hat sie nicht alle!", konstatierte Bernhard Stahl. „Da knutscht der völlig hemmunsglos rum, wo gleich die Pause vorüber ist. Der muss garantiert noch mal in die Maske."

„Das ist also die Lucy vom Lentz?", fragte Anne und besah sich die Frau genauer – so gut das ging bei der deutlichen Tuchfühlung ihres Liebhabers. Sie schätzte sie auf nicht älter als Ende Zwanzig und stellte fest, dass die Frau zumindest im Sitzen größer als der Mann und auch deutlich schlanker zu sein schien. Kräftig rote Haare waren zu einer Hochfrisur getürmt, die sich angesichts des stürmischen Angriffs durch ihren neuen Liebhaber jedoch gerade aufzulösen drohte.

„Na klar ist das die Lucy! Und ich finde das absolut miserabel von ihr, dass sie sich gleich den nächsten angelt. Lentz ist schließlich noch nicht mal unter der Erde! Und gerade dieser musste es ja nun wirklich nicht sein!"

Anne Mettenheimer wollte gerade fragen, was Stahl damit meinte. Da ließ der Mann abrupt von Lucy Brickhampton ab, stand auf und warf ihr noch eine Kusshand zu, bevor er sich auf den Weg in Richtung Bühne machte.

„Das ist doch der Piontek!", staunte Anne überrascht.

„Ja klar, das meine ich doch, dass gerade der der Letzte wäre, den sich die Lucy schnappen sollte."

„Wie lange geht das schon mit den beiden?"

„Seit gestern oder vorgestern. Vorher habe ich die beiden nie zusammen gesehen, vor allem natürlich nicht so. Aber seit gestern kann es eigentlich niemand mehr übersehen. Wir Schauspieler sind ja nicht unbedingt prüde, aber diese Beinahe-Begattungen auf den Stufen zum Altar, die wir seit gestern alle mit ansehen dürfen, das ist schon starker Tobak. Ich meine, die könnten ja völlig in Ruhe in seiner Garderobe miteinander rummachen, oder!"

„Das stimmt wohl."

„Du, Anne, ich muss wieder los. Gleich soll ich sterben, und da darf ich nicht fehlen. Bis bald mal!"

„Bis bald, Berni. Und vielen Dank für deinen Hinweis."

„Nenn mich nicht Berni, Anne!"

„Ist ja gut. Nie wieder!"

Lachend verschwand Bernhard Stahl aus dem Dom und ließ Anne zurück, die nun auf die immer noch auf den Stufen sitzende Lucy Brickhampton zuging.

„Mettenheimer, Kripo Worms", stellte sie sich vor.

„Aha."

„Frau Brickhampton, ich hätte ein paar Fragen."

„Muss das sein? Ich habe der Polizei doch schon alles gesagt."

„Nicht, dass Sie offensichtlich eine Affäre mit Piontek haben."

„Affäre?" Lucy lachte laut auf und warf den Kopf in den Nacken. „Seit gestern erlaube ich dieser Null, mich zu berühren, und Sie sprechen von einer Affäre!"

„Dieser Null?", fragte Anne ungläubig.

„Ach, glauben Sie, ich würde mich ernsthaft mit einem Typen aus der zweiten Reihe einlassen? Er ist in mich verknallt, seit wir uns hier zum ersten Mal getroffen haben, ich immer an der Seite von Jean-Pascal. Mich tröstet er ein wenig, mehr nicht. Auch wenn er das anders glauben mag. Wollen Sie sonst noch etwas wissen?"

„Nein, das wars eigentlich", sagte Anne Mettenheimer, immer noch ganz erstaunt.

Diesmal kam sie problemlos durch den Park und zurück zum Ausgang, obwohl die zweite Hälfte des Festspielabends noch nicht begonnen hatte und nur wenige Zuschauer schon ordentlich sortiert auf den Rängen saßen. Der abnehmende Mond leuchtete zwischen dräuend schwarzen Wolken über dem Dom, die der Dramatik des Abends guttaten, der ausgetrockneten Gegend aber wahrscheinlich wie so oft keinen einzigen Tropfen Regen spenden würden. Anne Mettenheimer bemerkte auf dem Weg zu ihrem Auto, dass das Handy in ihrer Hosentasche rumorte.

„Anne, ich bins!"

„Ach, Bern – äh – hard!"

„Pass auf, ich muss mich kurz fassen, weil ich gleich wieder raus muss, aber der Pjotr und die Lucy, die streiten sich gerade, dass die Fetzen fliegen."

„Weißt du, worum es geht?“

„Sie brüllen zwar beide laut, aber es gehen auch mehrere Leute dazwischen, damit sie sich nicht gegenseitig an den Hals springen, da ist in dem Trubel nichts zu verstehen. Tut mir leid.“

„Wo sind sie gerade?“

„Wieder im Dom.“

„Danke, Sheriff!“

„Nichts zu danken. Und nächstes Jahr will ich den Hagen spielen!“

„Ist gut, meine Stimme hast du!“

Die Kommissarin beschloss, dass man sich auch in einer noch so frischen Beziehung ruhig lautstark streiten durfte. Nicht alles ging die Polizei etwas an.

„Guten Morgen, Luisa! Du siehst heute aber ziemlich verschlafen aus, wenn ich dir das mal so sagen darf.“

„Morgen, Lena. Ich habe wirklich kaum geschlafen, lauter Blödsinn geträumt stattdessen.“

„Wahrscheinlich bist du auch wieder viel zu lang auf einer deiner Single-Partys gewesen, oder?“

Luisa Cortini grinste breit und sagte: „Wie gut du mich mittlerweile doch kennst!“

Lena Pelzer grinste zurück und Anne Mettenheimer fragte sich, warum Luisa ohne Not eine Lüge zum gestrigen Abend erfand.

„Wo zur Hölle steckt der Kerl?“, fluchte Max Lauer schon früh am Morgen. Pjotr Piontek hatte aus seinem Hotel abgeholt und zur Vernehmung zum K1 gebracht werden sollen, doch sein Zimmer war leer. Zudem hatte niemand vom Hotelpersonal den Mimen gesehen.

„Vielleicht hat er eine Freundin?“, mutmaßte Rolf Iben.

„Bislang hatte er keine. Aber wir hatten ihm doch auch schon auf die Mailbox gesprochen, dass wir ihn heute früh abholen kommen.“

„Dann hat er sich einfach verdrückt“, lachte Matthes Horrweiler, der gerade mit einem Tablett mit randvoll gefüllten Kaffeetassen ins Besprechungszimmer kam.

„Aber er wusste doch gar nicht, was wir von ihm wollen. Ich habe ihm bewusst etwas ganz Neutrales auf seiner Box hinterlassen“, hielt Lauer dagegen.

„Dann hat das vielleicht schon ausgereicht, um ihn nervös zu machen. Kaffee?“, fragte Horrweiler.

Alle nickten.

Norbert Olmers Handy piepste. „Ja, Olmer!“

„Pelzer, guten Morgen!“

„Oh, Anne! Wieder im Dienste der Wissenschaft?“

„Norbert, hör zu: Ich bekam gestern Abend noch einen Anruf von Berni Stahl.“

„Dem Siegfried?“

„Ja, genau dem. Er hatte beobachtet, dass die Freundin von Lentz schon einen neuen Lover hat. Ich bin also zu den Festspielen und hab mir das angeguckt. Dreimal darfst du raten, mit wem die im Dom rumgemacht hat!“

„Anne, da komme ich sowieso nicht drauf!“

„Mit Piontek.“

„Ach!“ Olmer schwieg erstaunt, bis Anne fragte: „Bist du doch dran?“

„Ja, entschuldige. Das war jetzt doch eine Überraschung.“

„Siehst du, und die wollte ich dir nicht vorenthalten. Außerdem müssen sich die beiden später am Abend gestritten haben, dass die Heide wackelte. Das halbe Team habe sich dazwischen geworfen, um die beiden zu trennen, hat Stahl gesagt.“

„Tja, wir wollten Piontek heute früh sprechen, aber der war nicht zu erreichen. Vielleicht hat er die Nacht bei dieser Lucy verbracht. Wo wohnt die eigentlich?“

„Norbert, diese Lucy hat sich recht abfällig über Pionteks Annäherungsversuche geäußert. Ihr zumindest ist es nicht ernst. Außerdem: Glaubst du, die hätten die Nacht zusammen verbracht nach so einem Streit?“

„Aber Anne, du weißt doch, nach einer Versöhnung ...“

Anne lachte schallend ins Telefon: „Und woher weißt ausgerechnet du das so genau, mein lieber Norbert?"

Die Kollegen im Besprechungszimmer der Wormser Polizeidirektion wunderten sich, wie leuchtend rot Norbert Olmer plötzlich anlief. Kollegin Mettenheimer musste ihm irgendetwas schrecklich Aufregendes erzählt haben. Aber stattdessen beendete Olmer das Gespräch schnell und leise und wirkte überhaupt nicht aufgeregt. Im Gegenteil, er grinste leise in sich hinein.

„Dürfen wir auch erfahren, warum es dir so gut geht?", fragte Matthes Horrweiler ganz direkt.

„Gleich, Männer, gleich. Erst brauche ich jetzt einen Schluck Kaffee!" Während Olmer noch in der Tasse herumrührte, stürzte ein Beamter in Uniform in den Raum: „Hier seid ihr!", keuchte er atemlos. „Ihr habt einen Job! Die Streife hat sich eben gemeldet, dass draußen im Hafenbecken eine Leiche liegt. Das ist doch was für euch, oder?"

„Gibt es schon genauere Daten?", fragte Norbert Olmer.

„Männlich, tot. Mehr weiß ich auch nicht", sagte der Beamte und beschrieb dem K1 den genauen Fundort der Leiche.

Olmer verfügte, dass er mit Matthes Horrweiler an den Rhein fahren wolle, während die anderen sich weiter mit den Belangen der Soko „Herz" beschäftigen sollten.

In weniger als fünf Minuten waren die beiden Kommissare von der Hagenstraße aus bis an den Floßhafen gefahren. Dort trieb zwischen dem Café Fürst und einer Luxusyacht eine Leiche im brackigen Wasser des Rheins. Die Haare waberten sanft im Rhythmus der an die Spundwände schwappenden Wellen, und der Tote blickte auf den Grund des Hafenbeckens wie ein Schnorchler ohne Schnorchel.

„Wie kriegen wir den denn bloß da raus?", fragte die junge Streifenpolizistin irritiert, die mit ihrem ebenso jungen Kollegen zuerst am Fundort gewesen war.

„Jedenfalls nicht, indem wir hier herumstehen und jammern!", brummte Norbert Olmer ungehalten und machte einige Anrufe mit seinem Handy.

„Tut mir ja leid, aber es ist meine erste Leiche“, gestand die Polizistin.

„Und meine auch“, fügte der Kollege an.

„Na klasse!“, lachte Matthes Horrweiler. „Ihr seid wohl ganz frisch von der Schule, was?“

„Woher wissen Sie das?“

„Och …“

„Seit dem ersten August sind wir hier.“

„Aber normalerweise setzt man doch nicht zwei komplett frische Leute in einen Wagen“, wunderte sich Horrweiler.

„Es ist aber Urlaubszeit, heute gings nicht anders.“

„Ach so. Na, kann ja passieren. Immerhin: Abgesperrt habt ihr den Fundort schon mal Eins A. Das habt ihr lehrbuchmäßig hingekriegt. Was gibt es sonst?“

Sichtlich erleichtert über das Lob des versierten Kollegen berichteten die beiden über den Notruf eines Spaziergängers und ihre ersten Momente am Rande des Hafenbeckens. Außer dem Spaziergänger, der mit seinem Hund mittlerweile oben auf dem Deck des Cafés saß und auf die Befragung durch die Polizei wartete, hatte niemand die Leiche bemerkt.

Unter einigen Anstrengungen wurde der schlaffe Körper wenig später mit Hilfe der Feuerwehr geborgen und auf einer Plane neben dem Becken abgelegt. „Ich werd verrückt!“, entfuhr es Olmer. „Der Piontek!“

„Na, dann ist ja wenigstens klar, warum der heute Morgen nicht für unsere Befragung zu haben war!“, bemerkte Horrweiler trocken und kassierte einen strafenden Blick seines Chefs.

An Pionteks rechter Schläfe war eine große Wunde zu erkennen. Hatte ihm jemand den Schädel eingeschlagen oder war er ganz einfach an der Hafenmauer abgerutscht und anschließend ertrunken?

Minuten später konnte Matthes Horrweiler schon die erste Antwort geben: Er war über die an den Pontons und Stegen vertäuten Yachten geklettert, deren Besitzer zum Teil die Szenerie beobachtet hatten und ihn nicht immer ganz willig zu- und übersteigen ließen. „Norbert“, wisperte er in sein Handy, obwohl Olmer keine zehn Meter Luftlinie entfernt war, „hier kleben Haare an der Bordwand. Ich wette, die sind von Piontek, als er mit dem Kopf gegen die Yacht gefallen ist! Schick mir die junge Kollegin mit meinem Koffer!“

Olmer schmunzelte: „Die Kollegin? Aufs Boot? Aber Matthes!“

Da ließ Horrweiler sein Handy sinken und brüllte quer über ein etwas weiter hinten liegendes Boot und die Kaimauer zu seinem Chef: „Mann, ich mach hier keine Witze! Den Koffer, aber schnell!“

Olmers Lächeln versteinerte und er gab Anweisungen, dass einer der Beamten sich mit Matthes' Koffer, der die wichtigsten Utensilien für eine erste Spurensuche an Fund- und Tatorten enthielt, auf den Weg machen solle. Er registrierte nicht bewusst, dass es tatsächlich die junge Frau war, die sich auf den Weg machte.

Norbert Olmer ließ Horrweiler arbeiten und ließ sich erst einmal einen Kaffee auf dem Deck des „Fürst“ servieren, dessen hinterstes Tischgeviert er kurzerhand zum Vernehmungszimmer erklärt hatte. Den aufmerksamen Spaziergänger, der die Leiche gefunden hatte, gegenüber, genoss er die freundliche und angenehm lauwarme Morgensonne und die klare Luft, die nach einem frühmorgendlichen Gewitter nun ohne die seit Tagen gewohnte schwüle Schwere sanft um seine Nase wehte. Er rührte minutenlang in der Tasse herum, warf ab und zu einen Blick auf Matthes, der gebückt am Schiffsrumpf werkelte, und fragte dann und wann den Zeugen zu seinen Beobachtungen. Hinterher musste er sich eingestehen, dass er nicht übermäßig aufmerksam gelauscht hatte. Nun, der Mann müsste ohnehin noch einmal zu einer schriftlichen Aufnahme seiner Aussage beim K1 vorbeikommen.

Er entließ den Zeugen, orderte einen weiteren Kaffee und reckte das Gesicht in die Sonne, deren Kraft auch so früh schon zu spüren war. Gegen Mittag würde sie das sommerliche Rheinhessen wieder in die übliche wüstenheiße Gegend verwandelt haben, derentwegen sämtliche Kieslöcher der Region seit Wochen übervölkert waren. Nur er musste Dienst schieben, seufzte Olmer.

Heute wenigstens in einem überaus angenehmen Ambiente und mit ein wenig Zeit zum Entspannen, denn auf die Rechtsmedizin musste er einfach noch warten.

Dr. Wolfram Kippenbergs babyblauer Benz knatterte zu Olmers Glück erst gut eine Stunde, nachdem die Rechtsmedizin alarmiert worden war, auf das Hafengelände. Sein Fahrer hing mit dem Ellbogen aus dem Fenster und schnippte noch schnell den Stummel einer Selbstgedrehten weg, ehe er zwischen einem Audi TT und einem Porsche Cayenne unter der neuen Rheinbrücke einparkte. Mit seinem Arztkoffer in der Hand schlurfte er gebeugt zum abgesperrten Areal, wo ihm ein freundlich lächelnder Beamter sofort das Absperrband anhob. Man kannte ihn also, freute sich Kippenberg. Er nickte jovial in die Runde, winkte Olmer auf dem Oberdeck zu und kniete sich neben der Wasserleiche auf die Plane. „Ich schätze, der ist mit dem Hirn an das Boot da drüben geknallt, und aus wars", kam eine Stimme von oben. Kippenberg sah auf: „Ach, Matthes!"

„Ich hab da drüben Haare und Hautpartikel am Bootsrumpf sichergestellt, die müssten vom Toten stammen."

„Sonst hätte aber jemand sein teures Spielzeug gar nicht gut gewienert", grinste der Mediziner.

„Genau. Nein, ich meine, der Piontek ist entweder ausgerutscht oder geschubst worden, daher auch seine Verletzung an der Schläfe."

„Ach, man kennt sich?"

„Den Typen hatten wir auf unserer Rechnung, was den Mord an Hagen angeht."

„Na, da sieht mans wieder: Nicht den kleinsten Mord kannst du ungestraft begehen. Hör mal, Matthes, schick mir doch mal deinen Boss runter! Der sitzt da oben gemütlich in der Sonne, dabei hätte ich ihm hier zwei, drei Sachen zu sagen."

„Okay", meinte Horrweiler, lief über die Gangway ins Untergeschoss des Fürst, um in dessem Inneren nach oben zu steigen und Norbert Olmer aus seinem halbdienstlichen Frühstück mit Sonnenbad zu reißen. „Mir wird auch nichts gegönnt!", schnaufte der Chef des K1 auf dem Weg zu Dr. Kippenberg und dem Toten, aber dann begrüßte er den Rechtsmediziner doch gewohnt freundlich und fragte nach ersten Einschätzungen.

„Die Wunde an der Schläfe ist nicht sehr tief, aber sie kann zum Beispiel nach einem Sturz für eine Bewusstlosigkeit gesorgt haben, in deren Folge der Mann ertrank. Hätte man ihn gleich nach dem Sturz ins Wasser aus dem Hafenbecken gefischt, hätte er heute vermutlich nur einen Brummschädel mit größerer Beule, mehr nicht. Ich tippe also auf Fallen oder Stoßen mit anschließendem Ertrinken, denn ansonsten habe ich noch keine Verletzungen oder verdächtige Spuren an der Leiche gefunden."

Dr. Kippenberg stand auf und reckte sich, um seine Glieder nach dem gebückten Sitzen neben dem Toten wieder zu entspannen. Dann griff er nach dem Koffer, ließ sich wieder das Absperrband anheben und sagte zu Norbert Olmer: „Morgen mehr, du weißt ja!"

Olmer nickte und sagte: „Wir werden irgendjemanden von der Soko vorbeischicken, der sowieso in Mainz zu tun hat."

„Ach", klang der Arzt beinahe enttäuscht. Er lief mit dem Kommissar zu seinem Auto.

„Tja, Anne hat seit Tagen einen Undercover-Einsatz, von dem ich sie noch nicht abziehen kann, sonst hätte ich natürlich sie nach Mainz geschickt."

„Undercover? Du machst Witze!"

„Aber nein. Sie ermittelt in der Firma, die ausnahmslos alle Herzschrittmacher hergestellt hat, die manipuliert wurden."

„Wow! Na, dann guck wenigstens, dass du mir eine nette, junge Kollegin schickst, die für die Kripo an der Obduktion teilnimmt."

„Sag mal, was habt ihr denn heute alle mit den jungen Dingern!", schimpfte Olmer lachend und warf die Autotür des Mercedes von außen zu. Wolfram Kippenberg startete den Motor, das ganze Gefährt rüttelte einmal durch, stieß eine gewaltige dunkle Wolke aus und setzte sich dann gemächlich in Bewegung.

„Jesus, der müsste aber auch mal zur ASU!", stellte ein Rentner fest, der schon einige Zeit lang am Absperrband gestanden und die Arbeit der Polizei beobachtet hatte.

Olmer ging zurück ans Hafenbecken und suchte Matthes Horrweiler. „Wo ist der denn?“, fragte er kurz darauf.

„Der bekam einen Anruf und hatte es plötzlich total eilig. Nicht mal seinen Koffer hat er mitgenommen“, berichtete der junge Polizist, der zuerst am Fundort der Leiche gewesen war.

„Nanu? Aber das haben wir gleich!“, sagte Olmer und drückte auf eine Kurzwahltaste seines Handys.

„Ja?“, meldete sich Horrweiler gepresst.

„Sag mal, wo steckst du?“

„Im Aufzug in der Klinik.“

„Wo?“

„Leonie hat eben angerufen. Sie hat alle fünf Minuten Wehen. Ich meld mich später!“

„Aber du ...“, setzte Norbert Olmer noch an, bis er merkte, dass der werdende Vater das Telefonat längst beendet hatte. Olmer gab also einem der Kollegen den Auftrag, Matthes’ Utensilien einzusammeln und in den Kofferraum seines weißen Dienst-Passats zu stellen, während er selbst mit dem eingetroffenen Bestatter klärte, wohin Pionteks Leiche gebracht werden sollte.

„Wer ist tot? Ist nicht wahr!“ Anne Mettenheimer staunte, was sich mittlerweile in Worms getan hatte, während sie wieder in einigermaßen ordentlich gebügelter Bluse in ihrem Büro bei CuorTec saß. Das musste sie Luisa erzählen! Eilig stieg sie bis in den zweiten Stock hoch und lotste Luisa Cortini in die winzige Teeküche der Forschungsabteilung. „Stell dir vor, in Worms hat es schon wieder einen Toten gegeben! Ich habs eben gehört! Der Ersatz für den Schauspieler, der neulich auf der Bühne gestorben ist, der ist jetzt auch tot.“

„Oh.“

„Und weißt du was? Ich hab den gestern noch gesehen, ganz lebendig.“

„Du? Warst du gestern bei den Festspielen?“

„Nicht direkt. Aber dich habe ich gar nicht gesehen."
„Mich? Aber ..."
Mist! Anne Mettenheimer brach der Schweiß aus. Da lief ihr Job hier schon so lange gut, und nun verplapperte sie sich völlig ohne Not!
„Bloß ein Witz, Luisa", kicherte sie angestrengt.
„Ah so. Und, wie fandest du das Stück?"
„Das Stück?" O Gott, jetzt hat sie mich! Anne Mettenheimer schwitzte erneut heftig.
„Ja, warum warst du denn sonst dort?"
„Ja, nee, klar", stotterte Anne. „Also, ich kann mit so was ja nicht viel anfangen. Aber beeindruckend war es schon. Und dieser neue Hagen, der hatte die Rolle ja gut drauf, obwohl er einspringen musste. Und jetzt ist der arme Mann auch tot!"
„Ja. Ist wohl Schicksal. Hast du noch irgendwas Wichtiges, Lena? Ich müsste mal wieder an meine Arbeit."
„Oh, na klar, Luisa. Bis heute Mittag dann!"
„Ja, mal sehen."
Anne Mettenheimer ärgerte sich über sich selbst, als sie wieder ins Erdgeschoss hinabstieg. Wie eine verdammte Anfängerin hatte sie sich verhalten! Aber interessant war die knappe Reaktion von Luisa Cortini auf Pionteks Tod dennoch gewesen. Immerhin hatte auch sie ihn gestern Abend noch gesprochen. Und gestritten hatte sie auch mit ihm. Da sollten wohl ein paar Emotionen mehr zu erwarten sein. Doch Luisa hatte nicht einmal mit der Wimper gezuckt, nur dieses sparsame „Oh!" herausgelassen.

Lucy Brickhampton zuckte nur mit den Schultern, als Norbert Olmer ihr später die Nachricht von Pionteks Tod überbrachte. „Wieder einer weniger", meinte sie nur und wollte schon gehen, als der Kommissar sie nach ihrem Alibi für den vermutlichen Todeszeitpunkt ihres neuen Geliebten fragte.
„Wie, ist er etwa ermordet worden?", fragte sie nun doch interessiert.
„Das können wir noch nicht sagen, aber ausschließen wollen

wir es auch nicht. Reine Routine. Also noch mal: Wo waren Sie heute Nacht zwischen ein und drei Uhr?"

„Im Bett natürlich."

„So natürlich ist das nicht, immerhin geht die Vorstellung bis kurz nach Mitternacht. Und waren Sie allein?"

„Was für eine Frage! Seit Jean-Pascals Tod habe ich zwar viele Angebote bekommen, aber ich bleibe allein, das bin ich ihm schuldig."

Olmer seufzte. Wie theatralisch man doch ausdrücken konnte, dass man die Nacht solo verbracht hatte!

Der Intendant und sein Regisseur saßen gerade am Regiepult auf den Zuschauerrängen und besprachen eine Änderung für den kommenden Festspielabend, als Norbert Olmer sie von Pionteks Tod informierte. Beide reagierten völlig geschockt: „Aber das geht nicht!", rief der Regisseur. „Wir brauchen ihn doch noch!"

„Ja, und nicht nur deshalb hätte er weiterleben sollen", sagte Olmer kopfschüttelnd. Da starb ein Mann, und alles, was sein Chef dachte, war, dass er eine Arbeitskraft verloren hatte!

Walter Schwenk vergrub das Gesicht in den Händen. „Das ist wie ein Fluch", sagte er leise und sah wieder auf. „Der Nibelungenfluch. Sagen Sie mir bloß, wie wir heute Abend die Vorstellung hinbekommen sollen!", sagte er und reckte mit verzweifelter Geste die Arme in die Luft. „Ich kann doch nicht die Souffleuse auf die Bühne schicken! Und eine Drittbesetzung hatten wir nun wirklich nicht. Das ist eine Katastrophe, auch finanziell gesehen. Wir müssen die ganzen Karten zurücknehmen, weil wir das Stück ohne Hagen einfach nicht mehr anbieten können. Zum Glück sind es ja nicht mehr viele Vorstellungen, aber ruinös wird das Ganze allemal. Ach, es ist eine Schande!"

„Ich hätte da trotzdem noch ein paar Fragen", versuchte Norbert Olmer sich einzuschalten, aber der Regisseur ging nicht auf ihn ein: „Walter, wir müssen sofort das Management informieren, dass für heute Abend abgesagt wird. Und die ganze Truppe müssen wir zusammentrommeln."

„Jetzt?", fragte Schwenk. „Das wird dir nicht gelingen, mein

Lieber. Vor dem späten Nachmittag kannst du niemanden vom Ensemble erreichen, das garantiere ich dir."

„Dann erfahren sie das eben durch die Presse. Eine PK brauchen wir nämlich sofort. Rufst du den OB an?"

Norbert Olmer fühlte sich reichlich überflüssig, sah aber ein, dass die beiden Herren erst einmal nicht anprechbar waren. Als beide je ein erstes aufgeregtes Telefonat geführt hatten, räusperte sich der Chef des K1 und entschloss sich zu einer klärenden Aussage: „Meine Herren, ich bitte Sie, mir jetzt endlich Gehör zu schenken. Ansonsten haben Sie in einer halben Stunde die offizielle Vorladung aufs Kommissariat vorliegen, und die wird Ihnen schön im Streifenwagen überbracht. Hätten Sie dann jetzt ein wenig Zeit für mich?"

„Du meine Güte!", rief der Intendant geziert. „Da stirbt unser Hagen, und Sie haben kein Verständnis dafür, dass wir jetzt unheimlich viel zu regeln haben?"

„Genau", sagte Olmer. „Da stirbt Ihr Hagen. Und genau deshalb werden Sie jetzt bitte Verständnis dafür haben, dass ich Ihnen ein paar Fragen dazu stelle!"

Das hatte gesessen. Norbert Olmer war stolz auf sich. Solch deutliche Worte kamen sonst nur von seiner Kollegin Mettenheimer, die ihm, das merkte er auch heute wieder, sehr fehlte bei seiner täglichen Ermittlungsarbeit. Aber Gejammere half nichts, endlich hatte er die beiden Koryphäen der Wormser Festspiele wortlos vor sich sitzen, nun musste er ihnen auch seine Fragen stellen, bevor sie sich wieder anderen Dingen zuwandten.

„Können Sie mir etwas über Piontek am gestrigen Abend erzählen?", fragte er. „Was tat er vor und nach der Aufführung, was in der Pause?"

Der Regisseur grinste: „Ich hab ihn gestern gleich mit zwei Frauen gesehen. Mit einer total schicken im weißen Hosenanzug hat er sich vor der Vorstellung getroffen. Das sah aber nicht sehr lustig aus. Ich hatte den Eindruck, dass sich die beiden gestritten haben, als sie auseinandergingen. Und dann hat er wieder mit der Lucy rumgemacht, wie schon am Tag davor."

Nun war auch Walter Schwenk in seinem Element: „Oh ja, das wäre übrigens auch ein schöner Stoff: Lucy liebt Hagen, egal, wer ihn gerade verkörpert. Obwohl, hast du das auch gesehen, wie die zwei sich abends noch gefetzt haben?“

„Aber sicher! Wer hat das nicht gesehen! Es mussten ja gleich mehrere Leute eingreifen, sonst hätte Lucy dem Pjotr die Augen ausgekratzt.“

„Siehst du“, meinte der Intendant trocken, „das war auch umsonst!“

„Na!“, rügte Olmer und verabschiedete sich, ohne dass einer der Herren groß Notiz von ihm genommen hätte. Beide hatten jetzt damit zu tun, das Katastrophenmanagement zu starten. Die Pressekonferenz nachher würde er sich auf keinen Fall entgehen lassen, schwor sich der Kommissar.

„Frau Pelzer, haben Sie einen Moment Zeit für mich?“ Richard Herzer wirkte besorgt, als er zu seiner neuen Mitarbeiterin ins Büro trat.

„Aber sicher!“, sagte Lena Pelzer und wartete, bis der Chef die Tür geschlossen und sich ihr gegenüber hingesetzt hatte.

„Was hat das alles zu bedeuten?“, fragte er.

„Was genau meinen Sie?“

„Warum ist Dr. Meckel den ganzen Tag schon grantig, schlimmer als sonst, und warum muss Frau Cortini ganz plötzlich in Begleitung zweier fremder Menschen das Büro verlassen und kommt eine Stunde später völlig durcheinander wieder zurück und bittet um Urlaub für den Rest des Tages?“

„Ja, haben Sie sie das denn nicht selbst gefragt?“

„Hätte das denn Sinn gehabt?“

„Einen Versuch wärs wert gewesen!“

„Also, sagen Sie mir nun, was hier läuft?“

„Ich weiß ja selbst noch nicht viel. Aber vielleicht haben Sie schon mitbekommen, dass heute Nacht der Schauspieler, der für den gestorbenen Hagen eingesprungen ist, ebenfalls umgekommen ist.“

„Um Gottes Willen!“

„Ich nehme an, die Kollegen haben ihre Gründe, Frau Cortini nach Hause zu begleiten. Und was Dr. Meckel angeht, da kann ich Ihnen weiterhelfen.“

„Na?“, fragte Herzer interessiert.

„Er hat gestern einen ehemaligen Arbeitskollegen aus den USA getroffen, und das scheint recht weinselig geendet zu haben. Ich habe Meckel heute früh gesprochen, und er meinte nur, der Wein sei in Strömen geflossen. Er ist also nicht noch grantiger als sonst, sondern schlicht und einfach extrem verkatert.“

„Das wenigstens beruhigt mich etwas!“, sagte Herzer seufzend und bat darum, sofort informiert zu werden, falls es Neuigkeiten gebe.

Das Wormser K1 hatte sich im Rahmen der Ermittlungen der Soko „Herz“ nun ganz auf den Fall Piontek konzentriert: „Er trug zwar keinen Herzschrittmacher, aber ich denke, wir können davon ausgehen, dass er mit dieser Serie zu tun hat.“

„Stimmt!“, nickte Rolf Iben. „Alles andere wäre ein bisschen sehr viel Zufall. Vielleicht hat er ja was gewusst über unseren Täter.“

„Oder aber, er wars wirklich selber. Ich meine, diese Variante hatten wir ja auch schon mal“, ergänzte Olmer. „Jedenfalls hat Kippe herausgefunden, dass der Tote nicht nur mit dem Kopf gegen die Bordwand eines Bootes gekracht ist: Am Hals des Toten hat er den Abdruck eines runden Gegenstands entdeckt, einer Stange möglicherweise, die den Bewusstlosen wahrscheinlich so lange unter Wasser gedrückt hat, bis er ertrunken ist. Tod durch Ertrinken nach Sturz infolge stumpfer Gewalteinwirkung ist die offizielle Kurzfassung.“

„Ob er aber einfach ausgerutscht und gefallen ist oder ob da jemand nachgeholfen hat, das müsst ihr allein rausfinden“, hatte Dr. Kippenberg Norbert Olmer am Telefon gesagt, und daher begann Olmer die Besprechung in seinem Büro auch mit der Routinefrage: „Was haben wir?“

„Einen Jungen.“

„Wie bitte?“

Rolf Iben lachte und erklärte: „Matthes hat vorhin angerufen, er ist Vater eines gesunden Jungen geworden, der Mutter geht es auch gut, und er kommt nachher und macht sich wieder an die Arbeit.“

„Aha, na, das will ich auch hoffen. Und die Auswertung der Spuren bislang?“

„Lauer hat angerufen“, berichtete Dieter Wiesen. „Die Mainzer haben die Haare am Bootsrumpf Piontek zugeordnet. An seiner Kleidung fanden sich Fasern fremder Kleidung.“

„Das klingt doch schon mal vielversprechend“, freute sich Olmer.

„Und es geht noch weiter“, sagte Rolf Iben. „Die Mainzer haben auch schon Proben der Kleidung von den beiden Frauen von gestern Abend holen lassen, also von Lucy Brickhampton und Luisa Cortini. Es kann sein, dass Piontek sonst wen umarmt hat und die Fasern von x Leuten an sich hatte, aber diese zwei sind uns ja besonders aufgefallen.“

„Sehr gut. Zudem hat Kippe mir erzählt, er habe auch Fasern unter den Fingernägeln des Toten gefunden.“

Abschließend ging das K1 zu der auf dem Festspielgelände angesetzten Pressekonferenz, die aber im K1 und der Soko „Herz“ letztlich nur weiter für Stress sorgte, da alle Beteiligten Wunder von der Polizei zu erwarten schienen. Ein überaus besorgter Oberbürgermeister, der dennoch für die Sicherheit der Bürger garantieren wollte, ein erst niedergeschlagener, dann theatralisch tobender Intendant, ein kleinlauter Kriminaldirektor und Dutzende provokanter Fragen, auf die sowieso niemand ehrlich antworten konnte oder durfte.

Das Mittagessen musste Lena Pelzer diesmal allein einnehmen: Luisa Cortini hatte ja am späten Vormittag die Firma verlassen. Hungrig wartete sie an einer Würstchenbude im Industriegebiet auf eine ganz profane Bratwurst mit Senf, als ihr Handy in der Tasche vibrierte.

„Mettenheimer."

„Max hier, hallo Anne!"

„Hallo, na?"

„Du kannst kündigen, Anne."

„Was?"

„Ja, also, den Täter haben wir noch nicht, aber es ist einfach nicht mehr nötig, dass du bei CuorTec bleibst."

„Wieso das? Was habt ihr herausgefunden?"

„Die Fasern an Pionteks Kleidung stammen von dieser Lucy, die unter seinen Fingernägeln eindeutig vom weißen Hosenanzug von Luisa Cortini."

„Nein!"

„Doch, tut mir leid."

„Ach was, so mein ich das doch gar nicht. Ist gut, ich sage Herzer eben Bescheid und dann komm ich."

„Gut, denn ich hätte dich gern bei der Vernehmung von Cortini dabei."

„Oh, muss das sein? Ich komme mir da vor wie ein Schwein."

„Vermeide das Grunzen, dann wirds schon gehen!"

Nachdenklich biss Anne in ihre Wurst und schlenderte zurück zum Firmengebäude von CuorTec. Was hatte Luisa mit Piontek zu tun? Wie kamen ihre Stofffasern unter seine Fingernägel? Ach je, und nun sollte ausgerechnet sie diejenige sein, die das aus der netten Kollegin herausfragen sollte!

Doch Max Lauer hatte sich für Anne eine ganz andere Rolle ausgedacht. Er instruierte sie nachmittags kurz und schickte sie dann in den Vernehmungsraum, wo sie allein warten sollte, bis Luisa Cortini käme.

Luisa wurde von einer uniformierten Beamtin gebracht. Missmutig ließ sie sich auf einen der Besucherstühle fallen und sah Anne an: „Lena, was machst du hier?"

„Ich bin zu einer Vernehmung abgeholt worden."

„Was für einer Vernehmung?"

„Ich hab dir doch erzählt, dass ich gestern bei den Festspielen war. Im Anschluss daran ist doch der Schauspieler, der den Hagen spielt, tot im Hafenbecken gefunden worden. Und jetzt hat sonst wer behauptet, ich wäre mit dem Mann zusammen gesehen worden. Das ist irgendeine dämliche Verwechslung, aber nun sitze ich hier. Herzer wird stinksauer auf mich sein, und wie ich das meinem Mann erkläre, weiß ich auch noch nicht."

Luisa Cortini schien keinen Verdacht zu schöpfen, obwohl die von Lauer erfundene Geschichte ja nun wirklich nicht besonders überzeugend klang.

„Mich haben sie angeblich auch mit dem Typen gesehen", sagte sie. „Und Fasern meiner Kleidung soll er unter den Fingernägeln gehabt haben."

„Und? Könnte das sein?"

„Pah! Okay, ich hab den getroffen und auch ordentlich mit ihm gestritten, aber das reicht doch nicht, um mir hier einen Mord anzuhängen. Erst diese blöde Sache mit den Herzschrittmachern, und nun das. Irgend jemand spielt mir da einen ganz bösen Streich, glaube ich."

„Hattest du etwa was mit ihm?" Anne ließ Lena Pelzer neugierig kichern.

„O Gott, nein! Doch nicht mit so einem ... so einem ... Wurm! Nein, ich kenne ... kannte den Pjotr schon ewig. Der hatte mir neulich mal einen Gefallen getan, und dann meinte er, er könne das ausnutzen. Deshalb hatten wir einen heftigen Streit. Ist nicht schade um den!"

„Luisa! Lass das bloß die Kripo nicht hören!" Anne kam sich nun tatsächlich wie ein Schwein vor und wünschte sich dringend, dass sie wieder „abgeführt" würde und der Situation entfliehen konnte. Aber niemand schien Mitleid mit ihr zu haben. Also plauderte sie weiter: „Und ich dachte schon, du hättest den bei einer von deinen Single-Partys kennengelernt!"

„Ach Gott, nein! Du solltest eben mal mitkommen, ganz unverbindlich, versteht sich, damit sich dein Mann nicht aufregt. Aber da laufen ganz andere Typen rum als Pjotr Piontek. Den fanden die Frauen doch auch bloß interessant, wenn er seinen Beruf genannt hat."

„So schlimm?“

„So schlimm. Ein Langweiler. Kleinkariert. Spießig.“

„Das klingt jetzt aber nicht danach, als wäre er in der Welt des Theaters zu Hause gewesen.“

„War er ja auch nicht, sonst wäre er längst in die erste Riege gekommen.“

„Na ja, Zweitbesetzug für eine Hauptrolle bei den Festspielen, das schaffen aber auch die wenigsten!“

„Okay, aber ein kleinkarierter, spießiger Langweiler war er trotzdem.“

„Wie du meinst. Warum habt ihr euch denn gestritten?“

Luisa Cortini sah auf und blickte Anne Mettenheimer aus ihren dunklen Augen direkt an: „Lena, wenn ich es nicht besser wüsste, würde ich vermuten, du wärst bei der Kripo. So, wie du fragst!“

Anne schluckte. „Echt? Dann sieh das einfach als Vorbereitung auf die Vernehmung nachher an.“

Luisa lachte: „Ach so, Training! Nachher muss ich mich noch bei dir bedanken, was?“

„Ach, nein. Bedanken wollte eigentlich ich mich. Bei dir. Für die nette Aufnahme bei CuorTec und die vielen unterhaltsamen Mittagspausen.“

Wieder musterte Cortini ihr Gegenüber scharf: „Wieso das denn? Glaubst du, die behalten mich hier?“

„Nein, aber ich habe heute gekündigt.“

„Ach!“

„Ja“, log Anne zusammen, „ich habe gemerkt, dass ich doch noch nicht so weit bin und mich der Job bei Herzer total überfordert. Ich muss mir eine Stelle in einem Team suchen, weißt du, wo nicht alles allein an mir hängt.“

„Wie schade. Aber du hast ja recht: Teamarbeit fehlt mir da auch oft“, nickte Luisa Cortini.

„Du und deine drei Männer in der Abteilung, ihr kommt doch klasse miteinander aus, oder nicht?“

„Ach was! Ein Team ist das beileibe nicht. Aber es geht zur Not. Sag mal, haben die uns hier vergessen?“

„Keine Ahnung. Aber verrat mir doch endlich, worum sich euer Streit drehte!"

„Du lässt auch nicht locker, was? Gut, dann sag ichs dir: Ich hatte mir von Pjotr etwas Geld geliehen, weil ich ein neues Auto brauchte, und er wollte ganz plötzlich alles auf einmal zurück."

„Ah so." Anne war ehrlich enttäuscht und fragte sich, ob Luisa gerade genauso log wie sie selbst. Eine Wissenschaftlerin in der freien Wirtschaft, die sich kein neues Auto leisten kann? Und das noch dazu in Zeiten von Null-Prozent-Anzahlungs-Angeboten? Kaum vorstellbar.

Endlich öffnete sich die Tür des Zimmers, doch nicht Olmer oder Lauer kamen herein, sondern Matthes Horrweiler. „Anne!", rief er strahlend, obwohl sie verzweifelt versuchte, ihm Zeichen zu machen, dass er sie nicht kennen durfte. „Du kannst mir gratulieren, mein Sohn ist da! Seit fünf Stunden und dreizehn Minuten bin ich zum zweiten Mal Vater!"

„Gratuliere!", zischte Luisa Cortini, die schnell begriffen hatte, dass ihr Verdacht wegen Lena Pelzers Neugierde richtig gewesen war. „Du blöde Kuh! Ich hab dich richtig gern gemocht bis eben!" Wütend schlug sie mit der flachen Hand auf den Tisch. Anne Mettenheimer blickte unter sich und sagte leise: „Luisa, ich hab dich auch gern gemocht, und ich weiß, dass wir nie wieder so locker miteinander reden können wie bisher. Es tut mir leid, wirklich." Dann stand sie auf und verließ den Raum. Matthes Horrweiler war wie angewurzelt stehen geblieben und sagte und tat gar nichts. Eben noch im seligen Glücksrausch, jetzt völlig verwirrt, war er nur noch in der Lage, Norbert Olmer anzurufen und ihn schnellstens in diesen Raum zu bestellen. Derweil stand Anne Mettenheimer auf der Damentoilette und heulte. Einerseits erleichtert, dass das Versteckspiel nun vorüber war, andererseits traurig über die Art des Ausgangs. Ganz langsam öffnete jemand die Tür zum Waschraum. „Anne, ist alles klar?", fragte ein extrem kleinlauter Matthes Horrweiler. „Ich wusste ja nicht ..."

„Hau ab, du Blödmann!", schniefte Anne. Das war das Mindeste, was sie jetzt loswerden musste!

Nach einigen Minuten, die sie genutzt hatte, um sich mit beiden Händen kaltes Wasser ins Gesicht zu kippen, schlich sich Anne über den Flur in ihr Büro. Zum Glück traf sie unterwegs niemanden, und hatte sie den Moment auch lange herbeigesehnt, das „Endlich wieder zu Hause!"-Gefühl wollte sich jetzt nicht so recht einstellen. Zu sehr hing sie gedanklich noch bei Luisa Cortini. Seufzend machte sie sich ans Berichteschreiben für den heutigen Tag.

Norbert Olmer betrat den Raum gut eine Stunde später und freute sich, dass Anne ihm wieder gegenüber saß. Sie schrieb konzentriert auf ihrem Computer und fluchte nur dann und wann einmal, wenn sie sich vertippt hatte.

„Gut, dass du wieder da bist!", sagte Olmer und legte einen Stapel Papiere neben seinen Arbeitsplatz.

„Hm."

„Magst du hören, was Frau Cortini ausgesagt hat?"

„Nee. Interessiert mich nicht."

„Aha. Immer noch wegen Matthes? Ich habs mitgekriegt. Dann hör trotzdem mal zu: Cortini gibt zu, Piontek gekannt zu haben. Sie will ihm Geld geschuldet haben, das er zurückforderte, weshalb sie einen Streit hatten."

„Weiß ich doch längst."

„Nun brumm doch nicht so furchtbar, Anne! Das würde man mir an meinen schlechtesten Tagen zutrauen, aber dir doch nicht! Los, schrei mich mal richtig an, aber dann wirst du bitte schön endlich wieder normal!", verlangte ihr Chef.

„Ich weiß das wirklich schon längst. Aber ich glaube ihr kein bisschen."

„Dann ist es ja gut."

„Reichen die Fasern unter Pionteks Fingernägeln für eine Verhaftung?", fragte Anne.

„Vorläufig ja. Wir haben sie eben in die Zelle bringen lassen, wenigstens für eine Nacht."

Anne sog tief Luft ein und meinte dann: „Na gut, damit haben wir vielleicht die Mörderin von Piontek, aber unser Winzerfluch und der Tod von Jean-Pascal Lentz sind damit nicht geklärt."

Norbert Olmer nickte müde: „Ich weiß. Und möglicherweise war es nicht mal ein Mord, sondern es läuft auf einen Unfall raus: Er stolpert und krallt sich im Fallen in ihren Hosenanzug, weißt du, so was in der Art. Übrigens haben die Kollegen, die sie verhaftet haben, in ihrer Wohnung einen fertig gepackten Koffer gefunden. Sie hat behauptet, am Nachmittag nach Oslo fliegen zu wollen. Irgendein Kongress. Das Flugticket lag auf dem Koffer. Ich nehme an, wir hatten Glück, dass sie uns nicht entwischt ist."

„Hat sie überhaupt schon zugegeben, so spät in der Nacht noch mal mit Piontek unterwegs gewesen zu sein?", wollte Anne wissen.

„Aber nein. Sie hat hauptsächlich immer wieder angefangen, dich zu beschimpfen. Deshalb haben wir erst mal abgebrochen und die Vernehmung vertagt. Apropos: Du machst jetzt bitte auch Schluss und verschwindest nach Hause. Schönen Feierabend, Anne!"

In Osthofen ließ sich Anne ohne Abendessen sofort ins Bett fallen. Paul und die Kinder waren ihr heute egal, sie musste einfach nur noch schlafen.

Nass geschwitzt wachte sie auf, fühlte sich aber gleich hellwach. Ein Blick auf den Wecker verriet ihr, dass es erst zwei Uhr nachts war. Für einige Minuten wälzte sich Anne von rechts nach links und zurück, aber dann beschloss sie, sich in den Garten zu setzen. Der auf allen Seiten von alten Mauern umgebene Garten hielt auch nachts gut die Wärme, und in den rheinhessischen Sommernächten kühlte es sowieso nie richtig ab. Anne Mettenheimer nahm sich ihre Stirnlampe vom Joggen und die Zeitung mit, die sie noch nicht ganz gelesen hatte. Sie goss sich ein Glas Grünen Silvaner ein. Als sie in der Hängematte zwischen den Obstbäumen lag, griff sie sich das auf dem Boden stehende Glas und schnupperte das leichte Aroma einer frisch gemähten Wiese. Anne trank einen Schluck, knipste das Lämpchen an und schlug die Zeitung auf. Sie versuchte sich auf den Aufmacher der Wormser Stadt-Seite zu konzentrieren, in dem es um Rettungsdienste und Baustellen in der Innenstadt ging. Ein typischer Sommerloch-Artikel, fand Anne: Die Sanitäter waren stolz darauf, noch niemals zu spät gekommen zu sein, obwohl die halbe Stadt gerade aufgerissen und umgegraben war. Sie besah sich das Foto genauer und musste grinsen: Im Hintergrund lehnte Henning Selzer lässig am Rettungswagen. Ach ja, das war auch so ein Problem, dessen Lösung angegangen werden musste: Ihre beleidigte Freundin Julia und deren Verdacht, Anne habe ernsthaftes Interesse am feschen Notarzt. Über dem nächsten Artikel, in dem drei kleine Mädchen bei einem Ausstellungsrundgang begleitet wurden, nickte sie ein, das Weinglas noch in der Hand, das Stirnlämpchen noch eingeschaltet. Der Silvaner hing im schräg liegenden Glas und tropfte sacht auf den Oberarm der Kommissarin. Die merkte davon nichts und wachte erst auf, als die Morgensonne direkt in ihre Hängematte schien. Wenn das kein Vorgeschmack auf einen dringend notwendigen Urlaub war! Lesend und weintrinkend unter freiem Himmel zu campieren, das klang ja eigentlich nach Erholung, aber Anne Mettenheimer fühlte sich wie gerädert, als sie sich aus der Hängematte wälzte und dabei auch noch den Stiel des Weinglases abbrach, das die halbe Nacht lang in ihrer Armbeuge geruht hatte. Verschlafen schlurfte sie Richtung Wohnhaus, die Zeitung unter dem Arm, die zwei Teile des Weinglases auf beide Hände verteilt. Die Haustür stand offen, vermutlich hatte sie sie in der Nacht erst gar nicht geschlossen. Aber das war ja auch egal bei dieser Hitze und bei einem haushohen alten Hoftor, das Eindringlinge auf jeden Fall abhielt.

Sie warf das Glas in der Küche in den Mülleimer und stopfte die Zeitung in den übervollen Altpapier-Korb. Dann befüllte sie die Kaffeemaschine, schaltete sie ein und wankte müde nach oben, um sich mit einer Dusche zu wecken. Lukas saß im Bett und spielte mit einem Holzauto, das er rund um sein Kopfkissen fahren ließ. Emma hatte noch den Daumen im Mund, lag auf der Seite und bekam von alldem nichts mit. In ihrem eigenen Schlafzimmer lag Paul ausgestreckt auf dem Bauch und schlief tief und fest. Der Glückliche! Anne stieg unter die Dusche und drehte die Temperatur so weit herunter, dass sie sich schon ganz heldenhaft fühlte. Dennoch, beim Abtrocknen spürte sie, wie schwer ihre Beine waren und wie gern sie ihren Kopf irgendwo angelehnt hätte. In ihrem Schrank im Schlafzimmer kramte sie nach frischer Unterwäsche, als Paul aufwachte und gleich darauf ächzte: „Hast du eigentlich mal auf die Uhr geguckt? Muss das sein?" Dann drehte er sich auf die Seite und zog die Decke über den Kopf. Erst jetzt blickte Anne auf den Wecker. Viertel vor sechs, du meine Güte! Sie hatte das Gefühl gehabt, es sei schon heller Tag, als sie in der Hängematte die Sonne auf dem Gesicht spürte. Wie früh man doch im Freien aufwachte! Vielleicht war ein Campingurlaub mit den Kindern doch nicht das Richtige.

Anne Mettenheimer war also an diesem Tag die Erste im Büro. Ausgiebig schrieb sie weiter ihre Berichte und wartete auf die anderen. Norbert Olmer wunderte sich, dass Anne so früh aufgetaucht war, aber eine Erklärung dafür bekam er nicht. Nur einen schon reichlich abgestandenen Kaffee. Als er den getrunken hatte, sagte er: „Ich kümmere mich jetzt wieder um die Cortini und nehme Dieter mit. Rolf ist ja völlig neben der Spur wegen seiner Hochzeitsreise, die er am Wochenende antreten will."

„Na und?", fragte Anne.

„Ich weiß noch nicht, ob ich ihn fahren lassen kann."

„Nun mach mal halblang, Norbert!"

„Im Ernst: Wenn der Fall noch nicht geklärt ist, brauchen wir ihn doch hier."

„Du wirst doch nicht einem deiner motiviertesten Mitarbeiter seine Flitterwochen verderben. Ich mein, der hat den Urlaub ja schließlich ewig vorher beantragt und auch gebucht!"

„Ja, aber ..."

„Hätte ich dir gar nicht zugetraut, solche Chef-Allüren."

„Anne, also bitte!"

„Wieso?"

„Weißt du eigentlich, welcher Druck von oben gemacht wird?

Davon bekommt ihr nur einen kleinen Teil mit, das kann ich dir sagen."

„Ach, mein armer Chef! Aber Mensch bleiben kannst du trotzdem, finde ich. Wir tun ja, was wir können!"

„Hm", brummte Norbert Olmer etwas verstimmt und verschanzte sich für die nächste Viertelstunde hinter einem Aktenstapel. Dann sagte er mitten in die Stille: „Matthes ist übrigens gerade in Mainz beim LKA."

„Was macht er da?"

„Er hat sich gestern noch einmal Pionteks Hotelzimmer vorgenommen. Zuallererst war er erstaunt, denn das Polizeisiegel war zerstört und das komplette Zimmer durchwühlt worden. Gut jedenfalls, dass es nur ein Hotelzimmer mit relativ wenig persönlichen Dingen war. "

„Oh, also scheinen wir ja auf der richtigen Fährte zu sein", freute sich Anne.

„Natürlich, nur wissen wir eben immer noch nicht, ob wir Piontek zu den Opfern oder den Tätern im Fall Lentz rechnen müssen und ob dieser Einbruch eher zum Fall Lentz oder eher zu seinem eigenen Fall gehört. Matthes hat also alle Gegenstände und Kleidungsstücke mitgenommen, die offen herumlagen. Mit den Kollegen in Mainz arbeitet er jetzt an den Ergebnissen der Autoradiografie und vergleicht sämtliche Abdrücke mit den uns bekannten. Das wird ein Weilchen dauern, aber vielleicht bringt es uns endlich weiter, falls Frau Cortini immer noch nichts sagen will."

Matthes Horrweiler saß derweil beim Landeskriminalamt und fragte sich, ob er nicht bald eine Brille bräuchte. Doch nach Stunden angestrengten Beobachtens des Bildschirms wäre es wohl jedem so gegangen, beruhigte er sich schließlich. Dabei hatte ihn das Verfahren der Autoradiografie völlig begeistert. Im Moment war er mit den Fachleuten des LKA dabei, die Stellen an Pionteks Kleidung, an denen am ehesten Fingerabdrücke vermutet werden konnten, Joddampf auszusetzen: Die radioaktiven Atome des Gases würden sich mit den Fettablagerungen jedes Fingerabdrucks auf dem Gewebe verbinden, sodass die Papillarlinien radioaktiv und auf einen Film aufgebracht sichtbar würden. Das Verfahren war mühsam und kostenintensiv, aber es lohnte sich. Am frühen Nachmittag rief Horrweiler in Worms an und informierte seinen Chef: „Norbert, du kannst die Cortini festhalten! Ihre Fingerabdrücke sind überall auf Pionteks Kleidung."

„Na ja, sie hat ja auch nicht geleugnet, dass sie ihn kennt und getroffen hat."

„Aber hat sie auch gesagt, dass sie bei ihm im Hotelzimmer war?"

„Das nicht."

„Siehst du, und sogar auf seinem Schlafanzug, den sie offensichtlich beim Durchwühlen des Zimmers angefasst hat, finden sich ihre Fingerabdrücke. Sie war es definitiv, die sein Zimmer durchsucht hat. Und das hat sie logischerweise erst getan, als er tot war. Denn wer wusste auch sonst früh genug davon, um uns zuvorzukommen? Es sind nur ganz wenige andere Abdrücke zu finden, aber die von Luisa Cortini sind schier überall."

„Gut, Matthes, dann nehmen wir uns die Dame noch mal vor. Heute Morgen war sie nicht eben gesprächig."

Anne Mettenheimer hatte zur gleichen Zeit Lucy Brickhampton zum K1 bestellt. Sie wollte die beiden Frauen einander gegenüberstellen. Bis zum Termin hatte sie noch etwas Zeit und rief bei CuorTec an.

„Herr Herzer, hier ist Anne Mettenheimer."

„Wer, bitte?"

„Lena Pelzer."

„Ach so. Gibt es etwas Neues?"

„Noch nichts für die Öffentlichkeit, Herr Herzer. Aber ich wollte Sie fragen, ob Sie Luisa Cortini tatsächlich frei gegeben haben, weil sie zu einem Kongress nach Oslo fliegen wollte?"

„Oslo? Nein. Sie hat ganz normal Urlaub nehmen wollen, Überstundenabbau eben."

„Okay, dann nehme ich an, Sie müssen ein bisschen auf Cortinis Rückkehr warten. Meine Kollegen haben sie nämlich abgeholt, kurz bevor sie sich absetzen wollte. Sie hatte sogar schon einen Flug gebucht."

„Meine Güte! Dann war sie das also mit all den Manipulationen?"

„Könnte sein. Aber das behalten Sie bitte für sich. Das ist alles noch nicht bewiesen."

„In Ordnung. Vielen Dank für die Information!"

Es klopfte an der Bürotür und Anne Mettenheimer sah Lucy Brickhampton eintreten.

„Hallo", sagte sie. „Setzen Sie sich doch!"

„Warum muss ich hier antreten?", fragte die Engländerin. „Bin ich etwa verdächtig?"

Anne lachte. „Jeder ist grundsätzlich immer verdächtig, das kennen Sie doch aus dem „Tatort". Aber ich habe Sie herbestellt, weil ich Sie gern noch mal zu der Nacht befragen möchte, in der Pjotr Piontek starb."

„Das habe ich doch Ihrem Kollegen alles schon erzählt!", murrte Brickhampton.

„Ja, dass Sie die Nacht allein in Ihrem Bett verbracht haben. Wir fragen uns aber dennoch, wie Fasern Ihrer Kleidung an die von Piontek gekommen sind, wenn Sie ihn nach der Vorstellung nicht mehr getroffen haben. Seine Kleidung war nämlich Wechselkleidung, die er frisch gewaschen erst nach dem Festspielabend angezogen hat, nachdem er sein Kostüm abgelegt hatte."

Lucy Brickhampton fuhr sich mit beiden Händen durch die rote Mähne und schien sich einen Zopf drehen zu wollen. Dann sagte sie: „Okay. Ja, ich habe Pjotr kurz umarmt und ihm eine gute Nacht gewünscht, als er aus seiner Umkleide kam. Er hatte es auch eilig und wollte gar nicht länger mit mir reden. Ich habe ihn dann gesehen, und zwar mit dieser anderen Frau. Die war am gleichen Abend schon einmal mit ihm zusammen gewesen. Ich bin den beiden gefolgt, weil ich wissen wollte, ob er es nun ernst mit mir meint und ob es sich überhaupt lohnt, dass ich mich mit diesem Typen noch weiter abgebe. Ich meine, das wäre ja tierisch peinlich, wenn alle wissen, dass der zwei Frauen gleichzeitig hat, und dass ich eine davon bin. So dringend brauche ich dann auch keinen neuen Mann!"

„Wohin sind die beiden gegangen?"

„Runter an den Rhein. Es war nicht leicht, den beiden zu folgen. Ich konnte ja bestens gesehen werden, weil die Rheinstraße wegen dieser komischen mittelalterlichen Brücke, die sie da entdeckt haben, noch eine riesige Baustelle ist. Dort war außer den beiden und mir leider auch niemand unterwegs. Aber die waren so mit sich beschäftigt, die haben mich nicht bemerkt."

„Haben sie gestritten?"

„Manchmal, ja. Als sie über die B 9 gegangen waren, hätte ich sie beinahe verloren, aber dann habe ich sie doch noch abbiegen sehen, direkt zum Floßhafen. Der Fürst hatte schon zu, aber da wollten die auch gar nicht hin. Sie sind davor stehen geblieben und haben sich jetzt ganz laut gestritten. Plötzlich hat die Frau Pjotr geschubst und er ist gefallen. Ich habe sofort gewusst, dass es schlimm ausgeht, weil außer dem Platschen des Wassers auch noch ein dumpfer Aufschlag zu hören war. Es war mir sofort klar, dass er irgendwo gegen gefallen sein musste, nicht bloß ins Wasser."

„Aber warum haben Sie uns denn nicht gleich benachrichtigt? Oder wenigstens den Rettungswagen? Dann wäre Piontek doch vielleicht noch zu retten gewesen!"

Lucy Brickhampton schüttelte den Kopf und sortierte ihre Beine auf dem Besucherstuhl neu.

„Erst wollte ich das. Aber dann habe ich gesehen, wie diese Frau auf eines der Boote gestiegen ist, eine lange Stange genommen hat und Pjotr unter Wasser gedrückt hat. Jeder Arzt wäre zu spät gekommen. Ich hätte mich auch nicht getraut, einzugreifen. Nachher hätte ich neben ihm im Hafenbecken gelegen."

„Dann sind Sie aber wegen unterlassener Hilfeleistung oder Schlimmerem dran, das ist Ihnen schon klar, oder?", fragte Anne und konnte immer noch nicht verstehen, warum Lucy nicht Alarm gegeben hatte.

„Geht klar. Und wenn ich Ihnen bei den Ermittlungen helfe, komme ich dann davon?"

„Das muss der Richter entscheiden. Was haben Sie denn anzubieten?“ Anne Mettenheimer staunte über die Kaltblütigkeit der Engländerin.

„Oh, ich habe mir gedacht, diese Frau könnte ja ein bisschen dafür bluten, dass ich mein Wissen für mich behalte. Ich muss jetzt ja schließlich auch sehen, wo ich bleibe. Erst stirbt mein reicher Lover, dann sein möglicher Nachfolger, das ist ja schon ungünstig, nicht?“

„Sie wollten sie erpressen?“

„Ja, so nennt man das wohl. Aber keine Sorge, ich habs ja gar nicht getan.“

„Aber nur, weil wir Ihnen mit der Verhaftung der Frau zuvorgekommen sind.“

„Okay“, lachte Lucy Brickhampton, „Sie haben gewonnen. Ich habe aber trotzdem noch etwas für Sie, ein Geschenk sozusagen.“

Sie griff nach ihrer Umhängetasche, die sie beim Hinsetzen über die Lehne des Stuhls gehängt hatte. Danach legte sie eine kleine Kaufhaus-Plastiktüte auf den Tisch und schob sie zu Anne hinüber. „Hier, für Sie!“

Vorsichtig sah Anne in die Tüte und erkannte ein Handy. „Ist das Ihres?“

„Quatsch, danach suchen Sie doch gar nicht! Das ist Pjotrs Handy.“

„Das haben wir längst einkassiert.“

„Jeder Mensch kann mehrere von den Dingern haben. Das hier ist das Handy, mit dem Pjotr am Abend von Jean-Pascals Tod fotografiert hat. Ich habe den PIN-Code nicht knacken können, aber Sie schaffen das bestimmt. Da sind für Sie sicher interessante Bilder drauf.“

Anne Mettenheimer verschlug es die Sprache. Da war es endlich! „Woher haben Sie es?“, japste sie aufgeregt.

„Pjotr hatte es mir gezeigt und gesagt, dass das Handy ihn reich machen würde. Warum, das hat er nicht gesagt, aber ich habe es mir zusammengereimt. Er hatte es seit Jean-Pascals Tod in einem Schließfach am Bahnhof deponiert und den Schlüssel einfach in seinem Hagen-Kostüm mit sich herumgetragen."

„Deshalb sind wir auch nicht auf diese Spur gestoßen!"

„Genau. Aber er meinte, die Polizei sei jetzt oft genug da gewesen, die käme nicht mehr. Nun könne er das Handy auch wieder in seinem Zimmer lagern, dabei fühle er sich sowieso wohler. Ich bin dann in der Nacht nach seinem Tod direkt vom Floßhafen ins Hotel gegangen und habe es aus dem Zimmer geholt. Was ihn reich macht, macht mich auch reich, dachte ich."

Die Kommissarin hatte sich noch immer nicht von der Überraschung erholt, aber Lucy Brickhampton schien es bestens zu gehen. Sie beschrieb genau, wo sie das Gerät gefunden hatte und wie sie sich wieder aus dem Hotel geschlichen hatte. „Den Zimmerschlüssel hatte sowieso ich, den hatte Pjotr mir nachmittags in der Hoffnung gegeben, dass ich ihn abends dort erwarte."

„Das heißt also, dass die Verabredung mit der anderen Frau nicht geplant war. Weder die bei den Festspielen, noch hinterher", meinte Anne.

Lucy zuckte mit den Schultern. „Kann ich dann gehen?"

„Einen Moment noch. Ich möchte Ihnen jemanden gegenüberstellen. Sie sollen uns die Frau zeigen, die mit Piontek am Hafenbecken war."

„Aber haben Sie die nicht längst verhaftet?" Lucy runzelte die Stirn.

„Doch, aber wir brauchen natürlich Ihre Aussage, dass wir richtig liegen. Es dauert noch eine Weile, bis genügend Kolleginnen umgezogen sind und dazukommen können. Bei uns heißt das Wahlkonfrontation."

„Wow, so richtig wie im Krimi? Nummer Zwei, bitte mal nach links drehen?"

„So in etwa. Warten Sie bitte einen Moment draußen, dann kläre ich, wann wir so weit sind."

Die Engländerin stand auf und nahm draußen auf einem Stuhl Platz. Anne Mettenheimer lief hinüber zu dem Zimmer, in dem Luisa Cortini noch immer vernommen wurde. Das heißt, vernommen werden sollte.

„So eine harte Nuss!“, schimpfte Norbert Olmer, als er kurz mit Anne vor die Tür trat. „Die verrät uns ja überhaupt nichts!“

„Macht nichts, Norbert. Guck mal, was ich hier habe!“ Sie ließ ihn in die Plastiktüte sehen.

„Ja, und?“

„Es ist das Handy.“

„Du meinst ...“

„Ja. Lucy Brickhampton hat es gebracht. Matthes ist schon angefunkt, er kommt gleich und wird es auseinandernehmen. Und eine Gegenüberstellung habe ich auch schon in Auftrag gegeben, die Mädels müssten gleich so weit sein.“

„Klasse!“

„Aber einen doppelten Schnaps könnte ich jetzt trotzdem haben! Stell dir mal vor, diese Lucy hat eiskalt dabei zugeguckt, wie Luisa den Piontek nach dem Fall mit einer Stange auch noch unter Wasser gedrückt hat. Kein Notruf, nichts! Ist das nicht abgebrüht?“

„Es gibt solche Leute“, sagte Olmer bedauernd. Dann öffnete er die Tür und rief Dieter Wiesen zu sich. Ein uniformierter Beamter blieb bei Cortini: Die Kommissare versammelten sich eilig noch einmal in Olmers und Annes Büro. Matthes Horrweiler kam dazu und nahm begeistert das Handy an sich. Olmer wollte gerade die Marschrichtung für die Gegenüberstellung ausgeben, als Rolf Iben das Zimmer stürmte: „Leute, haltet die Luft an!“, rief er.

„Rolf, ist was passiert?“, fragte Anne.

„Das kannst du laut sagen! Ich habe, seit ich weiß, dass es die Cortini gewesen sein könnte, recherchiert, und in einem Forum namens „Hack Mack“ habe ich tatsächlich die Anfrage von jemandem gefunden, der nach einer Bauanleitung für einen Störsender fragt.“

„Und?“, fragte Dieter Wiesen nach.

„Luisa Cortini, das wette ich!“

„Das wäre unsinnig. Schließlich ist sie weltweit eine der wenigen Fachfrauen“, meinte Anne.

„Egal, viel wichtiger wäre es zu wissen, ob diese Anfrage beantwortet wurde", sagte Olmer und rückte nervös den Knoten seiner Krawatte zurecht.

„Oh, es hat eine Menge Antworten gegeben. Die meisten dürften allerdings unbrauchbar sein, weil sie davon ausgingen, dass hier jemand einen Störsender bauen will, der dem Nachbarn das Radiohören vermiest und solche Dinge. Die sind wesentlich größer als in einem Handy. Manche haben auch ganz deutlich geschrieben, dass man gefälligst die Finger davon lassen soll, weil man nebenbei den Nachbarn auch umbringen könnte, falls er zum Beispiel an medizinischen Geräten hängt. Aber einer hat einen Störsender empfohlen, der könnte passen: Ein fertiges Teil, das ganz normal über Ebay bestellt werden kann."

„Wie? Einfach so?", fragte Wiesen.

„Klar, ich habe das auch mal versucht. Beinahe hätte ich für 199 Euro einen Störsender gekauft, der eine richtig gute Reichweite haben soll, dessen Batterien für zwei bis drei Stunden Betrieb reichen, was in unseren Fällen sogar absolut überdimensioniert wäre, und der nur knapp viereinhalb Zentimeter breit und zwei Zentimeter tief sein sollte."

„Ist nicht wahr!", staunte nun auch Anne Mettenheimer.

„Doch!", sagte Rolf Iben, dessen Gesicht vor lauter Eifer immer roter geworden war. „Immerhin stand dabei, dass die Dinger in Deutschland verboten sind."

Norbert Olmer sah sich zufrieden um. „Mit diesen neuen Details müssten wir die Dame eigentlich weichkochen können", meinte er. „Ich bin richtig stolz auf euch!"

„Das sollst du auch!" Anne Mettenheimer grinste ihren Chef an.

„Die Gegenüberstellung ist erst in einer Stunde, weil Lauer dabei sein will. Auch der Leitende will daran teilnehmen."

„Wie, zwischen den Mädels etwa?"

„Anne!", rügte der Chef. „Kümmere dich lieber um die Frau auf dem Gang, dass die bei Laune bleibt, wenn sie nun so lange warten muss."

Anne wollte Lucy Brickhampton mit einer Tasse Kaffee bei Laune halten, aber dann machte sie mit der Zeugin aus, dass sie noch einmal gehen könne, wenn sie in einer Dreiviertelstunde wiederkäme. „Ehrenwort!“, gelobte die Engländerin und hob die Finger zum Schwur.

„Mettenheimer“.

„Hier ist deine Mama.“

„Ach, Mama. Du weißt doch, dass du mich nicht bei der Arbeit anrufen sollst!“

„Und wenn es aber wichtig ist?“

„Was ist denn passiert?“

„Anne, Kind, ich weiß nicht, wie ich es dir sagen soll. Ich meine, dein Paul ist ja ein ganz wunderbarer Schwiegersohn. Er kümmert sich auch ganz rührend um die Kinder. Das muss man ja erst mal hinbekommen, so als Mann. Aber er hat ja schließlich auch eine Vergangenheit.“

„Wer hat die nicht!“, unterbrach Anne.

„Na, du hast ja mal erzählt, dass er früher, also ganz, ganz früher, ich meine, lange vor deiner Zeit, nicht so normal, also irgendwie andersrum, äh ...“

„O Gott, Mama, wir wissen beide, dass Paul früher einen Freund hatte. Schwul nennt man so was. Wann lernst du das Wort endlich!“

„Ja, Kind, äh ...“

„Jetzt komm doch endlich mal auf den Punkt, Mama!“

„Gut, wenn du es so willst ...“

„Mama, jetzt aber! Wer hat denn angerufen, du oder ich?“

„Ja, es ist so, die Hannelore aus dem Frauenturnen, die hat deinen Paul ja mit einem Mann gesehen.“

„Nein!“ Anne holte tief Luft, rollte mit den Augen und war kurz davor, eine Störung in der Leitung vorzutäuschen.

„Ja, nicht wahr, da staunst du!“

„Mama! Was soll daran denn so brisant sein?“

„Es war ein junger und gut aussehender Mann, allerdings wahrscheinlich so ein Ausländer.“

„Ja, und?“ Anne war kurz vor einem Tarzan-Schrei.

„Sie hatten sogar die Kinder dabei!“

„Mama, jetzt hör mal zu: Wenn zwei Frauen mit Kindern spazieren gehen, kümmert das niemanden. Wenn ein Mann und eine Frau mit Kindern spazieren gehen, kümmert das die Leute nur, wenn die zwei nicht verheiratet sind. Aber diese Szenerie habe ich ja auch schon von dir gehört. Und was ist nun daran, wenn zwei Männer mit Kindern spazieren gehen?“

„Aber es ist Paul, der da ...!“

„Herr Jesus, das wird Raoul gewesen sein, das kannst du der Hannelore ausrichten. Und der wär auch noch zu haben, allerdings ist er erst zarte achtzehn oder so. Aber wenn die Hannelore sich den Jungen krallt und das möglichst schnell offiziell besiegelt, dann kann der Paul ja sicher wieder problemlos mit ihm spazieren gehen, oder!“

Mit diesen Worten knallte Anne Mettenheimer den Hörer auf und trommelte wütend mit beiden Fäusten auf die Schreibtischplatte. Erst mehrere Minuten später pendelte sich ihr Puls wieder auf Normalniveau ein. Irgendwann würde sie um eine neue Telefonnummer bitten, soviel war sicher!

Pünktlich erschien Lucy Brickhampton wieder auf dem Flur des K1. Direkt nach ihr traf Max Lauer ein. Martin Sommer trat aus seinem Büro, und gemeinsam machten sich alle auf den Weg zur Gegenüberstellung.

„Ich bin richtig ein bisschen nervös“, gestand Lucy Brickhampton.

„Keine Sorge, wir haben ja diese schicke Scheibe, durch die sie niemand sehen kann“, beruhigte sie Anne.

Im Halbdunkel hinter der Trennscheibe atmete die Zeugin dennoch unregelmäßig. Dabei hatte sie vorhin noch dermaßen cool gewirkt!

Fünf Frauen wurden in den hellen Raum auf der anderen Seite geführt, und noch bevor sie richtig standen, sagte Lucy Brickhampton: „Da, die zweite von rechts. Eindeutig. Die hat Pjotr ins Hafenbecken gestoßen, und die war auch vorher bei den Festspielen."

„Gut, dann machen wir jetzt schnell das Protokoll mit Ihnen. Dann sind Sie erst mal fertig hier", sagte der Leitende.

„Langt ja auch für heute", stellte die Engländerin fest.

„Ich hätte da noch was", meinte Anne Mettenheimer.

„Ja?"

„Das wollte ich schon immer mal gefragt haben: Wieso sprechen Sie eigentlich so perfekt deutsch?"

„Deutsche Mutter!", lachte Lucy Brickhampton.

Luisa Cortini wurde gleich danach noch einmal verhört. Max Lauer und Norbert Olmer gaben sich alle Mühe, aber die Beklagte schwieg eisern. Bevor sie schließlich in ihre Zelle zurück gebracht wurde, bat sie darum, telefonieren zu dürfen.

„Schatz, das ist aber schön, dass du mich mal anrufst. Sonst muss ich immer anrufen. Geht es dir gut?"

„Nein. Deshalb rufe ich auch an."

„Was ist passiert? Kann ich helfen?"

„Du kannst mir einen guten Anwalt besorgen."

„Dio mio, warum?"

„Ich habe dein ganzes Leben rächen wollen – und meins noch mit. Das ist schiefgegangen. Ich bin verhaftet worden."

„Was? Das kann doch nicht ..."

„Doch."

„Um Gottes Willen! Was hast du getan?"

„Nur das, was schon lange nötig war, und es hat großen Spaß gemacht, das kann ich dir sagen."

„Aber, ich ..."

„Ja, du hast immer gedacht, du hältst alles von mir fern und ich bekomme nichts mit. Aber ich habe mein Leben lang gespürt, dass du gelitten hast und dass du mir gern eine heile Welt geboten hättest. Ich weiß ja, dass du es nicht weiter versucht hast, aber ich habs getan. Er hat mich genauso abblitzen lassen wie dich. Er wollte nichts rausrücken und nichts anerkennen. Im Gegenteil, er hat sich noch über uns amüsiert."

„Aber warum ...“

„Schick mir einfach einen Anwalt, dann kannst du mich bestimmt auch bald besuchen.“

„Ich verstehe das alles nicht!“

„Mach dir keine Sorgen. Ich wollte es so. Ciao, Mamma!“

Lentz in Frankfurt beigesetzt

FRANKFURT. Unter großer öffentlicher Anteilnahme wurde gestern der vor einigen Tagen bei den Wormser Nibelungen-Festspielen auf der Bühne urplötzlich verstorbene Schauspieler Jean-Pascal Lentz ganz in der Nähe von Schopenhauer auf dem Hauptfriedhof beigesetzt. Neben Freunden und Scharen von Kollegen aus dem Künstlermilieu kamen auch tausende andere Trauernde, die ihrem Star die letzte Ehre erweisen wollten. Das Gelände um den Friedhof war schon im Vorfeld weiträumig abgesperrt worden, sodass nur gut zweihundert geladene Gäste an der Trauerfeier teilnehmen konnten, Schaulustige aber ausgeschlossen blieben. In seiner Trauerrede verwies Walter Schwenk, einer der führenden Regisseure Deutschlands und Intendant der Nibelungen-Festspiele, darauf, wie nah doch Leben und Tod beieinander lägen und wie tragisch das Leben die Fiktion auf der Festspielbühne überholt habe. Mit gesenktem Haupt nahm Schwenk vor dem komplett mit weißen Rosen geschmückten Sarg stehend Abschied von seinem einstigen Hauptdarsteller, dem Recken Hagen von Tronje, dessen Tod auf offener Bühne nicht nur das gesamte Ensemble und das Publikum schockiert hatte. Die Ursache für Lentz' Tod steht, so die aktuellen Angaben des Landeskriminalamtes, weiterhin noch nicht fest.

„Hallo Anne, hier ist Sonja. Ich wollte mich endlich mal wieder melden.“

„Sonja, hey, das ist aber schön! Wie gehts dir?“

„Danke, gut. Und dir?“

„Na ja, meine Freizeit kommt ein bisschen zu kurz, weil wir doch diese Reihe ungeklärter Todesfälle haben und die beiden Wormser Hagens noch dazu.“

„Ja, ich habs in der Zeitung gelesen, dass zumindest der erste der beiden Helden jetzt unter der Erde ist. Ihr kommt also nicht weiter, oder?“

„Wir haben eine Tatverdächtige verhaftet, die kann nicht mehr lange leugnen, das sag ich dir. Alles spricht gegen sie. Eigentlich ist sie eine ganz vernünftige Frau, aber da blockiert sie total. Hast du nicht einen Tipp für uns?“

Sonja Drais lachte. Als Psychologin von der Universität Mainz wurde sie ja gelegentlich zu Kriminalfällen hinzugezogen, aber so spontan war ihr das noch selten passiert. „Also, wenn du mich fragst, lass jemanden aus ihrer Familie ihr gut zureden. Von wegen reinen Tisch machen, besser schlafen können, trotzdem immer wieder in den Schoß der Familie zurückkehren können und so weiter.“

„Das wäre eine Idee“, überlegte Anne Mettenheimer. „Ich behalt das mal im Hinterkopf. Dank dir jedenfalls.“

„Keine Ursache! Hauptsache, du kriegst dein Geständnis.“

„Was macht eigentlich Lothar?“

„Tja, da fragst du was! Ich kann mich leider immer noch nicht von ihm trennen, weil Kippe nicht locker lässt. Die Häufigkeit seiner Anfragen hat sich zwar drastisch verringert, aber ab und an versucht er es doch noch mal. Stell dir vor, ich habe ihn neulich damit abwimmeln wollen, dass ich ihm gesagt habe, ich wolle den Abend mit meinen Inlinern auf dem Radweg am Rhein verbringen, da hat er doch glatt behauptet, er käme mit. Da musste ich dann mal ganz deutlich werden.“

„Wie, wollte der etwa auf Inlinern mit dir kommen?“

„Ich weiß auch nicht. Kippe auf Rollen, das wäre noch eine Steigerung des ohnehin schon lächerlichen Erscheinungsbildes von einem Mann.“

„Nun sei aber nicht so hart mit ihm!“

„Ach!“

„Das muss wahre Liebe sein, Sonja!“

„Verschon mich damit! Sag mir lieber, wann wir mal wieder zusammen einen trinken gehen!“

„Sobald dein Tipp funktioniert hat, versprochen!“

„Okay, dann drücke ich dir die Daumen. Bis demnächst, Anne!“

„Frau Cortini, es hilft doch nichts. Wir haben eine erdrückende Beweislast gegen Sie vorliegen.“ Norbert Olmer versuchte es noch einmal im Guten, aber Luisa Cortini blieb schweigsam.

„Ich will mich erst mit einem Anwalt beraten.“

Mehr sagte sie nicht.

Max Lauer krempelte genervt seine Hemdsärmel hoch und las aus den Akten vor: „Unter den Fingernägeln des Toten, also Piontek, fanden sich Fasern eines weißen Leinengewebes. Eine Untersuchung des am Todestag von Piontek getragenen Anzugs der Luisa Cortini ergab völlige Übereinstimmung. So, da können Sie notfalls noch sagen, dass er ausgerutscht ist und sich an Sie geklammert hat. Aber wie wollen Sie uns erklären, dass Sie in sein Hotelzimmer eingebrochen sind, erst kurz nachdem die Leiche gefunden worden war? Wir haben Ihre Fingerabdrücke sogar auf seinem Pyjama sichtbar machen können.“

„Oh, wunderbare Technik!“, höhnte Cortini. „Nun haben Sie mich! Ja, ich gestehe, ich war mit ihm im Bett.“ Mit verschränkten Armen lehnte sie sich in ihrem Stuhl zurück und blickte desinteressiert aus dem Fenster.

„Das ist doch glatt gelogen!“, regte sich Lauer auf. „Sie hatten nichts mit Piontek – außer vielleicht Streit, in dessen Folge er ja offensichtlich irgendwie ins Hafenbecken gefallen ist.“

„Beweisen Sie mir das Gegenteil!“, grinste Luisa Cortini ihr Gegenüber an.

„Ihnen scheint das hier geradezu Spaß zu machen, oder? Okay, warten wir, bis Ihr Anwalt eintrifft. Der bringt Sie hoffentlich zur Vernunft!“

Norbert Olmer zuckte bedauernd mit den Schultern und rief einen Kollegen, der Cortini zurück in die Zelle bringen sollte. „Affenzirkus!“, brummte er. „Wie lange will die das noch so treiben?“

Gianfranco Bentone war ein richtig schöner Mann. Schwarze,

gewellte Haare fielen seidig bis auf den Kragen seines edlen Button-Down-Hemdes. Der dunkelblaue Anzug war maßgeschneidert und passte wie angegossen. Hätte er ihn abgelegt, wären die ansehnlichen Resultate wöchentlich mehrfachen Muskeltrainings zutage gekommen. Eine dunkel getönte Designer-Sonnenbrille verbarg seine tiefschwarzen Augen, das Erbe der Großmutter väterlicherseits, derentwegen sich seinerzeit mehrere Bewerber geprügelt hatten, bis die Väter unter sich ausmachten, wer die schöne Maddalena am besten heiraten solle. Gianfranco Bentone allerdings würde sich niemals prügeln, schließlich war er gerade dabei, sich einen Ruf als Anwalt aufzubauen. Eine von einem italienischstämmigen Anwalt betriebene Kanzlei mitten in Mannheim, das konnte eine Goldgrube werden, soviel stand fest. Abend für Abend fand sich Bentone bei seinem Papà im „Da Luigi“ ein, genoss ein kostenloses Abendessen und die Bewunderung durch seine Familie. Einzige Sorge seiner Eltern war jedoch, dass Gianfranco noch immer ungebunden war und jegliche Vermittlungsversuche ablehnte, noch bevor er die ausgesuchten Damen überhaupt in Augenschein genommen hatte. Er wollte einfach nicht für den Fortbestand der famiglia sorgen, der Junge. Nur gut, dass Gianfrancos Brüder Gianluigi und Gianluca wenigstens schon für einen ganzen Schwung Nachkommen gesorgt hatten.

An diesem Abend jedoch musste der Anwalt länger auf seine Antipasti warten als sonst. Nicht, dass es in der Edel-Pizzeria am Rande der Mannheimer Quadrate Engpässe in der Küche gegeben hätte – so etwas durfte nichts passieren und war auch noch nie vorgekommen – aber heute stand Papà Luigi schon aufgeregt winkend an der Eingangstür, als sein Jüngster das Lokal betrat. „Endlich!“, seufzte er. „Wir haben so lange auf dich gewartet. Warum bist du so spät?“

„Ciao, Papà. Nicht später als sonst.“

„Setz dich! Paola, er ist da!“, rief Luigi Bentone zur Theke hinüber. Eine schlanke Frau im schlichten, schwarzen Rock und weißer Bluse legte dort ein Geschirrhandtuch ab, stellte noch zwei eben gezapfte Gläser Bier und eine Karaffe Rotwein auf ein Tablett und kam dann hinüber an den Tisch, an dem Vater und Sohn Bentone bereits saßen.

„Ciao, Paola", sagte Gianfranco. „Ist etwas passiert? Sonst setzt du dich nie zu mir."

„Es geht um meine Tochter", sagte die Frau.

„Deine Tochter. Kenne ich sie?"

„Nein, sie kommt nicht oft zu mir. Hier im Lokal war sie noch nie. Aber jetzt braucht sie deine Hilfe."

„Was kann ich für sie tun?"

„Du musst bitte ihre Verteidigung übernehmen. Sie ist in großen Schwierigkeiten."

„Und warum kommt sie nicht selbst und bittet mich um Hilfe? Warum schickt sie dich vor?"

„Sie ist verhaftet worden."

„Oh! Was wirft man ihr vor?"

„Mord."

„Madonna!"

„Bitte, du musst ihr helfen! Ich kann dir nicht viel zahlen, aber ich werde das abstottern, das verspreche ich dir, Gianfranco."

„Schon gut, das klären wir später. Erst einmal will ich wissen, was genau passiert ist. Papà, kann ich schon mal meine Antipasti bekommen? Ich verhungere!"

„Jaja, natürlich!" Geschäftig beeilte sich Luigi Bentone, in die Küche zu kommen und seinem Sohn den ersten Gang zuzubereiten.

Als der Teller vor dem Anwalt stand, fragte er: „Was macht deine Tochter eigentlich? Ist sie verheiratet? Bambini? Du hast noch nie etwas von ihr erzählt. Ich weiß nur, dass du eine Tochter hast, aber mehr nicht."

„Oh, sie hat studiert, weißt du. Sie ist Wissenschaftlerin und hat viel Arbeit. Da bleibt keine Zeit für Familie."

„So, aha! Wen hat sie denn angeblich umgebracht?"

„Einen Schauspieler."

„Hat er sie vergewaltigen wollen?"

„Aber nein! Das heißt, ich weiß es nicht. Der Mann ist in Worms am Rheinufer ertrunken, und Luisa war leider gerade bei ihm."

„Madonna!", entfuhr es Gianfranco Bentone noch einmal. „Dann wirft man ihr vor, diesen Schauspieler von den Festspielen ermordet zu haben!"

„So genau kenne ich mich da nicht aus."

„Na, aber das stand doch in der Zeitung. Papà, die Pasta bitte!"

Während Bentone seine Spaghetti aufrollte und Paola, die Hände in den Schoß gelegt, noch immer neben ihm saß, überschlug er schnell Kosten und Nutzen: Paola konnte sein Honorar niemals zahlen. Aber ihre Akademiker-Tochter bestimmt. Strafrecht war nicht sein Spezialgebiet, aber das konnte sich ja schnell ändern. Und an Publicity wäre dieser Fall momentan kaum zu überbieten. „Ich machs!", sagte er mit vollem Mund, seine guten Manieren für einen Moment völlig außer Acht lassend.

„Ich danke dir! Ich kann dir gar nicht sagen, wie sehr du mir damit hilfst!", sagte Paola Cortini und stand auf, um wieder am Tresen für den Getränkeausschank zu sorgen.

Gianfranco machte sich über seine Scaloppine con funghi alla crema her und ließ sich von Paola einen Barolo bringen. „Aber den guten, du weißt schon!", rief er.

„Der Anwalt der Cortini hat angerufen, er will Akteneinsicht", sagte Norbert Olmer zur Begrüßung.

„Na guck, da tut sich ja mal was. Wenn der Mann was taugt, muss er ihr eigentlich nahelegen, dass sie auspackt."

„Ach Anne, wollen wirs hoffen!"

„Weißt du übrigens, was mir Sonja Drais geraten hat?""

Olmer schüttelte den Kopf. „Nein, woher?"

„Ich habe sie gefragt, ob sie da nicht aus Erfahrung einen Ratschlag für uns hätte, und sie meint, man solle jemanden aus der Verwandtschaft bitten, mit Luisa zu reden. Weißt du, der Versuch, sie könne sich alles von der Seele zu reden und falle dadurch in der Familie auch nicht in Ungnade."

„Meinst du, das klappt bei unserem harten Brocken hier?"

„Keine Ahnung. Einerseits ist Luisa die abgeklärte Wissenschaftlerin, die sich als Halbwaise bis nach Harvard durchgeboxt hat, andererseits ist und bleibt sie Italienerin. Man müsste Luisas Mutter herbestellen!"

Der Chef des K1 lachte: „Nicht nötig! Frau Cortini wird, das hat ihr Anwalt angekündigt, nachher mit ihm zusammen hier eintreffen. Ich schlage vor, ich kümmere mich um den Anwalt und du redest mal mit der Mutter."

„So machen wir das. Wär doch gelacht, wenn wir sie nicht mit vereinten Kräften zum Reden bringen würden!"

Dann fiel Anne Mettenheimer noch etwas ein: „Du, Norbert, ich muss dich mal noch was ganz anderes fragen."

„Ja?"

Olmer sah von seinen Papieren auf.

„Wegen Rolf."

„O nein, jetzt komm mir nicht damit!"

„Okay, dann anders: Wie war das damals, als du deine Gertrud geheiratet hast? Wo wart ihr in Flitterwochen?"

„Zwei Wochen auf Amrum. Es hat die ganze Zeit geregnet. Aber das hat uns ja damals nichts ausgemacht, wenn du verstehst ..."

„Rolf hat für eine Amerikareise gespart. Er ist noch nie im Leben geflogen, hat auch ordentlich Bammel davor, aber seiner Carola will er was bieten. Drei Wochen Rundreise entlang der Westküste. Das darfst du ihm einfach nicht streichen!"

Norbert Olmer reagierte wütend: „Was geht dich das eigentlich an, Anne? Wer ist denn hier der Chef? Wenn die Arbeit noch nicht getan ist, dann ist sie noch nicht getan! Da kann dann keiner weg, auch der liebe Rolf nicht. Da kann ich noch so viel Verständnis für seine junge Ehe haben!"

„Und wenn er nun krank wäre?"

„Wag nicht, ihm das vorzuschlagen!"

„Nein, auf keinen Fall, aber dann würde er doch auch ausfallen. Guck mal, die Soko ist doch so riesengroß, und nur Rolf hat dieses dringende Anliegen."

„Liebe Kollegin, du gehst mir auf den Wecker! Und erinnere mich nicht daran, dass es damals ja auch geklappt hat, als du einfach ohne Genehmigung zu deinem komischen Alpen-Marathon gefahren bist!“

„Der war nicht komisch.“

„Ich will nichts mehr davon hören. Mal sehen, wie weit wir heute Abend sind. Oder anders gesagt: Wenn du unsere Verdächtige zum Geständnis bewegst, kann Rolf bestimmt fahren.“

Na klasse, dachte sich Anne Mettenheimer. Das konnte sie Luisa ja schlecht sagen, dass an ihrem schnellen Geständnis eine ganze Hochzeitsreise hing. Manchmal hätte sie ihren Chef auf den Mond schießen können!

„Gianfranco, ich sterbe!“

„Paola, gib Ruhe! Ich habe hier einen professionellen Termin. Wenn ich etwas bewirken soll für deine Tochter, dann kannst du nur mitkommen, wenn du dich ruhig und besonnen verhältst!“

„Ja, Gianfranco.“

„Gut, dann gehen wir jetzt hinein.“

Gianfranco Bentone stieß die Glastür am Eingang der Wormser Polizeidirektion auf, stieg die wenigen Stufen zum Pförtner hoch und fragte nach dem Weg zum K1. Kurz darauf wurden er und Paola Cortini durch eine weitere Glastür ins Treppenhaus gelassen und nahmen den Lift bis in den dritten Stock. Dort wartete Norbert Olmer bereits auf dem Gang.

„Kriminalhauptkommissar Olmer“, stellte er sich vor.

„Bentone, ich bin der Anwalt der Beschuldigten Cortini.“

„Und ich bin die Mamma!“

„Paola!“

„Ist ja schon gut, aber ich mache mir doch Sorgen!“

„Frau Cortini, das ist gut, dass Sie mitgekommen sind“, sagte Olmer und nickte der Frau zu. „Ich würde Sie bitten, zu meiner Kollegin Mettenheimer zu gehen, während wir zwei in den Besprechungsraum gehen, wo der Leiter der Soko schon mit den Akten auf uns wartet.“

Bentone hatte keine Einwände, und nachdem Paola Cortini in das gemeinsame Büro von Norbert Olmer und Anne Mettenheimer geführt worden war, gingen die beiden Männer ins Besprechungszimmer.

Anne Mettenheimer sah sofort, wen sie vor sich hatte: Die selben dunklen Augen, die selbe schlanke Figur, sogar die Frisur war fast identisch, nur lagen eben zwei, drei Jahrzehnte zwischen den beiden Cortinis. „Ich muss Ihnen sagen“, begann Anne nach der gegenseitigen Vorstellung, „dass die Beweislast leider erdrückend ist. Es wäre für Luisa am besten, sie würde alles gestehen, das könnte sich eventuell sogar noch strafmildernd auswirken.“

„Sie duzen meine Tochter?“

„Ach, Frau Cortini, das ist alles ganz furchtbar gelaufen. Ich wurde zu Luisas Firma geschickt, um undercover zu ermitteln. Da habe ich mich mit ihr angefreundet. Ich mag sie sehr, sehr gern, und nun muss ich gegen sie ermitteln. Das fällt mir nicht leicht, aber es geht nun mal nicht anders.“

„Was für eine schöne Freundin!“ Paola Cortini warf verächtlich den Kopf in den Nacken.

„Aber Sie verstehen auch, dass ich wegen unserer Freundschaft nicht einfach einen Mord decken kann, oder?“

„Aber wieso soll sie denn diesen Mann ermordet haben?“

„Tja, wieso, das wüssten wir auch gerne. Aber sie muss es getan haben, denn sie war bei ihm, direkt bevor er in den Rhein fiel. Außerdem wurde er noch unter Wasser gedrückt, um ganz sicher zu gehen, und das kann auch nur sie getan haben. Falls sie uns nicht endlich eine bessere Variante der bisherigen Zeugenaussagen liefern kann.“

„Wann kann ich mit Luisa reden?“

„Gleich, wenn Sie möchten.“

„Ja, gleich!“

Luisa Cortini wurde nach oben ins Büro gebracht und hatte denselben mürrischen Gesichtsausdruck wie seit ihrer Verhaftung, bis sie ihre Mutter erblickte. Nun wirkte sie beinahe unsicher. „Mamma, was tust du hier?“, fragte sie mit zittriger Stimme.

„Oh, Luisa, ich höre mir hier an, was man dir alles vorwirft. Warum tust du mir das an?“

„Ich musste, Mamma!"

„Ach was!"

„Aber ja, und das solltest du eigentlich verstehen."

„Verstehen? Denkst du auch mal an unsere Ehre? Oder nur an mich? Was zur Hölle hast du mit diesem – wie hieß der noch – Pontok oder so zu tun?"

„Mamma, ich will es dir ja erklären, aber doch nicht hier vor der Polizei!"

„Oh doch, Luisa! Sei eine ehrliche, mutige Italienerin und steh zu deinen Taten!"

Das lief ja besser als gedacht, freute sich Anne Mettenheimer und versuchte verzweifelt, sich möglichst unsichtbar zu machen.

„Ach, Mamma, ich hatte Streit mit dem Kerl."

„Streit? Wollte er was von dir?"

„Ja, Geld. Aber ich wollte ihm keins geben. Und da ist er plötzlich ausgerutscht und ins Wasser gefallen. Ende, mehr nicht."

„Luisa, er wurde unter Wasser gedrückt. Musste das sein?"

„Ja, Mamma. Er lebte doch noch. Und er hätte nie aufgehört, mich zu erpressen."

„Erpressen? Aber ich dachte, du schuldest ihm einfach nur Geld? Womit konnte er dich erpressen?"

Luisa Cortini bemerkte, dass sie einen Schritt zu weit gegangen war. Sie verbarg das Gesicht in den Händen und atmete tief durch.

„Merda! Lena, hast du auch eine Mamma?"

„Ich heiße übrigens Anne. Und: Ja, ich habe auch eine Mama."

„Gut. Anne passt viel besser zu dir. Und was kann man schon verschweigen, wenn eine Mamma einen ausfragt? Nichts, oder?"

Anne zuckte mit den Schultern und grinste. Luisa Cortini sagte: „Okay, ich will eine Aussage machen!"

„Bravo!", sagte Paola Cortini.

„Danke!", sagte Anne Mettenheimer.

„Aber, Luisa, warte deinen Anwalt ab!", bat ihre Mutter.

„Meinen Anwalt? Du hast mir tatsächlich einen besorgt? Das hätte ich dir gar nicht zugetraut."

„Oh, Luisa, er ist der beste."

„Ich brauch ihn nicht mehr. Ich rede jetzt. Wahrscheinlich habt ihr alle recht und ich fühle mich danach besser."

„Nein, Luisa!"

„Mamma, was denn! Erst soll ich reden, dann wieder nicht, was ist denn nun?"

„Warte auf Gianfranco! Er wird dich verteidigen."

„Ich habe Pjotr nicht geschubst. Er ist irgendwie zu nah an die Kante gegangen und abgerutscht. Und weil er so merkwürdige Geräusche gemacht hat, nachdem er mit dem Kopf an die Bordwand der Yacht geknallt war, habe ich spontan gedacht, das ist eine gute Möglichkeit, um ihn loszuwerden. Ich habe auf einem der Boote diese Stange liegen sehen, mit der konnte ich seinen Hals erreichen und ihn unter Wasser drücken, bis er nicht mehr blubberte."

„Luisa! Du hast ihn umgebracht!", entsetzte sich Paola Cortini.

„Natürlich!", antwortete ihre Tochter trocken. „Sonst säße ich ja wohl jetzt nicht hier."

Dann fuhr sie fort: „Er wollte auch kein Geld von mir zurück, das er mit geliehen hatte. Das war eine Notlüge neulich."

„Das dachten wir uns schon", sagte Anne.

„Er wollte mich wirklich erpressen."

„Weil er das Handy hatte?"

„Genau."

„Welches Handy? Luisa, wegen eines Handys bringt man doch niemanden um!", rief Paola Cortini dazwischen.

„Mamma, ich glaube, es ist besser, wenn du jetzt draußen wartest!", sagte Luisa bestimmt, und völlig perplex stand ihre Mutter wirklich auf und ging auf den Gang hinaus.

„Er hatte dieses Handy. Und er hatte sich längst zusammengereimt, dass es mit diesem Handy zusammenhängen musste, dass Lentz gestorben war."

„Also hattest du es präpariert?"

„Natürlich. Es war genial flach und unauffällig geworden. Eigentlich ein Meisterstück für meine Branche. Genau auf unsere

Schrittmacher abgestimmt. Ach, was habe ich damit experimentiert, wochenlang! Bis ich perfekt war. Ach ja, ich habe Pjotr übrigens wirklich in einer Kneipe kennengelernt. Am Thresen."

„Ja, die Variante hatten wir auch schon einmal", nickte Anne.

„Ich habe mich absichtlich an ihn herangemacht, weil ich wollte, dass er mit dem Handy Fotos von Lentz während der Vorstellung macht. Ich habe mich halt als absoluten Hagen-Fan ausgegeben und ihm obendrein ein wenig Zuwendung versprochen, das hat bestens funktioniert. Er hat Fotos für mich gemacht und Lentz ist tot umgekippt. Bene, erledigt!"

„Aber warum das alles?", fragte Anne Mettenheimer. „Warum sollte Lentz sterben?"

„Ja, kannst du dir das denn nicht denken? Er war mein Vater."

„Ach!"

Stille hing zwischen den beiden Frauen im Raum. Anne versuchte zu verstehen, wie groß der Hass gegen den Mann gewesen sein musste, der Mutter und Kind früh verlassen und nie unterstützt hatte, und Luisa fühlte sich ganz plötzlich unendlich erschöpft und brauchte eine Pause.

„Ich glaube, unter anderen Umständen hätten wir richtig gute Freundinnen werden können, weißt du", sagte Luisa irgendwann ganz leise.

Anne schaltete das Aufnahmegerät ab. „Luisa, ich kapiere das zwar alles noch nicht so ganz, aber ich könnte mir vorstellen, trotzdem mit dir befreundet zu sein. Irgendwie."

„Ja, ich wollte dir schon die ganze Zeit sagen, dass ich mich bei CuorTec riesig gefreut habe, eine nette Kollegin zu bekommen. Aber deine Fragerei fand ich von Anfang an komisch. Erst jetzt weiß ich, warum. Und ich habe dir die Marketingtante komplett abgekauft!"

„Sorry!"

Luisa Cortini wirkte jetzt kraftlos und grau. „Anne, ich kann nicht mehr. Ich muss schlafen. Kann ich später weiterreden?", bat sie.

„Natürlich. Ruh dich etwas aus!"

„Jessas, was ein aufgeblasener Fatzke!", urteilte Norbert Olmer über den Anwalt, nachdem die erste Akteneinsicht abgeschlossen war und der Advokat sich verabschiedet hatte. „Der glaubt wohl, er könne seine Mandantin in null Komma nichts hier rausholen, nur weil er Italiener ist."

„Na na, Norbert, keine Vorurteile, das bringt uns auch nichts!", versuchte Max Lauer eine Beschwichtigung. „Nachher wird Luisa Cortini erst mal nach Rohrbach verlegt, dann sehen wir weiter. Komm, wir gehen rüber und sehen mal nach, ob Anne mit der Mutter etwas erreicht hat."

Beide standen auf und gingen ins Büro hinüber. Dort war Anne Mettenheimer ganz tief in ihren Stuhl gerutscht und hatte die Füße auf die Fensterbank gelegt. Schweigend hielt sie ein Glas Wasser in der Hand und starrte zum Fenster hinaus.

„Nanu", fragte Olmer verdutzt, „ist etwas schiefgegangen?"

„Aus polizeilicher Sicht absolut nicht", antwortete Anne träge. „Ich habe ein Geständnis."

„Klasse, Anne, das ist ja wunderbar!", rief Lauer begeistert.

„Wie mans nimmt."

„Wieso das denn?"

„Ach, das versteht ihr nicht." Anne nahm die Füße vom Fensterbrett, schob sich im Sessel wieder hoch und drehte sich zu ihren Kollegen. „Sie konnte jetzt nicht mehr und musste sich ausruhen. Ich hab ihr nicht gesagt, dass sie noch nach Rohrbach gebracht wird. Aber ich soll weiter zuhören, was sie zu berichten hat, hat sie gesagt."

„Und? Lohnt sich das?", fragte Lauer.

„Unbedingt. Die Sache mit Piontek will sie zwar nicht ganz übernehmen: Er sei ausgerutscht und ins Hafenbecken gefallen. Aber dass sie ihn unter Wasser gedrückt hat, gibt sie zu. Den Mord an Lentz auch. Aber das werde ich erst morgen zu hören bekommen."

„Und die Morde an den Winzern?", fragte Norbert Olmer ungeduldig.

„Nur die Ruhe! Ich hab das Gefühl, Luisa hat ihr eigenes Tempo und ihre eigene Weise, alles zu gestehen. Jetzt, wo sie angefangen hat, werde ich sie auch so weitermachen lassen. Es kommt doch nicht auf einen Tag an."

Lauer verzog das Gesicht: „Doch, für die Öffentlichkeit schon."

„Ach Mann!", schimpfte Anne. „Dann sagt der Presse halt, wir hätten ein Geständnis, aber die umfangreichen Aussagen würden noch einige Zeit in Anspruch nehmen. Stellt euch doch nicht so an!"

Anne trank das Glas Wasser, das sie noch immer in der Hand gehalten hatte, leer und stellte es auf den Schreibtisch. „Was sagt ihr Anwalt eigentlich dazu, dass sie ihn nicht mehr treffen wollte?"

Lauer lachte: „Er hat natürlich geglaubt, das wäre auf unserem Mist gewachsen. Aber die Beamtin, die Cortini zurück in die Zelle gebracht hat, hat ihm auch noch mal gesagt, dass sie sofort nach ihrer Rückkehr in die Zelle eingeschlafen ist. Dann musste er abziehen. Fauchend und Feuer spuckend zwar, aber er hat sich getrollt. Und La Mamma im Schlepptau."

„Sagt nichts gegen die Frau! Sie hat Luisa wahrscheinlich dazu gebracht, alles zu gestehen. Da hatte Sonja absolut recht. Haben wir eigentlich eine Kasse für so was?"

„Wofür?" Olmer verstand nicht recht.

„Na, für eine Kiste Wein, weil wir einen perfekten Tipp bekommen haben, wie unsere Ermittlungsarbeiten deutlich abgekürzt werden."

„Anne, also wirklich!"

„Wieso? Letzten Endes spart Sonjas Anregung den Steuerzahler eine Menge Geld, also dürfte da auch mal was zurückkommen!"

„Keine schlechte Idee!", grinste Lauer. „Ich frage mich aber, ob wir Alkohol durchsetzen können."

„Ha, dann dürfte es aber auch nicht die umfangreichen Weihnachts-Bestechungs-Kartons geben, die alljährlich ganz offiziell für angeblich wichtige Menschen bestellt werden!"

„Stimmt. Aber da hast du es wieder", sagte Lauer schulterzuckend, „wir sind halt nur kleine Lichter und haben nicht mitzubestimmen."

„Dann mache ich kleines Licht jetzt Schluss. Schließlich kriege ich diese Überstunde gerade auch nicht bezahlt. Und wenn ich sie abfeiern will, bringt wahrscheinlich sowieso wieder genau dann irgendwer jemanden um. Also: Schönen Feierabend!"

Anne fischte ihren Autoschlüssel aus der Schreibtischschublade und stand auf.

„Und dein Bericht?", fragte Norbert Olmer.

„Morgen!"

„Anne, bitte!"

„Morgen!"

Und unerbittlich zum Feierabend entschlossen ließ die Kommissarin ihre beiden Kollegen im Büro allein.

„Hallo, hier ist Anne. Kommst du mit zur Einkehr? Oder ihr beide?"

„Oh, Anne." Julia Weißbach ließ etwas Zeit verstreichen, bevor sie weiter sprach: „Das ist aber eine Überraschung. Ich hätte nicht mit dir gerechnet."

„Wieso? Weil ich von einem Notarzt abgelenkt werde?"

„Äh, nein. Ach, ich weiß doch auch nicht."

„Also, hiermit offiziell: Ich werde nicht durch den schönsten aller Ärzte abgelenkt und würde gern mit euch allen zur Einkehr gehen. Jetzt sofort."

„Wo ist denn heute was?", fragte Julia. Die „Einkehr beim Winzer" bedeutete in Osthofen, dass viele der Winzer reihum ihren Hof für ein Wochenende öffneten und Speisen und Getränke anboten.

„In der Steinmühle."

„Oh, ob wir da um diese Uhrzeit noch einen Platz kriegen?"

„Wir können es ja versuchen. Das heißt also ja?"

„Wir sind in zehn Minuten bei euch!"

Anne atmete erleichtert auf und rief zu Paul durch den Hof: „Sie kommen mit!"

Paul kam reichlich staubig aus seiner Holzwerkstatt in der Scheune: „Oh, dann muss ich mich ja richtig beeilen. Guckst du nach den Kindern? Ich spring schnell unter die Dusche."

Die Kinder, das war eine gute Frage. Wo waren die überhaupt? Anne machte sich auf die Suche und fand beide im Garten: Emma saß neben dem Salatbeet und rupfte einzelne Blätter aus, wobei sie glücklich juchzte, während Lukas stehend den Apfelbaum umklammert hatte und ganz zaghaft an dessen Rinde knabberte. „Ihr seht aus, als hättet ihr Hunger!", meinte Anne nur und klemmte sich ihre Sprösslinge unter die Arme. „Auf gehts, gleich kriegt ihr was Richtiges zwischen die Zähne."

Wenig später trafen Julia und Gisbert ein. Gisbert hatte mit seiner Apotheke im Nachbarort zum Glück gerade keinen Notdienst, sodass er gerne mitkam. Er freute sich nicht nur auf die Gesellschaft der großen Mettenheimers, sondern besonders auf die der Zwillinge. Anne hegte den heimlichen Verdacht, dass er selbst gern Kinder gehabt hätte, Julia das Thema aber lieber nicht ausweiten wollte. Das war merkwürdigerweise eines der momentanen Tabuthemen in ihrer Freundschaft. Auch Emma und Lukas mochten Gisbert: Schon als Säuglinge hatten sie sich auf seinem langen Oberkörper, der meist in einen Öko-Wollpullover gehüllt war, liegend wie hängend wohlgefühlt, und als sie greifen konnten, machte ihnen der blonde Vollbart um Gisberts stets freundliches Gesicht viel Spaß. Auch heute streckten beide die Arme nach dem riesenhaften Apotheker aus, der die Kinder lachend hochhob und fröhlich erzählend bis zum Weingut Steinmühle trug. Dort hörte man schon lange, bevor man es auch sehen konnte, dass der ganze Mühlengarten voller Menschen sein musste: Es summte und brodelte, gelegentlich übertönten einzelne Lacher alle anderen Geräusche.

„Hierher!", schrie es plötzlich und jemand winkte aus dem hintersten Winkel des Gartens. Anne erkannte Dr. Feldmann, einen der örtlichen Allgemeinmediziner, der ihnen bedeutete, dass sie die Plätze haben könnten, die er und seine Frau sowie ein befreundetes Ehepaar gerade räumten. Julia und Paul kämpften sich mutig noch einmal bis zum Ausschank durch und kamen bald darauf mit einer Flasche Grauburgunder, einer Flasche Mineralwasser und vier Gläsern zurück. „Meine Güte!“, stöhnte Julia. „Voll ist mal wieder gar kein Ausdruck!“

In der ersten Stunde ihres Beisammenseins ging es hauptsächlich um Banalitäten und das höchst wichtige Thema, ob die Kinder nach je einer Laugenbrezel wohl satt sein konnten. Dann beschlossen Paul und Gisbert, die Zwillinge mit an den Seebach zu nehmen, der über das Gelände der ehemaligen Mühle floss.

„So, da sitzen wir nun. Eigentlich wie früher, nur wir zwei“, stellte Anne fest.

Julia nickte und sagte: „Das ist jetzt auch mal ganz gut so. Ich überlege schon die ganze Zeit, wann ich dir das sagen kann, was mir auf der Seele liegt. Ich wollte mich nämlich ganz offiziell bei dir entschuldigen.“

„Wegen der Sache mit Henning?“, fragte Anne.

„Genau. Ich habe mich da so selten dämlich aufgeführt, das ist mir mittlerweile ganz schrecklich peinlich.“

„Na, das ist ja wenigstens etwas!“, grinste Anne und goss Wein nach.

Julia nahm einen großen Schluck und sagte: „Weißt du, als der mich angeguckt hat, habe ich dieses Kribbeln im Bauch gespürt, du weißt schon, dieses ...“

„Schmetterlinge?“

„Ja. Komisch, nicht?“

„Und deshalb hast du dich so aufgeführt? War das etwa Eifersucht, weil er sich nur mit mir unterhalten hat?“

„Ich weiß es doch auch nicht. Ich bin einfach blöd. Mir geht es so gut mit Gisbert, der ist der Mann meines Lebens, und nur, weil so ein toller Typ in die Traube schneit, drehe ich plötzlich durch. Ach, tut mir das leid, Anne!“

„Schon in Ordnung. Die nächste Flasche geht übrigens auf dich!“

„Kein Problem“, seufzte Julia Weißbach nach ihrer Beichte erleichtert.

Ein Glas Grauburgunder später kicherte Anne plötzlich los: „Dabei sieht der nur gut aus und ist braun gebrannt wie ein Spanier, aber stell dir den mal neben mir vor."

„Sähe bestimmt gut aus!"

„Das meine ich doch gerade! Der ist doch locker einen halben Kopf kleiner als ich."

„Na und?"

„Och, so lange keine Not herrscht, nehme ich lieber einen gut aussehenden und großen Mann."

„Dann könnte er bei mir ja noch auf der Reservebank sitzen, der schöne Henning!" rief Julia ausgelassen, schwenkte dabei ihr Glas und verschüttete prompt die Hälfte über Annes Hose.

„Nur gut, dass es kein Roter war!", brummte Anne bei dem vergeblichen Versuch, die Jeans mit einer Papierserviette zu trocknen.

Inzwischen waren Männer und Kinder vom Bach zurück und auch nicht wesentlich trockener geblieben als die begossene Anne.

„Ich glaube", sagte Paul nun, „Emma hat auch die Hosen voll. Sie riecht."

„Oh ja, bis hierhin!", bestätigte Julia, und da wie meistens niemand an die bei anderen Eltern obligatorische monstergroße Wickeltasche gedacht hatte, wurde beschlossen, die angebrochene Flasche Grauburgunder einfach mit nach Hause zu nehmen und sie nach dem Wickeln der Kinder im eigenen Garten zu leeren.

Zur gleichen Zeit saß Gianfranco Bentone wieder in Mannheim im „Da Luigi" und stocherte zwischen Tomaten und Oliven herum. Seinen Vater hatte er noch gar nicht gesehen, aber Paola berichtete, er habe am Vortag angekündigt, heute einen Freund treffen zu wollen. Erst als der Anwalt bei seinem Espresso angekommen war, betrat Luigi Bentone das Lokal und ging mit ausgebreiteten Armen auf seinen Sohn zu: „Ich bin so stolz auf dich! Wo ist die kleine Luisa?"

Gianfranco verschluckte sich und musste husten. Sein Vater

schlug ihm auf den Rücken und sagte: „Hast du sie denn nicht mitgebracht? Ist sie denn noch nicht frei?"

„Aber Papà, ihr werden mehrere Morde angelastet. Da kann ich sie doch nicht mit nach Hause nehmen!"

„Mehrere Morde? Dio mio! Aber ich dachte, mein Sohn, der beste Anwalt von Mannheim ...!"

„Papà! Ich bitte dich! Ich habe heute nur einmal die Akten einsehen dürfen, noch nicht einmal mit ihr sprechen können. Ah, Paola, danke für den neuen Espresso! Setz dich doch zu uns!"

„Aber was?", fragte Luigi Bentone. „Du hast nicht einmal gesprochen mit ihr?"

„Sie wollte nicht."

„Warum? Paola, sag du es mir!"

„Sie braucht nun doch keinen Anwalt, meint sie. Dabei bin ich so froh, dass Gianfranco sie verteidigen wird!"

„Oh ja, du könntest keinen besseren bekommen!", sagte Luigi stolz. Sein Sohn trank schweigend den zweiten Espresso, tupfte sich den Mund mit der blassrosa Stoffserviette ab und stand auf. „Ciao, Papà. Ciao, Paola. Es wird ein harter Tag morgen, denn ich werde dranbleiben!", sagte er.

Dass er sowieso nicht gerade viel zu tun hatte, brauchte er den beiden ja nicht auf die Nase zu binden.

Anne Mettenheimer fuhr in die Justizvollzugsanstalt Rohrbach, die unterhalb mehrerer hemmungslos in die Wöllsteiner Weinberge geklatschter grauer Zentrallager lag. Sie war schon öfter hier gewesen und kannte sich mit dem „Einchecken" mittlerweile aus. Luisa Cortini wurde in einen Verhörraum gebracht, in dem eine Beamtin im Hintergrund für die Wormser Kommissarin die Aussagen aufnahm.

„Warum hat man mich hierhergebracht?", war Luisas erste Frage.

„Alle kommen hierher."

„Aber ich bin doch noch nicht verurteilt oder so was!"

„Das hat damit auch nichts zu tun. Wir brauchen unsere Zellen in Worms ansonsten auch eher für Säufer zur Ausnüchterung."

„Und ich soll mich hier schon mal an den Anblick gewöhnen, den ich die nächsten Jahre vor mir habe, was!", schnauzte Luisa aufgebracht.

„Nun reg dich doch nicht so auf. Es ist hier doch obendrein komfortabler als in Worms."

„Gehts darum? Nein! Also fang an!"

„Gut. Wo waren wir gestern stehen geblieben? Du hattest dich ganz bewusst an Piontek rangemacht, oder?"

„Ja", antwortete Cortini nun ganz zahm. „Und plötzlich wollte er Geld von mir, damit er mir das Handy wieder gibt oder wenigstens schweigt. Das war mir aber zu unsicher. Deshalb musste ich ihn unbedingt noch mal treffen."

„Und dabei hast du ihn dann doch geschubst."

„Neiiin, er ist wirklich von allein gefallen! Aber ich war so durcheinander, dass ich gar nicht gleich geschaltet habe, sondern erst am nächsten Tag das Handy suchen gegangen bin. Da kam ich aber Minuten zu spät und musste warten, bis euer Trupp wieder abgezogen war. Erst dann konnte ich die Tür aufbrechen und nach dem Handy suchen. Gut, dass es eine dünne Altbautür war."

„Das passt aber nicht zu jemandem, der eiskalt den Mord am eigenen Vater vorbereitet!", meinte Anne.

„Nein, eigentlich nicht. Aber Lentz, das hatte ich ja in allen Einzelheiten ewig vorbereitet, und Pjotr, na, der ist so ganz ungeplant plötzlich weggekippt, das hat mich aus dem Konzept gebracht."

„Das Handy hast du trotzdem nicht gefunden! Das haben mittlerweile wir."

„Woher ...?"

„Die Geliebte von Lentz und neue Flamme von Piontek hat es gefunden und wollte daraus eigentlich auch ihr Kapital schlagen. Daraus wurde dann nichts, weil wir dich vorher verhaftet haben."

„Oh! Da hatte ich ja quasi Glück."

„Das Handy trägt übrigens keinerlei Fingerabdrücke von dir, du hast sehr sauber gearbeitet."

„Natürlich“, grinste Luisa. „Ich bin schließlich aus der Medizintechnik-Branche!“

„Aber dafür haben wir ja auch unsere Verfahren“, grinste nun Anne Mettenheimer zurück. „Auf dem Stoff der Handy-Hülle konnten Reste deiner Abdrücke identifiziert werden, winzige Talgspuren konnten zudem deiner DNA zugeordnet werden.“

„Mist, an die Hülle habe ich nicht gedacht, da hatte ich keine Handschuhe an.“

Plötzlich klopfte es an der Tür des Zimmers. Die Beamtin unterbrach die Aufnahme und öffnete. Einer ihrer Kollegen stand dort und flüsterte ihr einige Sätze zu. Sie nickte, schloss die Tür wieder und sagte zu Luisa Cortini: „Ihr Anwalt steht draußen. Möchten Sie ihn dabei haben?“

„Mein Anwalt? Oh, herrje! In diesem schwachen Moment, als ich mit meiner Mutter telefoniert habe, habe ich sie um einen guten Anwalt gebeten. Dabei will ich jetzt gar keinen mehr.“

„Vielleicht kann er sich aber doch noch für dich einsetzen“, riet Anne Mettenheimer.

„Bah! Wie heißt er überhaupt, kenne ich ihn?“

„Es ist ein Herr Bentone“, sagte die Beamtin.

„Bentone? Wie der Luigi, der meine Mamma seit Jahren für einen Hungerlohn bei sich schuften lässt? Wen hat sie mir da bloß wieder ausgesucht!“

„Pass auf, ich mach dir einen Vorschlag“, sagte Anne. „Wir unterbrechen hier kurz und du hörst dir wenigstens mal an, was Herr Bentone zu sagen hat.“

„Na gut, schicken Sie ihn rein.“

„Ich geh derweil schnell einen Kaffee trinken“, sagte Anne zu der Frau in Uniform, die lächelte und nickte.

Gianfranco Bentone hätte Anne auf dem Gang beinahe umgerannt, so eilig hatte er es, zu seiner Mandantin zu kommen. Vor der Tür des Verhörzimmers atmete er noch einmal tief ein, korrigierte den Sitz der Ledermappe unter seinem Arm und betrat den Raum. Schlagartig verlor er all seine Beherrschung: Da saß die Frau, auf die er immer gewartet hatte! Oder wenigstens das Ebenbild des Traumes von einer Frau, den er seit Jahren jede Nacht träumte. „B ... Bentone, Gianfranco“, stieß er ebenso mühsam wie überrascht heraus.

Luisa Cortini nickte knapp und sah sich ihren Anwalt an. Du liebe Güte, da hatte ihre Mamma ja mal wieder ganze italienische Arbeit geleistet! Dieser gegelte Möchtegerncasanova sollte sie allen Ernstes vor Gericht vertreten? Welch schauderhafte Vorstellung! Einer, der sich nicht mal ohne Stottern vorstellen konnte! Aber sie konnte ja nicht wissen, dass es in Gianfrancos Gehirn rauschte, in seinem Magen rumorte und dass seinen Beinen die Kraft auszugehen drohte. Er war einfach gefesselt von der Frau, die er vermutlich über die nächsten fünfzehn Jahre hinweg nur hier im Gefängnis würde treffen können.

„Also, nun reden Sie schon! Was wollen Sie?“, raunzte sie ihn an.

„Sie verteidigen, Signorina. Nicht mehr und nicht weniger!“

„Ich verteidige mich allein!“

„Aber Ihre Mamma hat bereits die Vollmacht unterzeichnet und wird nicht wenig bezahlen müssen für meine Arbeit.“

„Ist mir wurscht. Wenn Sie ein Bentone sind, sollten Sie meiner Mamma erst mal die letzten zehn, zwölf Jahre ordentlichen Lohn nachzahlen!“

„Nun seien Sie doch nicht so verbittert, Signorina! Ich habe doch mit dem Lokal meines Vaters gar nichts zu tun.“

„Ha!“, fauchte Luisa. „Das sagen immer alle Italiener, wenns eng wird, dass sie nichts mit der Verwandtschaft zu tun hätten. Nichts als Blabla!“

Diese Frau würde er verteidigen, wie er noch nie jemanden verteidigt hatte. Hatte er ja auch objektiv gesehen noch nie. Wie ein Vulkan, ein Ätna, ein Vesuv, ein Stromboli! Niemals würde sie ihn davon abhalten können, die Verteidigung zu übernehmen!

„Raus hier!“, schimpfte der Vulkan weiter. „Ich bin eben dabei, ein umfassendes Geständnis abzulegen, und da kommen Sie und unterbrechen mich einfach!“

„Ein Geständnis? Aber das dürfen Sie nicht tun, Signorina, auf gar keinen Fall!“

„Nennen Sie mich nie wieder Signorina, Sie ...!“

„Sie dürfen nicht gestehen, dann haben die Sie doch!“

„Die haben mich sowieso, Sie Schlaumeier! Die Kripo hat richtig gute Beweise zusammengetragen, und jetzt kann ich nur noch hoffen, wegen schneller Einsicht meinerseits mit Milderung des Strafmaßes zu rechnen. Alles andere wäre illusorisch.“

„Aber man gesteht nie, nie!“

„Wie viel Ahnung haben Sie eigentlich wirklich vom Strafrecht?“, fragte Luisa nun mit gerunzelter Stirn.

„Ich bin Anwalt, das muss genügen!“

„Ja. Ist klar. Und nun lassen Sie mich endlich in Ruhe!“

„Aber wollen Sie sich denn gar nicht helfen lassen?“

„Tragen Sie einen Herzschrittmacher?“

„Aber nein, wieso denn?“

„Schade.“

Als Anne Mettenheimer wieder gegenüber von Luisa Cortini saß, regte diese sich noch einmal über den Anwalt auf: „Lasst den bloß nicht mehr zu mir. Ich bin im Stande und begehe noch einen Mord mit meinen bloßen Händen!“

Anne lachte: „Okay, ich werds weitergeben. Erzählst du mir jetzt von dem Abend, als Jean-Pascal Lentz starb?“

„Ja“, nickte Luisa. „Ich hatte Pjotr also das präparierte Handy gegeben und er machte auch brav Fotos damit. Angebliche Fotos.“

„Was hast du ihm vorher gesagt, warum du die Fotos haben willst?“

„Na, ich wäre ein Riesen-Fan von Lentz, würde ihm sonstwohin nachreisen und alles über ihn sammeln. Zu meinem Glück würden mir aber noch Bühnenfotos fehlen, am allerliebsten aus der aussagekräftigsten Szene, nämlich der, in der er Siegfried erschlägt.“

„Hat der das denn nicht gemerkt, dass die Kamera im Handy fehlte?“, fragte Anne.

„Ach was! Ich hab ihm gesagt, dass der Apparat so eingestellt ist, dass das gemachte Bild nicht nochmal im Display zu sehen ist, weil er dann schneller nacheinander Fotos schießen könne. Der war viel zu dusselig, um zu kapieren, dass die Fotofunktion nicht funktionierte. Zu meinem Glück!"

„Wie mans nimmt!"

„Nein, wieso, ich hab doch mein Ziel erreicht. Mir war klar, dass die Kripo relativ schnell die Verbindung zu den toten Winzern ziehen würde, aber das wusste ich ja lange vorher, denn hier ging es um einen Promi und um einen Mord in aller Öffentlichkeit. Um Lentz angemessen erledigt zu kriegen, musste ich einfach diese Schwelle überschreiten und damit war klar, dass ihr die ganzen Winzer auch mir anhängen würdet. Aber das ist ja auch schon egal. Zum Vertuschen habe ich Meckel und Bloom Festspielkarten geschickt. Meckel hatte mir mal beiläufig erzählt, dass ein ehemaliger Kollege aus den USA jetzt nach Deutschland käme und ganz in seiner Nähe wohnen werde und dass er da auf die Wiederbelebung der alten Bekanntschaft hoffe. Ich habe dann nach ein paar Wochen noch mal nachgefragt, aber Meckel war ganz enttäuscht, dass sich der Typ noch nicht gemeldet hatte. Es war ein Leichtes, herauszubekommen, wer der Mann war und wo er jetzt wohnte. Aber Dr. Meckel hatte das nicht geschafft, nicht rechtzeitig jedenfalls. So konnte ich meine Briefe mit der Einladung zu den Festspielen abschicken und sicher sein, dass beide am richtigen Abend dort sitzen und euch auffallen. Nur Meckel hat mal wieder rumgezickt und ist nicht hingegangen. Aber Bloom war ja auch schon ein ganz guter Köder, oder?"

Luisa grinste Anne an.

„Wir haben recherchiert und versucht herauszubekommen, wer die Karten gekauft hatte, da kam dein Name aber nicht vor."

„Ich bin ja nicht blöd!", entrüstete sich Luisa. „Ich hätte niemals per Überweisung gezahlt. Mit einem falschen Namen anrufen, die Karten bestellen und dann beim Abholen bar bezahlen, finito!"

„Und dann?"

„Der Erpresserbrief an Lentz sollte den großen Hagen nervös machen. Sein Tod war absolut beabsichtigt, denn Geld hat er ja noch nie rausgerückt. Das wäre nur ein nettes Nebenbei gewesen. Aber damit habe ich niemals gerechnet, sonst hätte er ja schon Jahrzehnte vorher zahlen können. Wer für eine junge, hübsche Frau und ein süßes, kleines Mädchen schon nichts rausrückt, und wer später, als er hört, wie gut die Tochter in der Schule ist und sogar studieren wird, das auch mehrmals im Jahr ablehnt, von dem ist einfach nichts zu erwarten. Ich habe eigentlich jahrelang damit gerechnet, dass Lentz Mamma oder mich anzeigt, weil es ja doch was von Stalking hatte, wenn wir ihm drei-, viermal im Jahr auf die Pelle gerückt sind. Aber das hat er sich dann doch nicht getraut."

„Habt ihr denn nie juristische Schritte erwogen?"

„Ich dauernd. Aber meine Mutter nie. Sie liebt ihn bis heute, glaube ich."

„Wie haben sich die beiden eigentlich kennengelernt?"

Luisa lächelte: „Lentz hatte nach der Schauspielschule sein allererstes Engagement am Staatstheater Mannheim. Meine Mutter bediente in der Trattoria um die Ecke, die die Theaterleute immer gern aufsuchten, und so kam das."

„Woher wusstest du eigentlich, dass Lentz einen Herzschrittmacher von CuorTec hatte?"

Nun lachte Luisa Cortini laut und fröhlich: „Damit fing das alles ja an! Er muss dermaßen Muffensausen gehabt haben, dass sein Herz nicht mehr mitspielt, dass er nach der ersten Attacke nicht irgendeinen Schrittmacher wollte, sondern natürlich den besten. Und dann hat er sich tatsächlich bei Herzer einen Termin geben lassen und mit ihm besprochen, was die verschiedenen Modelle so zu bieten haben. Ich wollte an dem Tag nur kurz was mit Frau Michalski klären und war deshalb unten im Büro, da geht die Tür auf und mein Vater steht vor mir. Ich habe den Schreck meines Lebens gekriegt!"

„Und er?"

„Er hat natürlich nicht mit der Wimper gezuckt. Schließlich war er Schauspieler, und kein schlechter. Die Michalski hat mich dann sofort eingeweiht, als Lentz in Herzers Büro verschwunden war. Und so bin ich eigentlich erst auf die Idee gekommen."

„Jetzt musst du nur noch behaupten, dass Lentz also mit Schuld ist!"

„Doch, das ist nicht von der Hand zu weisen, finde ich!" Luisa lächelte und lehnte sich entspannt zurück. „Weißt du, obendrein hatte er ja dieses Warngerät, den Cardiodoc. Aber den ließ er zur Vorstellung immer im Auto liegen, schön offen sichtbar. Besser gings doch gar nicht!"

Anne merkte, dass sie eine Gänsehaut bekam. So abgebrüht konnte man doch gar nicht sein! Und so charmant gleichzeitig.

„Und all die anderen? Warum mussten die dran glauben?"

„Aber ich musste doch üben!"

„Unglaublich! Die konnten doch alle gar nichts für deinen Hass auf Lentz!"

„Aber ich kannte sie alle auch nicht. Was macht es da?"

„Ich würde dir ernsthaft eine Therapie empfehlen bei solch sorglosem Umgang mit Menschenleben!", sagte Anne Mettenheimer hart und verärgert. Den Tod mehrerer Männer en passant als Übungsmorde zu deklarieren, da kam sie nun wirklich nicht mehr mit.

„Eine Therapie? Ist gut, dazu werde ich ja dann auch viel Zeit haben. Wahrscheinlich kriege ich die sowieso automatisch verpasst, oder wie verfahrt ihr normalerweise mit euren Mördern?"

„Sag mal, Luisa, ich habe den Eindruck, du nimmst das alles kein bisschen ernst!"

„Tu ich auch nicht. Das ganze Leben ist ein Spiel, so heißt es doch immer."

„Aber du sitzt hier nicht im Monopoly-Gefängnis, wo du nach einem Pasch oder tausend Euro wieder rauskommst, Herrgott noch mal!"

Anne griff nach der Wasserflasche, die am Rande des Tisches gestanden hatte. „Du auch?", fragte sie.

„Ja, gestehen macht durstig. Danke!"

„Woher wusstest du, dass die Winzer, die du getötet hast, auch alle Geräte von euch trugen?"

„Weil wir hier in der Gegend nicht nur Marktführer sind, sondern Herzer mit dem Herzzentrum Mainz auch noch einen Deal hat, nach dem er fette Prozente gewährt, wenn sie ausschließlich Produkte von CuorTec verwenden."

„Ui, das wäre aber auch eine klitzekleine Straftat."

„Zeig ihn doch an", grinste Luisa. „Vielleicht kriegt er ja die Zelle neben mir. Jedenfalls ist die Chance verdammt hoch, einen mit unserem Herzschrittmacher in der Brust zu erwischen. Aber im Ernst: Monatelang bin ich immer wieder durch die rheinhessischen Weinberge gestreift und habe einfach gehofft, Glück zu haben. Es hätte auch ein einzelner Spaziergänger sein können, aber das klappte nie – zum Glück für alle Spaziergänger. Glaub mir, es ist absoluter Zufall, dass lauter Winzer starben. Alle Jogger waren herzschrittmacherfrei, alle Spaziergänger auch, ich hatte irgendwie keine Wahl, und die Winzer waren auch immer so schön allein unterwegs."

„Deshalb sind die Winzer auch meistens nicht vor dem frühen Abend oder aber am Wochenende umgekommen. Du musstest ja erst mal deinen Arbeitstag bei CuorTec hinter dir haben."

„Genau. Gut beobachtet. Und weißt du, was besonders toll war? Dass ausgerechnet Bloom auf dem Winzerfest – da hatte ich übrigens Urlaub – neben dem Winzer stand, der dann auf einen ins Blaue geschickten Impuls tot umfiel. Das war eine grandiose Gelegenheit! Das Leben kann manchmal so spannend sein!"

„Luisa, bitte verschone mich und bleibe bei den Fakten", bat Anne Mettenheimer irritiert. Betrachtete Luisa ihre Opfer eigentlich nur als Spielfiguren auf einem Feld, dessen Ziel die Rache am Vater war?

Luisa Cortini berichtete weiter: „Erst war ich geradezu enttäuscht, dass die Kripo von meinen schönen, perfekten Morden gar keine Notiz zu nehmen schien. Aber dann, als dieser Mann vom LKA über den Toten in Bretzenheim gestolpert ist, dann ging es so richtig los."

„Hat dir das etwa Spaß gemacht?", fragte Anne und befürchtete, die Antwort schon zu kennen.

„Ich war mir doch so sicher, dass ich perfekt bin. Ich konnte aus weitem Abstand zusehen, ohne in Gefahr zu geraten."

„Das wäre auch noch ewig so weiter gegangen, wenn du nicht Lentz umgebracht hättest!"

„Das war ich nicht. Das war Piontek!", bemerkte Luisa Cortini.

„Ja, unwissentlich, der arme Kerl!"

„Ach, er schien nicht übermäßig getroffen, der Gute. Jedenfalls habe ich richtig was gemacht aus der Studie, an der ich teilweise mitgearbeitet habe."

„Welche Studie?"

„Ach, die kennst du doch mittlerweile sicher. Die, die bewiesen hat, wie gefährlich Störsender für Herzschrittmacher sind."

„Ja, die kenn ich", nickte die Kommissarin.

„Siehst du", sagte Luisa, „das war auch so ein Ding: Ich habe damals meine Forschungsergebnisse für die Studie zur Verfügung gestellt, aber glaube nicht, dass ich später irgendwie erwähnt worden wäre. Ich war ja nur die kleine Hilfskraft mit Stipendium, ha!"

„Du klingst verbittert. Enttäuscht in privater wie beruflichen Hinsicht."

„Oh, das kannst du glauben! Ich hatte nie eine Chance. Ich war immer nur die kleine Italienerin ohne Vater, eine Frau in den patriarchalischen Strukturen der Wissenschaft, ach, es war immer schon von Anfang an aussichtslos! Weil Mama sich schämte und weil sie Geld brauchte, ging sie heim nach Italien, wo sie mich bekam. Erst später hat sie es gewagt, als Alleinerziehende wieder mit mir nach Deutschland zu ziehen. Vielleicht auch deshalb, weil sie hoffte, meinen Vater wieder für sich – uns – zu gewinnen. Schon damals in Brindisi war ich mit dem Makel des unehelichen Kindes quasi Freiwild für die Jungs in meinem Alter, weil ich ja keinen Papà hatte, der mich hätte verteidigen können. Ich war isoliert, geradezu ausgestoßen. In Mannheim später war das ähnlich, aber eher deshalb, weil wir nie genug Geld hatten, um mitzuspielen in der heilen Welt meiner Klassenkameraden. Ich habe meine erste

Marken-Jeans gekauft, als ich mit sechzehn Zeitungen ausgetragen und eigenes Geld verdient habe. Ich hatte immer darunter zu leiden, dass wir nicht dazugehörten. Und später, als ich mich hart bis nach oben gearbeitet hatte, wurde es auch nicht besser!"

„Ich finde nicht, dass du erfolglos bist, Luisa! Herzer hält große Stücke auf dich."

„Herzer, ja. Aber wenn du bedenkst, dass ich theoretisch in den USA ein internationales Renommée hätte aufbauen können, dann ist das einfach ein Unterschied. Herzer ist ganz nett, aber ich bin zu gut für diesen kleinen Laden!"

„Ich habe langsam Schwierigkeiten, dir noch zu folgen. Können wir morgen weitermachen?", fragte Anne erschöpft.

Luisa nickte: „Ja, ich bin auch total geschafft. Aber es gibt auch nichts mehr zu sagen. Du weißt jetzt alles."

„Was wirst du jetzt tun?"

„Ach, erst mal hier sitzen und mich einrichten. Und dann vielleicht ein Buch über meine Erfahrungen schreiben. Natürlich ohne genaue Bauanleitung. Dazu hätte mir eigentlich mein Anwalt raten können, aber der schmachtet mich nur an und stottert herum. Meinst du, meine Geschichte ließe sich auch verfilmen?" Luisas Augen leuchteten vor Begeisterung.

„Sicher. Ich nehme es stark an."

Anne stand auf und sagte spontan: „Brauchst du einen Agenten? Ich könnte dir da jemanden empfehlen: Groß, dunkle, gegelte Haare ..."

„Raus!"

Die Pressekonferenz in Worms fand nicht mehr auf der Festspielbühne statt, denn die war mittlerweile abgebaut worden, um die horrenden Kosten, die durch den Tod beider Hagens entstanden waren, nicht noch weiter in die Höhe zu treiben. Diesmal pferchte man die Medienvertreter dann doch in den Saal im Haus zur Münze direkt neben dem Rathaus. Das Interesse war erwartungsgemäß riesig. Max Lauer hatte großzügig darauf verzichtet, vom Podium aus zu berichten, wie es seiner Soko gelungen war, die

Mörderin zu überführen und – völlig unspektakulär – am Arbeitsplatz zu verhaften. Der Leitende selbst hatte die Ehre und thronte nun oben neben Intendant Schwenk und dem Oberbürgermeister. Die Fakten waren schnell berichtet: Eine hoch spezialisierte Wissenschaftlerin, deren Vater sie niemals anerkannt oder gefördert hatte, war verhaftet worden. Sie litt offensichtlich an einer psychotischen Störung, die den unumkehrbaren Wunsch hatte aufkommen lassen, den Erzeuger zu ermorden, so, wie er sie nie richtig hatte leben lassen. Sie würde in der Gefangenschaft langfristig therapiert werden.

„Und die Winzer?", rief jemand laut dazwischen.

„Ja, der Winzerfluch ist somit auch aufgehoben, denn die Tatverdächtige hatte sich monatelang auf den Vatermord vorbereitet und dabei offensichtlich völlig die Realität aus den Augen verloren, nämlich, dass sie grundlos unschuldige Menschen ermordet, nur um zu testen, ob ihre Mordwaffe auch funktioniert. Sie berichtete uns sogar, sie habe sie immer weiter optimiert, nach jedem Mord weiter daran gearbeitet. Es ist für uns schwer zu verstehen. Wir müssen die Tatverdächtige als geistig verwirrt einstufen."

„Haben Sie die Winzer eigentlich alle exhumiert?", rief jemand von ganz hinten.

„Nein. Nachdem die Verdächtige alle Morde gestanden hatte, wollten wir es den Familien der Opfer einfach ersparen, noch mehr Leid ertragen zu müssen."

„Haben alle, die ihre Festspielkarten zurückgegeben haben, ihr Geld zurückbekommen? Und wie viel haben Sie dabei in den Sand gesetzt?", fragte eine dicke Journalistin, die in der ersten Reihe unter den Scheinwerfern für das Podium schwitzte.

„Oh, da kenne ich mich nicht aus", sagte Walter Schwenk. „Aber der Imageverlust ist natürlich überhaupt nicht in Euro zu benennen, der ist unbezahlbar!"

„Finden denn 2010 wieder Festspiele statt?", war die Frage eines hageren Reporters mit Schnauzbart und Brille.

„Doch, sicher! Glücklicherweise haben wir uns ja schon vor langer Zeit für das Staufer-Thema entschieden, sodass der primäre

Nibelungenstoff erst einmal ausgeblendet wird und kein Schauspieler befürchten muss, wie Hagen zu enden, weil es diese Rolle 2010 gar nicht geben wird."

Später, die meisten Pressevertreter hatten schon zusammengepackt und waren unterwegs, um ihre Berichte zu schreiben und Beiträge zu schneiden, lud Max Lauer Anne zu einem Eis am Marktplatz ein. „Zum vorläufigen Abschluss", meinte er, als sie die Treppen im Haus zur Münze hinunterliefen. Unten vor dem Gebäude standen noch der Oberbürgermeister und Walter Schwenk und besprachen die Wirkung der Pressekonferenz. „Ach, die Kripo!", rief Schwenk.

„Großartige Arbeit!", sagte der Stadtchef und schüttelte dem verdutzten Lauer die Hand. Max Lauer fing sich wieder und meinte: „Also, wenn Sie schon jemandem extra danken, dann bitte Kommissarin Mettenheimer. Sie hatte von Anfang an den richtigen Riecher und hat durch ihren Undercover-Einsatz entscheidend zur Lösung des Falles beigetragen. Ohne sie hätten wir heute nicht diese Pressekonferenz abhalten können."

„Aha, die renitente Kommissarin!", sagte der Bürgermeister. Er streckte Anne die Hand hin und drückte die ihre kurz.

„Glückwunsch!", sagte auch der Intendant. „Aber ich muss jetzt. Also, bis die Tage!"

Schwenk verschwand nach gegenüber Richtung Dom, der Oberbürgermeister im Sturmschritt Richtung Rathaus. Anne und Max schlenderten zum Eiscafé auf dem Marktplatz. „Das musste jetzt aber auch nicht sein!", rügte Anne ihren Soko-Chef.

„Doch", grinste der.

„Dabei waren die Spurensucher viel wichtiger als ich!"

„Ist doch egal. Sonst hätte der dir nie die Hand gedrückt. Wie wärs mit einem Erdbeerbecher?"

„Aber nur mit Schoko- und Bananeneis."

„Iiih, was ist das denn für eine Mischung?"

„Musst es ja nicht essen. Und danke für die Einladung!"

In ihrem Büro im K1 besahen sich Rolf Iben und Dieter Wiesen zum hundertsten Mal die Fotos, die sie aus den verschiedensten Quellen zum Tod bei der Montagsweinprobe im Osthofener Winzerfestzelt bekommen hatten. „Da!", rief Wiesen plötzlich und wedelte mit einem der Bilder.

„Was?"

„Da, guck!" Er hielt das Foto seinem Kollegen hin, der sich die Hand vor den Mund schlug.

„Ist nicht wahr!"

„Doch! Die Frau mit der Sonnenbrille ist die Cortini!"

Rolf Iben seufzte: „Nur kannten wir sie damals noch nicht. Außerdem fällt sie auch kein bisschen auf: Kein Handy, keine Jacke über dem Arm, keine Hand in der Tasche."

Wiesen drehte das Foto um: „Das war eine Minute vor dem Tod von Werner Rissling. Hätte dieser Festbesucher nur wenige Sekunden später geknipst, hätten wir zumindest Lentz und Piontek noch retten können."

„Tja, so ist es manchmal. Wie würde Kippe sagen? Der eine kommt, der andere geht."

„Hör mir auf mit Kippes Weisheiten!"

Selten hatte Matthes Horrweiler Spannenderes erlebt: Er saß beim LKA in Mainz und durfte Versuche mit dem Handy machen, das Luisa Cortini zur Ermordung ihres Vaters konstruiert hatte. „Hör zu", schrie er durchs Telefon Norbert Olmer an, „du hast ein Wahnsinns-Glück gehabt, dass du nicht auch gestorben bist!"

„Das weiß ich mittlerweile!", brummte Norbert Olmer und musste sich eingestehen, sich wieder deutlich sicherer zu fühlen, seit dieser Fall geklärt war.

„Die Reichweite des Handys war gigantisch! Aber du da oben auf deinem hinteren Rang, du hast quasi nur noch die Ausläufer des Störsenders abbekommen."

„Schönen Dank, hat mir gerade gereicht!"

„Ich wollts ja auch nur gesagt haben!"

„Hmm!"

Gianfranco Bentone hatte soeben ein langes Gespräch mit seinem Vater geführt. Nein, Luisa Cortini wolle auf gar keinen Fall von ihm verteidigt werden, da sei nichts zu machen. Und noch mal nein, er werde vorerst nicht heiraten und für Bambini sorgen. Er werde auf Luisa warten, das sei die Frau seines Lebens. Ob sie das schon wisse? Nein, noch nicht, aber er habe ja genügend Zeit, ihr das zu erklären.

Das Warten könne bei mehrfachem Mord aber ewig dauern, hatte Luigi geäußert, doch Gianfranco hatte nur geantwortet: „Meine Liebe zu ihr ja auch!"

Das Auto hatte sie heute in Osthofen gelassen und war morgens mit dem Zug nach Worms gefahren. Auf dem Heimweg quer durch die Stadt bis zum Bahnhof traf Anne Mettenheimer noch einmal auf Walter Schwenk. Der nickte und lachte: „Die renitente Kommissarin! Ein schöner Titel, finde ich!"

„Ich nicht so!", knurrte Anne.

„Machen Sie sich nichts draus, das vergisst der OB schon wieder!"

„Wills hoffen!"

„Ja dann, alles Gute, und im nächsten Jahr hoffentlich ohne Ihre aktive Mitwirkung, Frau Kommissarin!"

„Ja, besser wärs! Aber sagen Sie mal, was mich schon die ganze Zeit über beschäftigt: Was macht eigentlich ein Intendant genau?"

Schwenk lachte lauthals und sagte: „Das wissen viele nicht. Ich auch nicht immer so genau, ehrlich gesagt. Machen Sies gut!"

Und damit ließ er Anne so ratlos wie zuvor stehen und eilte weiter.

„Hast du auch ganz sicher den Herd ausgeschaltet, Schatz?"

„Rolf, ganz sicher. Er war nämlich seit gestern Mittag nicht mehr an."

„Und die Frau Schafhäuser hat den Schlüssel?"

„Hat sie!"

„Und sie weiß auch, wie oft sie die Blumen gießen muss?"
„Sie weiß es."
„O Gott, wir haben bestimmt vergessen, die Rolläden runterzulassen!"
„Haben wir nicht."
„Hast du auch nichts eingepackt, was uns bei den Kontrollen Probleme bereiten könnte?"
„Absolut nichts."
„Hast du die Pässe?"
„Rolf, ich habe alles. Und ich wollte, ich hätte dir Baldrian eingeflößt! Das ist ja nicht zum Aushalten mit dir und deiner Nervosität!"
„Aber ich bin doch noch nie geflogen, Schatz! In Flitterwochen schon gleich gar nicht."
„Das will ich auch hoffen, mein lieber Mann! Kommst du dann? Der Zöllner da vorne wartet schon die ganze Zeit, dass wir aufrücken."
„O je, ach Gott, und wenn wir nun abstürzen?"
„Dann tun wir das zusammen. Ich will doch bloß hier mit dir einchecken, Rolf. Wir werden jetzt da rein gehen, in aller Ruhe unsere Koffer öffnen, du hältst deine zitternden Finger bei dir und ich zeige den Kofferinhalt vor. Dann gehen wir an Bord, schnallen uns ordentlich an, genießen die Welt von oben und lassen uns was Leckeres zum Essen servieren. Irgendwann werden wir völlig sicher landen und unsere Flitterwochen genießen, ja?"
„Ja, sicher, Schatz!"
„Habe ich dir übrigens schon gesagt, dass wir den nächsten Urlaub im Odenwald verbringen werden?"
„Nein, wieso?"
„Alles, was mit mehr Aufwand und Planung verbunden wäre, machen deine Nerven doch gar nicht mit. Und jetzt komm, sonst verpassen wir noch unsere Maschine!"
„Carola, ist da hinten auch noch mal eine Toilette?"
„Bestimmt, Rolf. Sonst gehst du halt an Bord. Auf jetzt!"

Im Hof des Mettenheimerschen Anwesens in der Osthofener Tempelgasse türmten sich Taschen, Kisten und vielerlei lose Utensilien. Anne rannte in minütlichen Abständen ins Haus und kehrte voll bepackt zurück, um ihre Last neben all die Dinge auf dem Hof zu werfen.

Paul kniete derweil im Kofferraum des Autos und rüttelte an der Sitzbank im Fonds. „Mannometer!", fluchte er. „Das ging doch neulich noch!"

Mit vereinten Kräften schafften es Paul und Anne schließlich doch noch, die Bank zu verschieben, um den Stauraum dahinter zu vergrößern. Paul setzte sich auf die Kante des Kofferraums und kratzte sich am Kopf: „Und das soll alles mit?", fragte er.

„Na klar! Das brauchen wir alles!", rief Anne, bereits wieder auf dem Weg ins Haus.

„Das passt nie im Leben!"

„Muss aber!", brüllte es von der Treppe.

„Na dann!", resignierte Paul und begann, das Gepäck im Wagen zu verstauen. Und es reichte tatsächlich. Es wäre sogar noch etwas Platz, um die Kinder hinzusetzen.

„So, dann fehlen jetzt nur noch wir vier und unsere Zahnbürsten."

„Gut", schnaufte Anne, die gerade zwei volle Gießkannen schleppte, um noch einmal alle Kübelpflanzen auf dem Hof zu gießen. „Wann fahren wir eigentlich genau?"

„Um vier."

„Mitten in der Nacht?"

„Yes! Du kannst ja im Auto noch eine Runde schlafen, aber ich will los, bevor es heiß wird. Und ich will möglichst weit kommen."

„Hoffentlich hält die Karre die Tour überhaupt durch!"

„Och, hast du schon mal in Italien ein neues Auto gekauft?"

„Paul, dafür langt unser Geld aber nicht!"

„Wieso, dann fahren wir halt nicht bis Griechenland, wenn das Auto schon in Italien schlappmacht."

„Und wenn es erst auf Kreta aufgibt?"

„Dann bleiben wir da. Kreta schaffst du auch mit einem billigen Mofa. Und gute Kommissare werden schließlich überall auf der Welt gebraucht!“

Epilog: November 2010

„Das Herz meines Vaters“ war der Senkrechtstarter auf dem diesjährigen Buchmarkt. Bislang über zwanzig Wochen in den Top Ten, seit dreizehn Wochen sogar ganz an der Spitze! Auf der Frankfurter Buchmesse hatte der renommierte Verlag mit diesem Werk eine ganze Wand des großen Standes vollgestellt, doch leider konnte die Autorin nicht selbst am Stand vorbeischauen. Sie verbüßte ihre Haftstrafe in der JVA Rohrbach und arbeitete bereits daran, nach ihrer umfassenden Beichte aus demselben Stoff einen Kriminalroman zu verfassen. Besonderes Aufsehen erregte zusätzlich ein Interview im Fernsehen live aus dem Gefängnis. Fanpost, Interviewanfragen und anderen Schriftkram erledigte die Mutter der Autorin, während sie in vertraglichen Fragen von einem gewieften italienischstämmigen Anwalt aus Mannheim vertreten wurde, wie in der Presse zu lesen war.

Nachwort

Die Szene im Prolog ist sehr frei nach „Siegfrieds Frauen“ von Moritz Rinke formuliert. Dieses Stück wurde bei den Wormser Nibelungen-Festspielen 2009 nicht gespielt, und das ist auch gut so, sonst könnte nachher irgendjemand Parallelen zwischen dem „Nibelungen-Tod“ und der Realität vermuten. Immerhin hat Hagen 2009 überlebt ...

Das Osthofener Winzerfest wurde 2009 nach sechzig Jahren zum ersten Mal nicht ausgerichtet. Ich halte es aber mit der Tradition und lasse es dennoch stattfinden.

Das Herzzentrum Mainz gibt es mit diesem Namen nicht, und die Firma CuorTec in Ludwigshafen schon gar nicht.

Alle Personen und Handlungen sind wie immer völlig frei erfunden. Manche Orte gibt es wirklich, aber meist habe ich sie mir zurechtgebogen, wie ich sie gerne hätte. Nehmen Sie also nichts für bare Münze!

Ich danke Axel Fries für das kritische erste Lektorat, ohne das ich nie wüsste, ob der Text überhaupt interessant ist. Angelika Schulz-Parthu und Alexandra Rat danke ich für Korrekturen und Kritiken, gute Tipps und grünen Tee.

Antje Fries, Februar 2010

Lieben Sie Krimis? Wir haben noch mehr!
Und: Alle spielen bei Ihnen um die Ecke!!

Antje Fries: Kaltgestellt oder: Die Rechte des Fälschers
Ein Kunstfälscher, fies und erfolgreich, wird brutal ermordet. Eine Spur führt in eine Mainzer Galerie, eine andere in ein Frankfurter Museum. Und was wissen der Bruder und die Ex-Frau über seine Fälschungen? *Wir Leser werden durch dieses Verwirrspiel von Antje Fries, der Autorin, an der Nase herumgeführt zwischen Frankfurt, Mainz, Worms, Alzey und Westhofen. Aber genau das wollen wir ja, wir Krimileser. Bloß keine simplen Geschichten, aber bitte wenn's geht mit sympathischen Kommissaren wie Anne Mettenheimer und Co. Das ist ein Rheinhessenkrimi, der sich süffig wegliest, am besten zusammen mit einer Flasche Wein aus der Gegend.* (SWR1)
Keine Frage: Krimi-Fans werden mit Anne Mettenheimer schnell warm. Gerade weil es nicht nur um einen spektakulären Mord geht, sondern Antje Fries viel Zeit auf das Zwischenmenschliche verwendet. Bleibt zu hoffen, dass die Autorin ihre Kommissarin nicht „kaltstellt" und die liebenswert-schrägen Vögel von der Wormser Kripo bald ihren dritten Fall zu lösen. (AZ)
ISBN 3-937782-43-5, Broschur, 252 Seiten, 10,90 €

Antje Fries: Knielings Garten oder: Gegen jeden ist ein Kraut gewachsen
Der dritte Krimi mit Anne Mettenheimer: Es geht um Pflanzengifte, den unehelichen Sohn eines katholischen Pfarrers, um einen unsympathischen Winzer und dessen Ehefrau mit dem Vorzeigegarten. Und natürlich geht es um Geld … *Antje Fries kennt sich aus in Rheinhessen - und zwar so gut, dass die Region mehr als nur Kulisse ist. Abgesehen von der rheinhessischen Kräuterwelt spielt viel Regionaltypisches eine Rolle.* (AZ) *Das Lebensgefühl in Rheinhessen scheint der (...) Krimiautorin dagegen selbst bestens vertraut. Versteht sie es doch vortrefflich, neben der schwierigen Ermittlungsarbeit noch ein wenig Platz für das Privatleben ihrer Figuren zu lassen – die alltäglichen Sorgen und kleinen Macken der Kollegen vom Wormser K1-Team zum Beispiel.* (FAZ)
ISBN 978-3-937782-69-0, Broschur, 240 S., 10,90 €

Antje Fries: Kleine Schwestern
Anne Mettenheimer ist nach der Geburt ihrer Zwillinge eigentlich noch in der Elternzeit, da wird ein Mädchen vermisst und ein anderes tot aufgefunden. Als aber nicht nur ihre Verwandtschaft um Mithilfe bittet, sondern auch Hauptkommissar Norbert Olmer vor der Tür steht, weil er seine Kollegin gern wieder im Team hätte, geht alles ganz schnell: Anne arbeitet wieder

beim K1, denn nicht nur ihr, sondern dem ganzen Team von der Wormser Kripo geht dieser Fall besonders zu Herzen – muss man wirklich davon ausgehen, dass in Rheinhessen ein Serientäter mordet? *Antje Fries stellt den „Kleinen Schwestern" einen Prolog voran, der dem Leser die Richtung weist: Achtung Psycho! Spannend bleibt die Suche nach dem Täter dennoch, weil man weiß: Noch leben die verschwundenen Mädchen – aber wie lange noch? Höhepunkt: Die mutige Flucht der kleinen Vanessa aus dem Versteck des Verbrechers (...) Die Mettenheimer-Krimis spielen mitten im rheinhessischen Alltag. Land, Leute und Lebensgewohnheiten sind so selbstverständlich, dass Lokalkolorit unbemerkt mitgelesen wird. Bestens! Schließlich will man einen Krimi lesen und keinen rheinhessischen Reiseführer."* (AZ)
ISBN 978-3-937782-81-2, Broschur, 188 Seiten, 9,90 €

Wolfhard Klein (Hg.): Perfekte Opfer. 13 neue Kurz-Krimis aus dem Mörderischen Rheinhessen
Ihre kriminelle Energie und die Grausamkeit ihrer Morde zusammen mit den fantasievollsten Tatabläufen würde auch für schwedische Krimis reichen – sie aber schreiben rheinhessische Kurzkrimis: die 13 Autorinnen und Autoren von Mörderisches Rheinhessen.
Vielen Autoren tut es gut, sich jenseits der längeren Kriminalromane auf kürzere Prosa zu stürzen. Dieses Buch ist ein Beleg dafür. Die meisten der 13 Geschichten kommen origineller und unkonventioneller daher, als es der Leser von seinen Autoren gewohnt ist. Hier spielen sie mit wechselnden Perspektiven, ungewöhnlichen Ideen. (...) „Perfekte Opfer" ist die perfekte Herbstlektüre für dunkler werdende Abende. (Rhein-Zeitung)
Spannung: Krimis schreiben ist eine Kunst. Kompliment an alle Autoren: Alle Geschichten sind voll von überraschenden Momenten und unerwarteten Wendungen. Langweile ist das Gegenteil von Spannung – und die ist auf 240 Seiten nicht in Sicht.
Unterhaltung: 13 Autoren – das sind 13 Schreibstile. Einer gefällt besser, ein anderer weniger. Zum Schmunzeln gibt es auf jeden Fall und in jedem Fall genug. Die Top-Tipps der Redaktion: 1. Antje Fries: Hägar. 2. Marion Schadek: Taxi 39. 3. Astrid Reck: Das perfekte Opfer.
Regionales: Kreuz und quer jagen und morden die 13 Autoren durch Rheinhessen. Dass in einer Wein-Region der Rebensaft eine besondere Rolle spielt und so mancher Winzer seine dunklen Seiten offenbart, gehört dazu und gibt der Anthologie den Stempel „Typisch Rheinhessisch". (AZ)
ISBN 978-3-937782-89-8, 240 Seiten, Hardcover, 14,90 €

Andreas Wagner: Abgefüllt. Ein Weinkrimi
ISBN 978-3-937782-73-7, Broschur, 236 S., 10,90 €

Andreas Wagner: Gebrannt. Ein Weinkrimi aus Rheinhessen
ISBN 978-3-937782-85-0, Broschur, 232 Seiten, 10,90 €

Claudia Platz: Der zweite Blick. Tod in Nahaufnahme
ISBN 978-3-937782-51-5, Broschur, 263 S., 10,90 €

Christian Pfarr: Zaubernuss
ISBN 978-3-937782-78-2, Broschur, 206 Seiten, 9,90 €

Christian Pfarr: Königsweg oder: Der steinerne Zeuge
ISBN 978-3-937782-84-3, Hardcover, 80 Seiten, 9,90 €

Jürgen Heimbach: Plötzlicher Tod einer Nutte
ISBN 978-3-937782-86-7, Broschur, 312 Seiten, 11,90 €

Peter Jackob: Narren-Mord
ISBN 978-3-937782-87-4, 196 Seiten, Broschur, 9,90 €